W0270924

Palmblätter

Palmblätter

von

Karl Gerok

Karl Rohm Verlag — 7120 Bietigheim

ISBN 3 87683 144 x
Druck und Einband: Otto W. Zluhan 7120 Bietigheim

Palmblätter

Palmblätter sind's, im Morgenland gepflückt,
Wo gern mein Geist gewandelt unter Palmen,
Und fernher oft im Windeshauch entzückt
Den Widerhall vernahm von Davids Psalmen.

Palmblätter sind's zum Gruß für meinen
Herrn,
Und streift im Gehn sein Mantelsaum an
ihnen,
Dann welken sie zu seinen Füßen gern,
Indes ihm rings viel tausend schön're grünen.

Inhalt.

I. Heilige Worte.

II. Heilige Zeiten.

III. Heilige Berge.

IV. Heilige Wasser

Heilige Worte

Sind das die Knaben alle?

1. Sam. 16, 11.

„Ach, ich war auch in diesem Falle,
Als ich die Weisen hört' und las,
Wie jeder diese Welten alle
Mit seiner Menschenspanne maß,
Da fragt' ich: aber sind sie das,
Sind das die Knaben alle?"

Goethe.

Sag an, sind das die Knaben alle?
Sprach zu Isai Samuel,
Noch sah ich nicht, der Gott gefalle
Zum König über Israel;
Wohl wackre Söhne alle sieben
In Manneskraft und Jugendflor,
Doch keinem auf der Stirn geschrieben:
Der ist es, den der Herr erkor. –

Da holt man David von der Herde,
Von Bethlems Triften kommt er bald,
Ein Jüngling, züchtig von Gebärde,
Von Augen schön, gut von Gestalt.
Auf, dieser ist's, den ich erwähle!
So rief des Geistes Stimme klar
In Samuels Prophetenseele;
Da salbt er ihm sein lockig Haar. –

Sag an, sind das die Knaben alle?
So sprach auch ich zum Heldenzug,
Als in der Völker Ruhmeshalle
Ich nach der Menschheit König frug.
Wohl schön von Antlitz, hoch von Adel
Fand ich da manchen Weibessohn,
Doch keinen ohne Fehl und Tadel
Im ganzen Völkerpantheon.

Wer sind sie, die zuerst sich melden?
Wer tritt so klirrend in den Saal?
Sieh da die Könige, die *Helden*,
In nerv'ger Faust den blanken Stahl,
Im Lorbeerschmuck die blut'gen Sieger,
Von Philipps großem, schönem Sohn,
Bis zu dem letzten Weltumpflüger,
Dem finsteren Napoleon.

Zieht hin – ihr weidetet die Herde
Mit eh'rnem Stab auf roter Flur,
Ihr grubet in die blut'ge Erde
Tief der beerzten Tritte Spur;
Zieht hin, ihr war't der Menschen Ruten,
War't Geißeln Gottes schwer und scharf,
Doch nur so lang, bis in die Gluten
Er euch wie stumpfe Besen warf.

Und mildere Gestalten treten
Hervor in wallendem Gewand;
Die Künstler sind es, die *Poeten*,
Mit goldnen Harfen in der Hand;
Sie nahn, vom heiteren Homeros,
Im Silberhaar das Lorbeerreis,
Bis zu dem letzten Dichterheros,
Zu Weimars hohem Sängergreis.

Seid mir gegrüßt, mit goldner Leier
Sangt ihr die Welt in holde Glut,
Und süß durchströmt mich euer Feuer,
Wenn heil mein Herz, gesund mein Mut;
Doch sagt: hat euer Lied entsündigt
Ein einzig armes Sünderherz?
Habt einer Seele ihr verkündigt
Ein himmlisch Heil im Todesschmerz? –

Und aus den dichten Geisterkreisen
Tritt eine andre Schar hervor:
Mit Roll' und Griffel sind's die *Weisen,*
Der Philosophen ernster Chor,
Hier Plato mit der Denkerstirne,
Dort Voltaire mit dem Spötterwitz;
Sprecht, fandet ihr im Menschenhirne
Der Wahrheit königlichen Sitz?

Wohl gabt ihr uns in Finsternissen
Manch schönen Funken edlen Lichts,
Doch eurer Weisen höchstes Wissen
War stets zuletzt: wir wissen nichts!
Verschlossen für die Geistigarmen
Blieb eure hochgeborne Zunft,
Kein darbend Herze konnt' erwarmen
An eurem Lampenlicht „Vernunft". –

Nun, ihr Entdecker und *Erfinder,*
Die ihr des Erdballs Bau durchspäht,
Ihr friedlichen Weltüberwinder,
Heran mit Stab und Meßgerät!
Kolumbus mit der Martyrkrone,
Im Sternenkranz Kopernikus,
Und Humboldt, dem die fernste Zone
Des Kosmos sich entschleiern muß.

Zieht aufrecht hin! – ihr habt gezügelt
Das Element im heißen Kampf,
Ihr habt der Menschheit Bahn beflügelt
Mit Windeshauch und Feuerdampf,
Ihr führt das Wort mit Blitzesschnelle
Von Pol zu Pol am Eisendraht;
Doch zu des Paradieses Schwelle
Zeigt keiner mir von euch den Pfad.

Sag an, sind das die Knaben alle?
Sag an, wo ist der Menschensohn,
Dem alle Welt zu Füßen falle,
Der Erbe für den leeren Thron?
Der König, dem mein Geist sich neige
In Furcht und seligem Vertraun?
Der Hirte, der den Weg mir zeige
Durchs Erdental zu Himmelsaun?

Noch einer wallt auf Judas Triften,
Der ist mein Held, ihn ruft herein,
Zwar klirrt kein Schwert an seinen Hüften,
Noch glänzt sein Kleid von Edelstein;
Er gleicht nicht jenen stolzen Recken,
Der gute Hirt von Bethlehem,
Sein Zepter ist ein Schäferstecken,
Ein Dornenkranz sein Diadem.

Doch alle Kraft der *Heldensöhne*
Sinkt hin vor seines Geists Gewalt,
Und aller *Künste* Pracht und Schöne
Erbleicht vor seiner Kreuzgestalt;
Die *Wissenschaft* der stolzen Weisen
Beschämt sein schlichtes Kinderwort,
Des *Weltumseglers* kühnen Reisen
Zeigt er den letzten Ruheport.

Ihm huldigt in der tiefsten Seele
Der Geist und spricht: wer ist wie Du?
Ihn führt, gesalbt mit heil'gem Oele,
Gott seinem Volk als Hirten zu;
Er ist der ew'ge Geisterkönig,
Auf Gnad' und Wahrheit ruht sein Thron,
Und Erd' und Himmel tausendtönig
Jauchzt: Hosianna Davids Sohn!

Seht da kommt der Träumer her.

1. Mos. 37, 18. 19.

Als sie ihn nun sahen von ferne, ehe denn er nahe zu ihnen kam, machten sie einen Anschlag, daß sie ihn töteten, und sprachen untereinander: seht, der Träumer kommt daher.

Fröhlich wallt auf Sichems Triften
Joseph her im bunten Rock,
Goldbesäumt in Abendlüften
Spielt sein fliegendes Gelock;
Doch der Brüder falsche Rotte
Haßt den Jüngling, sanft und hehr,
Und sie lacht mit rohem Spotte:
„Seht da kommt der Träumer her!"

Ja, wo noch in Kindesweise
Fromm ein Herz am Vater hängt
Und vom Staub zum Sternenkreise
Ahnungsvoll die Blicke lenkt:
Immer höhnt die Welt, die blinde,
Denn sie faßt es nimmermehr,
Spottet ob dem Gotteskinde:
„Seht da kommt der Träumer her!"

Ja, wo noch ein Herz voll Liebe
Arglos für die Brüder schlägt,
Und durchs wüste Weltgetriebe
Offen seine Schätze trägt:
Seine Grube ist gegraben,
Tückisch, ohne Gegenwehr
fängt die Welt den armen Knaben:
,,Seht da kommt der Träumer her!"

Ja, wo noch der Sünde Ketten
Kühn ein Gottesmensch zerriß,
Und, die Seele zu erretten,
Kleid und Mantel fahren ließ:
Ferne von der Brüder Tischen,
Ein Verbannter, wandelt er,
Und die losen Spötter zischen:
,,Seht da kommt der Träumer her!"

Aber sehet zu, ihr Brüder,
Bis die Zukunft sich enthüllt,
Einst erscheint der Träumer wieder,
Und die Träume sind erfüllt;
Angstvoll liegt ihr auf den Knieen,
Eure Herzen klopfen schwer,
Gerne möchtet ihr entfliehen: –
,,Seht da kommt der Träumer her!"

Kommt im königlichen Kleide,
Kommt im Goldschmuck Pharaos,
Angetan mit weißer Seide,
Hehr und herrlich, fremd und groß;
Zitternd lauscht ihr, ob er zürne,
Doch, das Aug' von Tränen schwer,
Senkt er mild die hohe Stirne, –
„Seht da kommt der Träumer her!"

Neigen jetzt nicht eure Garben
Vor des Bruders Garbe sich?
Kennt ihr ihn, vor dessen Farben
Sonne, Mond und Stern erblich?
Doch getrost, sein sanft Erbarmen
Gönnt euch frohe Wiederkehr,
Himmlischmild mit offnen Armen,
„Seht so kommt der Träumer her!"

Und so kommt noch im Triumphe
Manch verachteter Prophet,
Den das Volk, das blinde, stumpfe,
Erst als Träumer hat geschmäht:
Kühn, von seinem Gott ergriffen,
Zog er über Land und Meer,
Siegreich, auf beflaggten Schiffen,
„Seht so kommt der Träumer her!"

Doch zuletzt kommt Einer wieder,
Königlich in Himmelstracht,
Den hienieden falsche Brüder
Hart verhöhnt und schnöd verlacht;
Hinter ihm die rohe Rotte
Klirrt mit Nagel, Hammer, Speer,
Vor ihm zischt's mit gift'gem Spotte:
„Seht da kommt der Träumer her!"

Unter schwerem Kreuzesstamme
Kommt er blutend und bestaubt,
Schweigend gleich dem Opferlamme
Senkt er sein erhabnes Haupt;
Durch die ausgestorbnen Gassen,
Die von allen Freunden leer,
Wankt er einsam und verlassen:
„Seht da kommt der Träumer her!"

Träumt' er nicht von einem Throne,
Nicht von einem Königreich?
Und er trägt die Dornenkrone,
Blutbespritzt und todesbleich!
Träumt' er nicht von Lieb und Frieden,
Nicht von Edens Wiederkehr?
Und ihm ward ein Kreuz beschieden:
„Seht da kommt der Träumer her!"

Ja er kommt, und kommt einst wieder,
Wann die Zukunft sicht enthüllt:
Dann erzittert, falsche Brüder,
Denn die Träume sind erfüllt;
Bebend liegt ihr auf den Knieen,
Eure Herzen klopfen schwer,
Gerne möchtet ihr entfliehen,
– ,,Seht da kommt der Träumer her!"

Kommt im königlichen Kleide,
Himmlischfremd und göttlichgroß,
Angetan mit weißer Seide,
Herrlicher denn Salomos,
Mit des Vaters Legionen,
Mit des Himmels hellem Heer,
Um zu strafen, um zu lohnen –
,,Seht so kommt der Träumer her!"

Neigt er dann die hohe Stirne
Gnädig euch vom Richterthron? –
O so kommt, daß er nicht zürne,
Eilt und küsset noch den Sohn,
Ehe die Posaune schallet
Und die große Wundermär
Donnernd durch die Grüfte hallet:
,,Seht da kommt der Träumer her!"

Laß mich nicht in Menschenhände fallen.

2. Sam. 24, 14.

David sprach zu Gad: Es ist mir sehr angst, aber laß uns in die Hand des Herrn fallen, denn seine Barmherzigkeit ist groß, ich will nicht in der Menschen Hand fallen.

Nicht in *Menschenhände* laß mich fallen,
Herr, ich weiß, wie Menschentücke tut,
Wie die Taube in des Geiers Krallen,
Wie das Lamm in Tigertatzen ruht;
Laß mich fallen, Gott, in deine Hände,
Üb an mir dein heiliges Gericht,
Kenn ich doch den Vater, dem am Ende
Über seinem Kind sein Herze bricht.

Nicht von *Menschenaugen* laß mich schätzen,
Welche blind nach Schein und Schimmer gehn,
Tückisch an des Nächsten Fall sich letzen,
Gierig nach des Bruders Splitter spähn;
Leite mich mit deinem Angesichte,
Dessen Flammenblick mein Herz durchblitzt,
Doch deß Vateraug' mit mildem Lichte
Vor dem Fall sein schwaches Kindlein schützt.

Nicht von *Menschenzungen* laß mich richten,
Deren Pfeil am Ziel vorübertrifft.
Eitel ist ihr Lob und frommt mitnichten,
Und ihr Grimm ist gärend Otterngift;
Richte mich durchs Wort aus deinem Munde,
Wie ein Schwert durchhaut es Mark und Bein,
Aber in die gottgeschlagne Wunde
Träuft es mild der Gnade Balsam ein.

Nicht auf *Menschenherzen* laß mich trauen,
Nicht auf Herrengnad' und Volkesgunst,
Eh' will ich mein Korn im Wasser bauen,
Und mein Haus im goldnen Wolkendunst;
Laß mich ruhen, Herr, an deinem Herzen,
Unter deinen Flügeln wohnt sichs warm:
Selig, wer in Freuden dir und Schmerzen
Fällt als Kind in deinen Vaterarm.

„Samuel!"

1. Sam. 3, 3–10.

Und der Herr rief Samuel. Er aber antwortete: siehe, hier bin ich!

Dreimal hat der Herr gerufen
Samuel um Mitternacht,
Der zu Siloh an den Stufen
Vor der Bundeslade wacht;
Dreimal eilt das Kind geschwinde:
„Eli sprich, was riefest du?"
Eli murrt: „was träumt dem Kinde?
Geh und lege dich zur Ruh."

Aber als zum drittenmale
Samuel den Alten weckt,
Plötzlich wie vom Blitzesstrahle
Wird des Priesters Geist erschreckt:
„Knabe geh und leg dich nieder,
Gott der Herr verlangt nach dir,
Horche still und ruft es wieder,
Sprich: o Herr, dein Knecht ist hier!"

Und er geht, sich Gott zu stellen,
Und ihn lehrt Jehovahs Mund
Dinge, daß die Ohren gellen
Wem's in Israel wird kund;
Und die ersten Himmelslichter
Dämmern in des Knaben Geist,
Daß er als Prophet und Richter
Bald sein Volk zur Buße weist.

Freunde, mir ist's auch gegangen
Wie dem Knaben Samuel,
Als vom Seelenschlaf umfangen,
Ich vernahm des Herrn Befehl:
Unversehns am stillen Orte
Klangen mir im Herzen tief
Fremde, unerhörte Worte,
Doch ich wußte nicht, wer rief.

Ging zu Menschen in die Schule,
Denn ich war ein töricht Kind,
Lief zu ird'scher Weisheit Stuhle,
Doch die war wie Eli blind,
Lag wie Eli halb im Schlummer,
Hörte meine Frage kaum,
Sprach: du machst dir eitlen Kummer,
Schlafe nur, es war ein Traum.

Und ich ging und warf mich nieder,
Träumte fort mit Geist und Seel',
Aber immer klang es wieder
Durch das Dunkel: ,,Samuel!"
Da, zu mitternächt'ger Stunde
Ward mir's wie vom Blitze klar:
Mensch, das kam aus Gottes Munde,
Geh, stell ihm dich selber dar!

Und nicht Menschen ging ich fragen,
Nein vor Gottes Angesicht
Nieder warf ich mich mit Zagen,
Und ich träumte länger nicht,
Und in nächtlich stillen Stunden
Sprach der Herr zu seinem Kind
Geistertöne, Himmelskunden,
Welche unaussprechlich sind.

Donnerworte heil'ger Mahnung,
Die kein ird'scher Richter spricht;
Wonnelaute sel'ger Ahnung,
Die durch Erdennächte bricht;
Was kein Menschenmund gelehret,
Was kein Menschengeist erdacht,
Hat mein Herz vom Herrn gehöret
In der stillen Mitternacht.

„Saul, was rufst du mich?"

1. Sam. 28, 5–25.

Horch! Das Zauberweib zu Endor murmelt
nächtliche Beschwörung,
Ihr zu Füßen liegt der König in verzweifelter
Betörung,
Statt des Purpurs deckt die Glieder des
gemeinen Kriegers Rock,
Mit dem Staube mischt sich schmählich sein
gesalbtes Hautgelock.

Kräuter dampfen in der Pfanne; wirkt er
schon, der Zauberfrevel?
Unterird'sche Tore donnern, aus dem Boden
flammt's wie Schwefel,
Aus dem Boden steigt's wie Nebel, der sich
leise zieht und ballt,
Lang und langsam sich entfaltet zur entsetz-
lichen Gestalt.

Aber nicht im Zauberkreise, sieh! er steht
dem Weib im Rücken!
Schaudernd wendet sie das Antlitz, starrt ihn
an mit wilden Blicken;
Die Betrügerin betrogen! nicht ihr Werk ist,
was sie schaut,
Dieser kommt aus andern Welten: ,,Samuel!"
so schreit sie laut.

Ja er ist's, den du gerufen, sieh, o König,
sieh den Alten!
Drohend schaut ein Geisterantlitz aus des
Priestermantels Falten,
Sind es nicht die alten Züge? ist's der Blick
nicht, den du kennst?
Furchtbar war er dir im Leben, schrecklich
ist er als Gespenst!

Wie ein Stern aus Winternebeln brennt sein
Auge trüb und traurig,
Wie ein Sturm aus Felsenklüften haucht er
Worte hohl und schaurig:
,,König Saul, der mich gerufen, warum störst
du meine Ruh?
Warum weckst du mein Gebeine frevelnd
aus der Totentruh?"

„Da ich lebend dir geraten, predigt' ich verschlossnen Ohren;
Nun ich bin im Zorn gestorben, hast du mich umsonst beschworen;
Sitzt ein König stolz im Glücke; wenig gilt ihm ein Prophet,
In der Not ruft man die Toten; – König Saul, es ist zu spät!

„Standst du mit dem Herrn im Himmel weiland nicht im Gnadenbunde?
Warum rufst du denn zu Hilfe, Geister aus dem Höllenschlunde?
Hat ein Mensch den Zaun zerrissen zwischen sich und seinem Gott:
Strickt um ihn die Zaubernetze Geisterspuk und Teufelsspott.

„Seit du Gottes Zucht entlaufen, ist sein Heil von dir gewichen,
Seit dein hoher Geist gesunken, ist dein schöner Stern erblichen,
Seit du Gottes Wort verachtet um den Raub von Amalek,
Heftet sich an deine Fersen Höllenangst und Todesschreck.

König Saul, dein Stern geht unter und
verwirkt ist Kron' und Leben;
Dich wird Gott und all die Deinen in der
Heiden Hände geben;
König Saul, fahr wohl auf Erden, morgen
wirst du bei mir sein!"
Spricht's und schwindet wie ein Nebel,
und die Beiden sind allein.

Leblos liegt der Fürst am Boden, schon
entfloh sein Geist dem Leibe;
Wie ein Kind wird er gepfleget vom er-
schrocknen Zauberweibe,
Wie ein Kind gespeist, getränket; – dann in
alter Heldenkraft,
Seinen Todesgang zu gehen, hat er sich
emporgerafft.

Ob den Bergen von Gilboa graut ein Morgen,
trüb und düster,
Und im Morgenrote funkeln tausend Speere
der Philister;
Eh' der Abend niederdämmert, liegt der
König todeswund,
Um ihn her drei Heldensöhne, auf Gilboas
blutgem Grund.

Du bist der Mann!

2. Sam. 12, 7.

Da sprach Nathan zu David:
Du bist der Mann!

Du bist der Mann – du hast dich selbst
gerichtet!
Spricht Nathan, der Prophet,
Zum blutbefleckten König, der vernichtet
Vor Gottes Antlitz steht;
Du bist der Mann, dem du den Stab gebrochen,
Dem du im Grimm das Urteil schon ge-
sprochen:
„Ein Kind des Todes ist, wer das getan!"
– Du bist der Mann!

Du bist der Mann, der nimmersatt dem Armen
Sein einzig Schäflein stahl,
Und seinen Lüsten herzlos, ohn' Erbarmen
Es schlachtete zum Mahl:
Du, David, den der Herr von Saul errettet,
Mit tausend Gnaden an sein Herz gekettet,
Du, der zur Harfe fromme Psalmen sann,
– Du bist der Mann!

Du bist der Mann – o hör' es, meine Seele,
Halt nicht zu rasch Gericht;
Vergiß im Grimm bei deines Bruders Fehle
Der eignen Sünde nicht!
Vor deinem Aug' – die Früchte und die Taten!
In deiner Brust – die Keime und die Saaten!
In fremder Schuld sieh deine eigne an:
Du bist der Mann!

Du bist der Mann, der heute fromm begeistert
Vor Gott die Harfe spielt,
Und morgen schnöd, von Fleisch und Blut
bemeistert,
Im Staub der Erde wühlt!
Zu Davids Eh'bruch, Petrus' falschem Eide,
Zu Judas' Kuß und Kains Bruderneide,
Zu jedem Frevel irgendwo und wann –
Du bist der Mann!

Du bist der Mann, denn in des Herzens Grunde
Schläft jede böse Lust,
Und wenn die Lust empfing zur schlimmen
Stunde,
Dann steigen aus der Brust
Arge Gedanken, finstre Ungeheuer,
Spei'n Gift und heischen Blut und hauchen Feuer,
Das Leib und Seele dir verzehren kann;
Du bist der Mann!

Du bist der Mann, und ständst du hoch in
Gnaden,
Wie Davids fürstlich Haupt,
Sprich nimmermehr: Was kann der Feind mir
– Leicht ist ein Kranz geraubt! [schaden?
Je höher dich die Huld des Herrn gestellet,
Je lieber dich die List des Argen fället;
Oft schloß im Fleische, wer im Geist begann:
Du bist der Mann!

Du bist der Mann! – ja Herr, ich geb' mich
schuldig,
Denn meine Schuld ist groß;
Herr, Herr, barmherzig, gnädig und geduldig,
Sprich mich in Gnaden los!
Willst du mich nicht, Barmherziger, erretten,
Wer löset mich von meiner Sünde Ketten,
Wer nimmt von meiner Seele mir den Bann?
– Du bist der Mann!

Du bist der Mann, der meine Schuld will büßen
Am blut'gen Marterholz,
Du bist der Mann, dir werf ich mich zu Füßen,
Dahin ist all mein Stolz;
Herr, heile mich von meinem Sündenschaden,
Herr, stärke mich mit deinem Geist der Gnaden;
Du, der am Kreuz den großen Sieg gewann,
Du bist der Mann!

„Wehe mir, ich bin unreiner Lippen."

(Zur Predigerweihe)

Jesajas 6, 1–8.

Selig, heilig, heilig singen
Ihrem Herrn die Seraphim,
Hüllen in die Silberschwingen
Bebend ihr Gesicht vor ihm;
Ihre Geisteraugen wagen
Sich nicht auf zu seinem Licht,
Ihre Engelslippen zagen,
Wenn ihr Mund das „Heilig" spricht.

Herr, an des Altares Stufen
Knie' auch ich, dein schwacher Knecht,
Den zum Boten du berufen,
An ein sündiges Geschlecht;
Aber weh, wie soll ich stehen?
Meine Lippen sind nicht rein,
Wo die Engel schier vergehen,
Wie kann ich dein Zeuge sein?

Mit den blöden Sünderaugen,
Trüb vom Schein des Erdentands,
Kann denn ich zu schauen taugen
Deiner Wahrheit Himmelsglanz?
Mit den schnöden Sünderhänden,
Von der Erde Kram bestaubt,
Sakrament und Segen spenden –
Ist's dem schwachen Knecht erlaubt?

Weh! und diese Sünderlippen,
Noch vom Kelch der Freuden feucht,
Welchen zu vergnügtem Nippen
Schmeichelnd mir die Welt gereicht, –
Dürfen sie ein Wörtlein wagen,
Dreimal Heil'ger! Deines Ruhms?
Dürfen sie die Perle tragen
Deines Evangeliums?

Die zerrissene Drommete,
Gibt sie auch noch hellen Ton?
Und ein sündiger Prophete,
Darf er keck den Sündern drohn?
Die beschmutzte Brunnenmündung,
Spendet sie gesunden Trank?
Taugt zu reiner Heilsverkündung,
Wer noch selbst am Irrtum krank?

Nimm zurück die heil'ge Würde,
Ruf mich nicht ins Botenamt,
Das mich drückt als Zentnerbürde,
Das wie Feuer mich durchflammt;
Oder soll dein Knecht nicht dienen
Dir zur Schmach und ihm zur Pein:
Mußt du selbst sein Herz entsühnen,
Selber ihm die Lippen weih'n.

Hast den Seraph du gespendet
Mit der Kohle vom Altar,
Als Jesajas glanzgeblendet
In den Staub gesunken war,
Der die Lippen ihm berührte,
Daß der Fluch der Sünde wich,
Daß er Geist und Feuer spürte:
,,Herr, hier bin ich, sende mich!" –

Schick auch mir den ernsten Engel,
Der das Gnadenwunder tut,
Meine Flecken, meine Mängel
Sühnet mit der Himmelsglut;
Nicht die Lippe nur zu rühren,
Nicht die Zunge nur zu weihn:
Ach, befleckt sind Herz und Nieren
Und vergiftet Mark und Bein!

Deine Liebe, Ewigtreuer,
Die durch alle Himmel flammt,
Deine Liebe sei das Feuer,
Das mich sühnt fürs heil'ge Amt!
Buße sei die heiße Kohle,
Die die Lippe mir besprüht
Und vom Haupte bis zur Sohle
Läuternd all mein Ich durchglüht!

So, von deiner Lieb' entzündet,
Kein gewaltiger Prophet,
Nur ein Herold, der verkündet
Seines Königs Majestät,
Selbst ein Sünder, will ich rufen:
Sünder, kommt ins Gnadenreich!
Kniet nur an den letzten Stufen,
Ihr mit mir und ich mit euch!

Taug' ich nicht zum scharfen Schwerte,
Leuchtend in der Geisterschlacht:
Wenn dein Geist, o Herr der Herde,
Nur zum Stabe ,,Sanft" mich macht;
Bin ich keine Kriegsdrommete,
Die die Mauer Jerichos springt:
Brauch mich nur als Hirtenflöte,
Die auf Bethlems Flur verklingt!

„Siehe ich bin des Herrn Magd."

Luk. 1, 38.

Maria aber sprach: Siehe ich bin des Herrn Magd; mir geschehe, wie du gesagt hast.

Noch wogt's von Liliendüften
Im stillen Betgemach,
Noch hallt in goldnen Lüften
Der Gruß des Engels nach,
Noch kniet Maria schweigend
Und sinnt, was er gesagt,
Und spricht, vor Gott sich neigend:
Ich bin des Herren Magd.

Was will die Wunderkunde?
Ist's Trübsal oder Glück?
Noch faßt sie nicht zur Stunde
Ihr göttliches Geschick;
Nur eines bleibt ihr stehen,
Wie viel das Herz auch fragt:
Sein Wille soll geschehen,
Ich bin des Herren Magd.

O selig, so zu denken,
O selig, so zu tun;
Er mag mein Schifflein lenken,
Ich will im Schoß ihm ruhn;
Sei's Wonne, sei es Wehe,
Was mir sein Bote sagt:
Sein Wille nur geschehe,
Ich bin des Herren Magd.

Wenn heut' mit eitel Freude
Sein Engel zu mir käm'
Und brächt' ein Brautgeschmeide,
Ein fürstlich Diadem,
Ein Glück, das nie zu hoffen
Mein schüchtern Herz gewagt, –
Ich spräche süß betroffen:
Ich bin des Herren Magd.

Und wenn in meine Kammer
Sein Trauerbote tritt
Und bringt mir Leid und Jammer
Und Kreuz und Tränen mit:
Mein Mund soll stille schweigen,
Ob auch das Herze klagt,
Ich will dem Kreuz mich neigen,
Ich bin des Herren Magd.

Weckt mich aus Kinderträumen
Sein ernstes Vaterwort,
Ruft aus vertrauten Räumen
Mich in die Fremde fort:
Ich will die Heimat lassen,
Will froh und unverzagt
An seiner Hand ihn fassen,
Ich bin des Herren Magd.

Soll still mein Lenz verfließen:
Ich will's zufrieden sein,
Will meine Blumen gießen
Im trauten Kämmerlein,
Und ob nach meiner Klause
Kein Mensch noch Engel fragt:
Hab' ich doch ihn im Hause,
Ich bin des Herren Magd.

Stammt' ich von hohen Ahnen,
Aus königlichem Blut:
Maria soll mich mahnen
An stillen, sanften Mut;
Was helfen mir Juwelen,
Rubinen und Smaragd,
Fehlt mir der Schmuck der Seelen?
Ich bin des Herren Magd.

Müßt' ich als Magd mich mühen
Um kärglichen Gewinnst,
Am niedern Ort verblühen
In fremden Haus und Dienst;
Ob nächtlich mit der Nadel
Mein Finger wund sich plagt,
Doch bleibt's mein Erb und Adel:
Ich bin des Herren Magd.

So sei mein Herz und Leben
In Wonne wie in Weh
Nur deinem Dienst ergeben,
O Vater in der Höh',
Und wenn mein Grab einst grünet,
So sei mir's nachgesagt:
Sie hat getreu gedienet,
Sie war des Herren Magd.

Ich sende euch!

Matth. 10, 16–20.

Ich sende euch; geht hin, ihr meine Zwölfe,
Erobert mir die Welt;
Ich sende euch wie Schafe unter Wölfe,
Wehrlos zieht ihr ins Feld;
Doch wandelt mutig eure Bahnen,
Ihr ziehet mit geweihten Fahnen;
Steht wider euch des Satans ganzes Reich;
Ich sende euch!

Ich sende euch; ich bins, der Herr und Meister,
Der euch vom Netz berief;
Ich sende euch; ich bins, der Fürst der Geister,
Das euer Vollmachtsbrief;
Und sperrt man Türen euch und Gassen,
So sprecht: wir könnens doch nicht lassen,
Gott wills, drum Platz, o Welt, o Hölle, fleuch!
Ich sende euch!

Ich sende euch; die Welt wills nicht erlauben,
Drum seid wie Schlangen klug;
Doch haltet rein die Flügel gleich den Tauben,
Fromm, ohne Falsch und Trug;
Laßt sehn den Stamm, aus dem ihr stammet,
Laßt sehn den Geist, von dem ihr flammet;
O Kindlein, stellt euch dieser Welt nicht gleich!
Ich sende euch!

Ich sende euch; geht in der Weisen Schule,
Laßt leuchten dort mein Licht;
Ich sende euch; steht vor des Fürsten Stuhle
Und predigt mein Gericht;
Wen ich gesandt, soll mutig zeugen,
Vor keinem Baal die Knie beugen,
Weg Menschenfurcht, Vernunftbedenken weich!
Ich sende euch!

Ich sende euch; sie werden euch verdammen,
Gleichwie sie mir getan;
Ich sende euch in Kerker, Blut und Flammen,
Doch geh ich selbst voran,
Und schlägt die Welt euch einst mit Ruten,
Dann denkt an eures Königs Bluten;
Ich, der am Fluchholz blutig hing und bleich,
Ich sende euch!

Ich sende euch; sorgt nicht, was ihr sollt reden,
Ich geb euch meinen Geist,
Der wunderbar die Zunge löst den Blöden,
Und Toren unterweist,
Er gibt zur rechten Zeit und Stunde
Dem Geist ein Licht, ein Wort dem Munde;
Zeuch, kleine Schar, mit meinem Segen zeuch,
Ich sende euch!

Ich sende euch und werd euch einstmals rufen
Zu meiner Sabbatruh,
Dann tritt entzückt an meines Thrones Stufen
Der treue Knecht herzu;
So groß der König, dem ihr dienet,
So reich der Kranz, der für euch grünet;
Hier Kampf und Kreuz und dort das
Himmelreich;
Ich sende euch!

„Wer nicht wider uns ist, der ist für uns."

Luk. 9, 49. 50.

Da antwortete Johannes und sprach: Meister, wir sahen einen, der trieb die Teufel aus in deinem Namen, und wir wehrten ihm, denn er folgt dir nicht mit uns. Und Jesus sprach zu ihm: Wehret ihm nicht, denn wer nicht wider uns ist, der ist für uns.

Was wehret ihr den Brudernamen
Dem Jünger, der mit euch nicht geht?
Was lästert ihr den guten Samen,
Den eure Hand nicht ausgesät?
Ein großer Herr braucht manches Knechtes,
Viel' Hände kämpfen für sein Reich,
Und im Gedränge des Gefechtes
Ist für euch, wer nicht wider euch.

Wohl sprach dereinst der große Meister:
„*Wer nicht für mich, ist wider mich*";
Er kennt die Seinen, prüft die Geister,
Und nimmer täuscht sein Auge sich;
Doch nicht der Jünger sei's, der richtet,
Der Knecht ist nicht dem Herren gleich,
Ihr seid dem mildern Wort verpflichtet:
Für euch ist, wer nicht wider euch!

Braucht's denn, um Christi Werk zu führen,
Ein pergamentenes Diplom?
Dämmt ihr nach euren hänfnen Schnüren
Der ew'gen Gnade freien Strom?
Es fleugt der Geist auf Sturmesflügeln
Und geistet, wo er geisten will,
Und will er wo sein Werk besiegeln,
Bedarf's nicht euer Amtssigill.

Gibt's keinen bessern Kampf zu kämpfen,
Als Wortgezank und Silbenstreit?
Gilt's nicht des Satans Macht zu dämpfen
In dieser letztbetrübten Zeit?
O grüßet froh als Bundsgenossen,
Wer unterm Banner Christi ficht;
Die dichten Glieder festgeschlossen!
Denn anders geht's zum Siege nicht.

Soll denn der Erzfeind lieber siegen,
Eh' ihr besiegt den Brudergroll?
Soll Zions Bau darniederliegen,
Eh' daß der Nachbar helfen soll?
Ist dies das heilige Erbarmen?
Ist dies der stille, sanfte Geist?
Sind die die Kleinen, Geistigarmen,
Die unser Meister selig preist?

Zwar wie mein Geist ihn fühlt und fasset,
So ist und bleibt er einzig mein,
Doch einst im höhern Licht erblasset
All meiner Erdenweisheit Schein;
Und sollt' ich noch dem Bruder fluchen,
Der auch des Geist's ein Fünklein spürt?
Nein, Frieden allen, die da suchen
Die Straße, die gen Zion führt!

Blickt auf zu jenen Ätherfluren:
Ein jeder Stern hat eignes Licht,
Doch all die sel'gen Lichtnaturen
Sie stoßen und sie drängen nicht;
In seinen diamantnen Gleisen
Wallt jeder seinen stillen Gang,
Das Weltenurlicht zu umkreisen
Harmonisch in der Sphären Klang.

Schaut hin zu jenen Frühlingsfeldern,
Geht hin durch's bunte Blumenreich:
Wo ist in Gärten und in Wäldern
Ein Blättchen nur dem andern gleich?
Doch zankt die Rose mit den Nelken,
Die Eiche mit den Buchen nicht,
Ein jedes weiß, wir blühn und welken
In Einer Sonne mildem Licht.

„Wir blühn und welken", ja verwelken
Wird viel, was heute steht im Flor;
Auch eures Kirchentums Gebälken
Steht noch ein Tag des Zorns bevor;
Was Silber, Gold und Edelsteine,
Was Holz und Heu und Stoppel war,
Einst macht's der Herr im Flammenscheine
Des Weltgerichtes offenbar.

So wuchert still mit euren Pfunden,
Bis daß der Meister kommt nach Haus,
Und kauft die kurzen Arbeitsstunden
Für ew'ge Freudenernten aus;
Der hat dem Herrn wahrhaft gehuldigt,
Der seinen Dienst am treusten übt,
Doch daß ein Knecht den andern schuldigt,
Das ist's, was Christi Geist betrübt.

Laß zwischen dein und meinen Hirten
Nicht ferner Zank und Hader sein*),
Ist doch, um alle zu bewirten,
Die große Erde nicht zu klein;
Ist doch kein bittres Haderwasser
Das süße Evangelium,
Kein Leibgericht für Bruderhasser
Des Liebesmahls Mysterium. –

*) 1. Mose 13, 8.

O sieh' die Torheit deiner Freunde,
Erhabnes Haupt, in Mitleid an,
Und bau dir selber die Gemeinde
Nach deinem ew'gen Meisterplan;
Und hältst du mit verklärten Seelen
Die himmlische Kommunion,
Dann laß auch unsern Feind nicht fehlen
Zur großen Brüderunion!

Es ist euch gut!

Joh. 16, 7.

Aber ich sage euch die Wahrheit: Es ist
euch gut, daß ich hingehe.

Es ist euch gut, daß ich von hinnen geh,
Zwar euer Herz ist ob dem Wort voll Trauern,
Doch himmlisch Glück erblüht aus Erdenweh,
Und ewig Leben keimt aus Todesschauern;
Zum Heil für euch und viele fließt mein Blut:
Es ist euch gut.

Es ist euch gut: noch kennt ihr euern Herrn
Im Geiste nicht, nur im Gewand von Staube;
Die Ähre reift nur aus verwestem Kern,
Es quillt der Wein nur aus zertretner Traube;
Vom Himmel tauf ich euch mit Geist und Glut:
Es ist euch gut.

Es ist euch gut; entwöhnt vom Mutterschoß
Lernt erst ein Kind die zagen Füße brauchen,
Und wem sein Schiff zerbrach vom Windes-
stoß,
Muß kühn die Brust in wilde Wogen tauchen;
In Sturm und Streit erwächst ein Heldenmut:
Es ist euch gut.

Es ist euch gut; jetzt könnt ihrs nicht verstehn,
Dieweil noch Tränen euren Blick umfloren,
Doch dermaleinst sollt ihrs im Lichte sehn,
Die Krone bleibt dem Glauben unverloren;
Drum, Kindlein, glaubt's, wie weh dem
Fleisch es tut
Es ist euch gut.

Ich habe euch noch viel zu sagen.

Joh. 16, 12. 13.

Viel noch hab' ich euch zu sagen,
Doch ihr könnet's nicht ertragen,
Laßt mich heim zum Vater gehn,
Euch den *Tröster* zu erflehn."

Gen Himmel wies ich von der Erden,
Von dieser Welt ist nicht mein Reich,
Nicht kommt's mit sichtbaren Gebärden,
Inwendig soll es sein in euch;
Ihr aber träumt von irdischem Throne
Und sucht den Himmel noch im Staub,
Und ach, so lang' ich bei euch wohne,
Das Aug' ist blind, das Ohr ist taub.

„Viel noch hab' ich euch zu sagen,
Doch ihr könnet's nicht ertragen,
Laßt mich heim zum Vater gehn,
Und für euch um *Weisheit* flehn."

In Demut wusch ich euch die Füße,
In Liebe fließt für euch mein Blut,
Daß wie ich euch ins Herze schließe,
Ihr also auch einander tut, –
Ihr aber flucht in meinem Namen
Und zankt euch noch beim Abendmahl,
Und schmächlich keimt der Zwietracht Samen
In der Getreuen kleiner Zahl.

„Viel noch hab' ich euch zu sagen,
Doch ihr könnet's nicht ertragen,
Laßt mich heim zum Vater gehn,
Euch den Geist der *Lieb'* erflehn."

Ich hab euch von der Welt erkoren,
Als Zeugen für mich einzustehn,
Und heut' noch habt ihr mir geschworen,
Mit mir bis in den Tod zu gehn;
Ihr aber werdet mich verlassen,
Wie Spreu euch vor dem Sturm zerstreun,
Ich werd' am Marterholz erblassen,
Verraten, einsam und allein.

„Viel noch hab' ich euch zu sagen,
Doch ihr könnet's nicht ertragen,
Laßt mich heim zum Vater gehn,
Euch den Geist der *Kraft* erflehn."

Und wie er sprach, so ist's gekommen,
Der Meister ging, der Tröster kam,
Und doch, blickt hin auf seine Frommen,
Noch immer ist's der alte Gram:
Noch hängt ihr Herz am Erdenstaube,
Noch zanken sie beim Abendmahl,
Matt ist die Liebe, schwach der Glaube,
Und klein der echten Jünger Zahl.

Viel noch hätt' ich euch zu sagen,
Doch ihr mögt es nicht ertragen,
Laßt auch mich zum Vater gehn,
Und um seinen *Tröster* flehn.

Lasset sie mit Frieden!

Mark. 14, 6.

Jesus aber sprach: Laßt sie in Frieden; was bekümmert ihr sie? Sie hat ein gutes Werk an mir getan.

Lasset sie mit Frieden,
Kümmert nicht das Weib,
Weil sie noch hienieden
Ehrte meinen Leib;
Ihre Opfergabe
Duftet süß durchs Haus,
Hat sie doch zum Grabe
Mich gesalbt voraus.

Lasset mich genießen
Zarter Liebe Zoll
Lasset sie ergießen
Wes ihr Herze voll;
Wem die Welt erloschen
In der Andacht Glut,
Rechnet nicht nach Groschen
Seines Danks Tribut.

Arme zu versorgen
Habt ihr allezeit,
Tut es heut und morgen,
Wie die Not gebeut;
Doch vom Weltgetümmel
Gönnt am heil'gen Tag
Noch dem Geist gen Himmel
Seinen Flügelschlag.

Wo als Heiderose
Ein geweiht Gemüt
In der dürren Prose
Dieser Erde blüht,
Taugt ihr Rechenmeister
Eure Wage nicht,
Wägt man auch die Geister
Mit dem Marktgewicht?

Wenn mit ihrem Pfunde
Fromme Poesie
Einer Erdenstunde
Himmelsduft verlieh:
Ehret ihre Sendung,
Dämpfet nicht den Geist,
Scheltet nicht Verschwendung,
Was den Schöpfer preist. –

Senke nicht erschrocken
Dein beschämt Gesicht
In ergoßne Locken,
Fürcht, o Weib, dich nicht;
Mag dich immer schelten
Die verkehrte Welt:
Christus wird vergelten,
Was ihm wohlgefällt.

Ach, nicht oft begegnet
Lieb ihm hier zu Land;
Darum sei gesegnet,
Milde Frauenhand,
Narde, die so reichlich
Duftend ihn umfloß,
Locke, die so weichlich
Trocknend ihn umschloß!

Sei es arm und wenig.
Was dein Herz getan:
Er, dein großer König,
Blickts in Gnaden an,
Der zur Witwengabe
Mild sein Aug gewandt,
Hat bei kleiner Habe
Große Lieb erkannt.

Noch in Kreuzeshöhen
Noch in Grabeskluft,
Wird ihn süß umwehen
Dieser Narde Duft;
In der Engel Chören,
Königlich verklärt,
Wird er die noch ehren,
Die ihn so geehrt.

Wo man je wird melden,
Was der Herr vollbracht,
Da wird mit dem Helden
Auch der Magd gedacht,
Die zum namenlosen
Martervollen Streit,
Ihm den Weg mit Rosen
Liebend noch bestreut.

Auch du, mein Sohn?

Luk. 22, 61.

Und der Herr wandte sich und sah Petrus an.

Auch du, mein Sohn – so klang aus Cäsars
Munde
Der tiefe Schmerzenston,
Eh' aus der dreiundzwanzigfachen Wunde
Sein Heldengeist entflohn, –
Auch du, mein Brutus, der mich nie betrübet,
Den zärtlich wie ein Vater ich geliebet,
Gibst mit dem Dolch mir meiner Liebe Lohn –
Auch du, mein Sohn?

Auch du, mein Sohn? – mit Pfeileswiderhaken
trifft ihn das milde Wort,
Wie Geisterstimmen sitzt es ihm im Nacken,
Jagt ihn von Ort zu Ort,
Umrauschet ihn im Wellenschlag der Meere,
Umflüstert ihn im Schlachtgeklirr der Speere,
Wie Donner hört er's bei Philippi drohn:
Auch du, mein Sohn?

Auch du, mein Sohn? – so sprach mit heil'gem Leide
Dereinst ein andrer Held,
Als ihm von arger Pharisäer Neide
Sein Urteil ward gefällt.
Da sie ob ihm zum blut'gen Rate sitzen,
Aus hundert Augen Dolche nach ihm blitzen,
Da klagt er Eins nur unter Haß und Hohn:
        Auch du, mein Sohn?

Auch du, mein Sohn? mein Petrus, der geschworen:
Nein Herr, dich laß' ich nicht!
Du bist's, der keck vor seines Meisters Ohren
Den frischen Eidschwur bricht,
Der ihm den Dolch ins treue Herz gestochen,
Mit frechem Mund: „ich kenn' ihn nicht"
        gesprochen;
Ist dies dein Eid, dies meiner Liebe Lohn?
        Auch du, mein Sohn?

Auch du, mein Sohn? er spricht es ohne Worte,
Mit einem stummen Blick.
Der Blick schlägt ein und ruft zur Gnadenpforte
Den irren Sohn zurück;
Er wankt hinaus durch nächtlichstille Gassen,
Weint bitterlich und kann sich nimmer fassen,
So rührend klagt's vom ew'gen Gnadenthron:
        Auch du, mein Sohn?

Auch du, mein Sohn? so ruft des Heilands Klage
Noch manch verlornem Kind,
Und mahnet es an alte goldne Tage,
Die längst vergessen sind;
Vernimmst du nicht sein leises Liebeslocken,
Gleichwie im Wald von fernen Heimatglocken
Der irre Wandrer einen schwachen Ton:
Auch du, mein Sohn?

Auch du, mein Sohm? was ward aus jenem
Knaben,
Der am Altare stund,
An Leib und Seel' geschmückt mit edlen Gaben;
Wie brauchtest du dein Pfund?
Das Vatergut – ach! umgebracht mit Prassen,
Das Vaterhaus – vergessen und verlassen,
Und Tränen jetzt und Treber nur dein Lohn! –
Auch du, mein Sohn?

Auch du, mein Sohn? o laß dein Herz durchbohren
Von jenem Liebesblick!
Ob vieles auch, nicht alles ist verloren:
Die Gnade bringt's zurück;
Die Gnade ruft, o hör ihr leises Rufen,
Sink weinend hin an ihres Thrones Stufen,
Dann klingt's in andrem, in versöhntem Ton:
Auch du, mein Sohn!

Maria – Rabbuni!

Joh. 20. 16.

Spricht Jesus zu ihr: Maria! Da wandte sie sich um und spricht zu ihm: Rabbuni! das heißt Meister.

„Maria!"

Maria! ganz entschwunden
Ist dir des Freunds Gestalt,
Dem du in heilgen' Stunden
So selig nachgewallt,
Dem du in heißer Reue
Dereinst zu Füßen sankst,
Und noch voll Schmerz und Treue
Den Kreuzesstamm umschlangst?
– Maria!

Maria, so umfloren,
Die Tränen dein Gesicht,
Daß du im Wahn verloren
Dich selbst und all dein Licht?
Wach auf, o Herz, und klimme
Hervor aus deiner Gruft,
Vernimm des Freundes Stimme,
Der dich bei Namen ruft:
– Maria!

Maria, Himmelsboten
Hab' ich vorausgesandt:
Was sucht ihr bei den Toten
Den, der vom Grab erstand?
Und glaubtest du die Kunde
Von Engelslippen nicht,
So traue meinem Munde,
Hör, was dein Heiland spricht:
– Maria!

Maria! trauter Name,
Den meine Seele liebt,
Unzählig ist der Same,
Den mir mein Vater gibt,
Doch unter Millionen
Der Meinen bleibst du mein,
Umjauchzt von Legionen
Der Engel, denk ich dein,
– Maria

Maria – nicht umfassen
Darfst Du für jetzt mein Knie,
Die Welt muß ich verlassen,
Du bleibst im Staube hie,
Doch an des Thrones Stufen
Nach treuem Pilgergang

Will ich dir wieder rufen
Zu seligem Empfang:
– Maria!

Maria! meine Brüder
Seh' ich im Jammer stehn;
Geh hin und sage wieder,
Daß du den Herrrn gesehn!
Der fromme Osterglaube
Soll alle Welt erfreun;
Fleug auf, du sollst die Taube
Mir mit dem Ölblatt sein!
– Maria!

„*Rabbuni*"

Rabbuni, – dir zu Füßen
Sieh deine arme Magd,
Sieh meine Tränen fließen,
Weil mir das Wort versagt:
Wie soll ich dich empfangen,
Du großer Sieger du?
Mein Elend ist vergangen,
Mein Herze jauchzt dir zu:
– Rabbuni!

Rabbuni, konnt' ich kennen
Dein strahlend Angesicht?
Die Wunden seh' ich brennen
In gold'nem Glorienlicht;
Bist du der Mann der Schmerzen,
Das Lamm von Golgatha,
Dem ich aus offnem Herzen
den Blutstrom quellen sah?
– Rabbuni!

Rabbuni! – ja geblieben
Bist du's, der Menschensohn;
Das ist ja noch der lieben,
Der alten Stimme Ton;
Ein Wort aus deinem Munde
Sprengt jedes Herzens Tor
Und hebt's vom Höllengrunde
In's Himmelslicht empor!
– Rabbuni!

Rabbuni, Herr und Meister,
Vor dem der Erdkreis kniet,
Magnet, zu dem's die Geister
Mit Wunderkräften zieht,
Mein Gärtner, der vom Staube
Die welke Blume hebt,

Mein Fels, zu dem die Taube
In Sturm und Wetter schwebt:
– Rabbuni!

Rabbuni! ach umschlingen
Will dich mein sehnend' Herz,
Und dir auf Engelsschwingen
Nachfliegen himmelwärts;
Doch sind wir noch geschieden
In dieser untern Welt;
Ich wall' im Staub hienieden,
Du thronst im Sternenzelt!
– Rabbuni!

Rabbuni – zu den Brüdern
Will ich denn Boten gehn,
Will dienen deinen Gliedern
Bis ich das Haupt soll sehn,
Bis nach getreuem Wallen
Der Glaube wird gekrönt,
Und dir in Himmelshallen
Mein Freudengruß ertönt:
– Rabbuni!

Es ist der Herr!

Joh. 21. 7.

Da spricht der Jünger, welchen Jesus lieb hatte,
zu Petrus: „Es ist der Herr!"

Es ist der Herr! hört ihr das Glaubenswort
Vom See Genezareth?
O sprechet's nach, daß es von Ort zu Ort
Durch alle Lande geht;
Ihr müßt ihn doch den Herren nennen,
Und alle Welt soll's noch bekennen:
Es ist der Herr!

Es ist der Herr! kein Segen ohne ihn,
So viel ihr sorgt und wacht!
Ich warf das Netz, umsonst war mein Bemühn
Die lange, bange Nacht;
Vom Abend weint' ich bis zum Morgen,
Und schaffte nichts mit meinem Sorgen:
Es ist der Herr!

Es ist der Herr! wahrhaft ist sein Gesetz
Und selig sein Gebot;
Zur Rechten warf ich auf sein Wort mein
Netz,
Und aus war alle Not;
So selig führt auf Erden Keiner,
So königlich belohnt nur Einer:
Es ist der Herr!

Es ist der Herr! schon lange steht er da,
Doch wähnt' ich, er sei fern,
Nacht war's in mir, mein trübes Auge sah
Noch nicht den Morgenstern;
Gottlob, nun hat es ausgedunkelt,
Der Glaube glüht, die Sonne funkelt:
Es ist der Herr!

Es ist der Herr! *Johannes* hat's geseh'n;
O edler Glaubensfund!
Der sanfte Geist vernimmt der Gnade Weh'n
Im stillen Herzensgrund;
O such auch du im stillen Grunde,
Dann tönt auch dir die frohe Kunde:
Es ist der Herr!

Es ist der Herr! in's Meer wirft *Simon* sich;
O schöne Liebesglut!
Hinweg, mein Gott, was trennet mich und
dich,
Hinan durch Glut und Flut!
Mit Freuden geh' ich durch die Wogen,
Ich weiß ja den, der mich gezogen:
Es ist der Herr!

Es ist der Herr! die *Andern* folgen nach:
O frommer Herzenszug!
Die stille Treue folget allgemach
Dem ersten Liebesflug;
Gilt's auch noch manche Ruderschläge,
Getrost, wir sind auf rechtem Wege:
Es ist der Herr!

Es ist der Herr! so kommet nun herbei
Und setzet euch zum Mahl;
Er speiset euch mit Gnaden mancherlei;
Heran von Berg und Tal!
O lieblich sind des Heilands Feste
Und hochgesegnet seine Gäste:
Es ist der Herr!

Es ist der Herr, nun fragt man ihn nicht mehr:
Wer bist, was schaffest du?
Was er auch tut, es ist doch immer Er,
Drin hat der Glaube Ruh';
Ob er uns züchtigt oder segnet,
Im Sonnenschein. im Sturm begegnet:
Es ist der Herr!

Es ist der Herr! zwar sel'ge Stunden nur
Erquickt mich seine Huld:
Noch fesselt mich die sterbliche Natur,
Doch, Seele, nur Geduld!
Einst schaust du ihn von Angesichte,
Und jubelst laut im ew'gen Lichte:
Es ist der Herr!

Hast du mich lieb?

Joh. 21. 17.

Spricht er zum drittenmal zu ihm: Simon
Jona, hast du mich lieb?

Hast du mich lieb? Simon Johanna höre,
Dein Heiland fragt am See Tiberias;
Hast du mich lieb? Simon Johanna schwöre!
Doch eh' du schwörest, seine Frage faß':
Er fragt so treu mit väterlichem Munde,
Sein heilig Aug' durchschaut dich bis zum Grunde,
Simon Johanna, warum blickst so trüb?
Hast du mich lieb?

Hast du mich lieb? wohl hast du dich
vermessen:
Wenn alle untreu werden, bleib' ich treu!
Und doch, und doch – hast deines Schwurs
vergessen,
Den Herrn verleugnet ohne Scham und Scheu!
Ist das der Fels, den ich mir selbst erkoren,
– Ist das der Petrus, der so hoch geschworen,
Der sich auf Tod und Leben mir verschrieb?
Hast du mich lieb?

Hast du mich lieb? ich will nicht mehr verlangen,
Nur eines frag' ich: hast mich wieder lieb?
Komm, armes Kind, komm, trockne deine
Wangen,
Gib mir die Hand, dein reuig Herze gib!
Zerstoßnes Rohr, ich will dich nicht zerknicken,
Glimmender Docht, ich will dich nicht ersticken,
Wenn glostend nur ein Fünklein übrig blieb!
Hast du mich lieb?

Hast du mich lieb? ich hab's um dich verdienet,
Mein Joch ist sanft und leicht ist meine Last;
Hat dir nicht gute Weide stets gegrünet,
Wo du dich meinem Stab vertrauet hast?
Den Hirten, der vom Abgrund dich gerettet,
Auf seine Achsel freundlich dich gebettet,
Den in den Tod um dich die Liebe trieb, –
Hast du mich lieb?

Hast du mich lieb? – so weide meine Schafe,
Geretteter, sieh da dein Retteramt;
O edle Buße, wonnevolle Strafe
Dem Sünder, der von Dank und Liebe flammt:
Du irrtest selbst, so suche die Verirrten,
Du fandst den Herrn, so führ auch sie zum Hirten,
Hüt ihm die Herde vor dem Seelendieb!
Hast du mich lieb?

Hast du mich lieb? so weide meine Lämmer:
Die Kleinen bind' ich dir zuerst aufs Herz,
Sie gehn noch zwischen Nacht und Licht im
Dämmer;
Führ' sie auf grünen Auen sonnenwärts!
Hast du mich lieb, so liebe mich in diesen,
Was du den Kleinen tust, ist mir erwiesen;
Brennt nicht deinHerz von mütterlichem Trieb?
Hast du mich lieb?

Hast du mich lieb? ein Andrer wird dich gürten
Und führen, wohin Fleisch und Blut nicht will;
Die Herde wird man schlagen wie den Hirten;
Simon Johanna, hältst du dann mir still?
Die Liebe mögen Ströme nicht ersäufen,
Die Liebe dürfen Flammen nicht ergreifen,
Sie preist den Herrn noch unterm Henkershieb;
Hast du mich lieb?

Hast du mich lieb? – Du weißest alle Dinge,
Du weißt, o Herr, was meiner Liebe fehlt;
O daß dein himmlisch Feuer mich durchdringe,
Dein Liebeshauch mein totes Herz beseelt!
Schreib mir ins Herz die große Heilandsfrage,
Und gib, daß ich gebeugten Sinnes sage:
Ich hab' dich oft betrübt; vergib, vergib,
Ich hab' dich lieb!

Er stirbt nicht!

Joh. 21. 23.

Da ging eine Rede aus unter den Brüdern:
„Dieser Jünger stirbt nicht."

Er stirbet nicht, der Jünger, den ich liebe,
Johannes stirbet nicht;
Ob auch Jersusalem in Staub zerstiebe,
Roms Kaiserstuhl zerbricht:
Auf Zions Schutt und Roma's Trümmern
Wird neu der Herr sein Haus sich zimmern;
Wer seiner Kirche dienet als ein Licht,
Der stirbet nicht!

Er stirbet nicht, der Jünger, der mich liebet,
So mancher Sturm ihn trifft,
Ob ihr ihn auch aufs wüste Patmos triebet
Und tränket ihn mit Gift:
Ihn decket seines Heilands Gnade,
Daß ihm kein Gift der Schlangen schade,
Daß ihn vergebens Tod und Höll' anficht;
Er stirbet nicht!

Er stirbet nicht; wenn ich will, daß er bleibe,
Was geht's dich an, o Welt?
Wenn ich ihn in das Buch des Lebens schreibe,
Wer ist es, der ihn fällt?
Komm an, o Welt, mit deinen Tücken,
Komm an, o Tod mit deinen Stricken,
Der Fürst des Lebens decket ihn und spricht:
Er stirbet nicht!

Er stirbet nicht, nur müßt ihr's richtig fassen:
Wenn einst sein Stündlein schlug,
Dann wird auch er in meinem Arm erblassen
Und schließen euern Zug;
Der treue Knecht von hundert Jahren
Liegt still in seinen Silberhaaren,
Darein die Liebe ihm den Lorbeer flicht;
Doch stirbt er nicht!

Er stirbet nicht, sein Geist auf Adlersflügeln
Schwingt sich zu mir empor,
Zur Zionsburg, zu den saphirnen Hügeln,
Zum obern Priesterchor;
Die neue Stadt, von Gott erbauet,
Die er entzückt im Geist geschauet,
Betritt er mit verklärtem Angesicht;
Er stirbet nicht!

Er stirbet nicht! Nein Herr, wen Du erkoren,
Der wird den Tod nicht sehn,
Wen du aus Geist und Wasser neugeboren,
Kann nicht verloren gehn;
O laß in seligem Genügen
An deiner Brust mich ewig liegen,
Und sprich zu mir, wenn einst mein Auge bricht:
Du stirbest nicht!

Paulus, du rasest!

Ap.-Gesch. 26, 24. 25.

Da er aber solches zur Verantwortung gab, sprach Festus mit lauter Stimme: Paulus, du rasest! die große Kunst macht dich rasend. Er aber sprach: Mein teurer Festus, ich rase nicht, sondern ich rede wahre und vernünftige Worte.

Du rasest, Paulus, deine große Kunst
Sie machet dich, doch macht sie mich nicht rasen;
Du schwärmest, Freund, wie leichten Wolkendunst
Soll dir mein Mund dein Luftgebäu zerblasen!"

Mein teurer Festus, Paulus raset nicht,
er spricht vernünftige und wahre Worte,
Was ich entzückt geschaut im Himmelslicht,
Das ist's wovon ich zeug', am dunkeln Orte.

„Du rasest, Paulus, nie hab' ich's gesehn,
Das Licht, so bei Damaskus dich umblitzet;
Du schwärmest, Freund, ich kann ihn nicht verstehn
Den frommen Wahn, der dein Gehirn erhitzet."

Mein teurer Festus, allen ist's bestimmt,
Mein Himmelslicht, doch alle sehn's mitnichten,
Der Geist nur ist es, der den Geist vernimmt.
Aus Gott muß sein, wer Gottes Wort will richten.

„Du rasest, Paulus, geh' mit deinem Gott,
Der schnöd am Kreuz verblutet und gestorben!
Du schwärmest, Freund, verzeihe meinen Spott:
Wann ist ein Gott gestorben und verdorben?"

Den Juden ist das Kreuz ein Ärgernis
Und eine Torheit ist's den klugen Griechen;
Doch wird, gequält vom Sündenschlangenbiß,
Manch stolzer Geist zu diesem Kreuz noch kriechen.

„Du rasest, Paulus, zwingst du eine Welt?
Dein Häuflein Galiläer ist verloren,
Schickt seine Weisen Hellas in das Feld
Und Nero seine blutigen Liktoren."

Dreihundert Jahre noch: so wird in Rom
Vom Kapitol ein Kreuz von Golde schimmern,
So ragt in Hellas Jesu Christi Dom
Hoch ob der alten Göttertempel Trümmern.

„Du rasest, Paulus, grünt nicht mancher Kranz?
Du bist fürwahr zu Besserem berufen!
Komm, sonne dich in heitrer Ehren Glanz,
Ersteige kühn des Nachruhms Tempelstufen."

Mein teurer Festus, Christus ist mein Ruhm,
Um seinetwillen rühm' ich mich der Schande;
Den Kerker macht er mir zum Heiligtum,
Zu Ehrenketten diese ehrnen Bande.

,,Du rasest, Paulus, sieh, dein Haar ergraut,
Im Kerker siechst du hin, ein bleicher Schächer,
Und küßtest du denn niemals eine Braut,
Und kränztest nie mit Rosen deinen Becher?"

Laß fahren hin! – der äußre Mensch verwest,
Der innre wird von Tag zu Tag erneuert,
Bis er, vom Leibe dieses Tod's erlöst,
Dort oben ew'ge Freudenfeste feiert.

,,Du rasest, Paulus, blutig blinkt ein Beil,
Dein graues Haar, du trägst es zum Schafotte;
Wo bleibt alsdann dein vielgepriesnes Heil?
Was hast du dann für Lohn von deinem Gotte?"

Dann setzt er dem getreuen Knecht aufs Haupt
Als Gnadenlohn des ew'gen Lebens Krone,
Und den ich nicht gesehn und doch geglaubt,
Ihn bet ich an im Licht vor seinem Throne.

„Ich bin ein Christ."

Welches Glaubens bist du? – Ich bin ein Christ. Katechismus.

Ich bin ein Christ! so sprichst du keck, mein Kind,
Blickst frisch und froh dabei hinauf zum Lehrer;
Ja, mit dem Mund ist man ein Christ geschwind,
Doch mit der Tat, mein Sohn, da geht es schwerer;
Merk auf und lerne, was das heißt und ist:
„Ich bin ein Christ."

Cyrillus war ein Knabe so wie du;
Noch lag das Wort vom Kreuz in schwerem Banne,
Doch Christo führt ihn früh die Mutter zu,
Zum Greuel dem noch unbekehrten Manne;
Des muntern Knaben erstes Sprüchlein ist:
„Ich bin ein Christ."

Zur Schule geht er, hold an Leib und Seel,
Doch wird der junge Beter bald zum Spotte,
Wie zwischen Elis Buben Samuel,
Wie Joseph unter seiner Brüder Rotte;
Er trägts und schweigt; sein Trost im Herzen ist:
„Ich bin ein Christ."

Die Mutter stirbt, o heißer Seelenschmerz!
Wer wird nun dich, verwaistes Lämmlein, hüten?
Der Vater lockt und droht: ach junges Herz,
wer pflegt nun deines Glaubens zarte Blüten?
– Ihm winkt die Sel'ge, daß er's nie vergißt:
„Ich bin ein Christ."

Da geht ein Mordbefehl hinaus von Rom,
Daß man die Christen fahe, foltre, binde;
Cäsarien durchfließt ein blut'ger Strom,
Die Schergen nahn dem Prätor mit dem Kinde,
Der fragt ihn ernst: sprich, Knabe, wer du bist? –
„Ich bin ein Christ."

– Ein Tor bist du, dein Vater stieß dich aus,
Und nun, so jung, willst du so schrecklich sterben?
„O Herr, im Himmel ist mein Vaterhaus,
Da droben darf ich bessre Güter erben;
Nur zu, ihr Henker, handelt wie ihr müßt:
Ich bin ein Christ."

Der Strick wird um sein zartes Fleisch geschürt,
Vielleicht der Richtplatz wird den Waghals
schrecken.
Zum hohen Holzstoß wird er hingeführt,
Wo gierig schon die Flämmlein nach ihm lecken,
Doch freudig spricht er unterm Mordgerüst:
„Ich bin ein Christ."

Der Richter warnt und fleht zum letzenmal,
Die Henker weinen, die entmenschten
Männer;
,,Was weinet ihr um meine kurze Qual?"
So tröstet sie der fröhliche Bekenner,
,,O laßt mich heim, nur Pein ist jede Frist;
Ich bin ein Christ."

Zur Schlachtbank führt man denn das junge
Lamm,
Laut klagt das Volk, nur er bleibt
unerschrocken,
Gen Himmel blickt er still am Marterstamm,
Die Flamme sengt ihm schon Gewand und
Locken,
Da tönt's noch aus dem Feuer, das ihn frißt:
,,Ich bin ein Christ."

Es ist vollbracht, der junge Heldengeist
Hat sich zum Chor der Sieger
aufgeschwungen,
Wo ihm den Kranz ein Bruderengel weist,
Wo ihn die Mutter selig hält umschlungen,
Und wo sein ewig Lob- und Danklied ist:
,,Ich bin ein Christ."

„Ave Cäsar, morituri te salutant!"

Hebr. 12, 1 – 4.

Heil Cäsar dir! dich grüßen, die da sterben!"
So ruft der Gladiatoren rauher Chor;
Gleich wird der Sand mit ihrem Blut sich
färben;
Im Tod sich noch ein Lächeln zu erwerben,
Stellt sich die Schar dem Imperator vor.

In weitem Rund mit vollgedrängten Sitzen
Türmt sich der Zirkus auf ins Himmelblau,
Der Pöbel kürzt die Zeit mit blut'gen Witzen
Und fünfzigtausend Römeraugen blitzen
Voll Mordbegier nach der ersehnten Schau.

Ein Wink, da stürzen die geübten Schlächter
Den nackten Leib ins blut'ge Schwerterspiel,
Der Zagende stirbt unter Hohngelächter,
Doch Beifallsdonner lohnt den schönen Fechter,
Der malerisch im Todeskampfe fiel.

Entmenschtes Rom! zur Wollust ist das
Morden,
Die Menschenschlächterei zur schönen Kunst,
Das Sterben zum Theaterspiel geworden,
Und Nero rührt mit schmelzenden Akkorden
Die Zither sich zur nächt'gen Feuersbrunst.

– Doch sieh, was führt man heut für
Gladiatoren
Der Schaubegier des lieben Pöbels vor?
Nicht Parther sind, nicht Perser heut erkoren,
Nicht blonde Jünglinge, am Rhein geboren;
Heut ist's ein ungewohnter Fechterchor.

Sind hier nicht Greise, die zum Kampf sich
rüsten?
Nicht Mägdlein, hold ihr Haupt in Scham
gesenkt?
Nicht Frauen, mit dem Säugling an den Brüsten?
Merk auf, o Rom, heut sterben deine Christen,
Die Neros Güte dir zum Schauspiel schenkt!

Still ziehn sie ein in wallendem Gewande;
Mit sanften Schritt, gleich einer Priesterschar,
Sie stehn im Rund, nun fallen ihre Bande,
Sie knieen nieder in des Zirkus Sande,
Ihr Psalm ertönet fremd und wunderbar.

Sie grüßen ihren Cäsar, doch nicht jenen,
Der in die Hand sein finstres Haupt dort stützt,
Nein Einen, der, umjauchzt von Harfentönen,
Hoch ob der Erde blutigen Arenen
Als Friedefürst in goldnen Wolken sitzt.

„*Heil Christe dir! dich grüßen die da sterben,*
Kurz ist der Kampf und ewig ist der Lohn,

O selig, wer um deine Krone werben,
O selig, wer dein himmlisch Reich darf erben,
Nimm unsre Seelen auf, du Gottessohn!"

Sie schaun sich um und schauen mit Entzücken
Den edlen Zeugenkreis, der sie umringt,
Nicht jenen, der mit mordgewohnten Blicken
Im weiten Zirkus, voll bis zum Erdrücken,
Wie eine Riesenschlange sie umschlingt, –

Nein, Engel sinds, die sich herniederneigen,
Ein lichter Kreis, ein strahlenvoller Kranz,
Mit Kronen winken sie, mit Palmenzweigen,
Kopf drängt an Kopf und Reigen sich an Reigen,
Bis er verschwebt im gold'nen Himmelsglanz. –

Numid'scher Leu, nun schüttle deine Mähne,
Die Lämmer Christi schrecket nicht dein Zorn,
Spring an aus deinem Käfig, o Hyäne,
Du Königstiger, wetze deine Zähne,
Zermalme kecklich Christi Weizenkorn! –

Zehn blut'ge Leichen schleift man aus den
Toren,
Doch zwanzig derer, die sie sterben sahn,
Sie haben morgen schon zum Kreuz
geschworen,
Aus Blut wird Christi Kirche neu geboren,
Und jeder Sturm facht frische Flammen an.

„Du hast gesiegt, Galiläer!"

Palm 2, 10 – 12.

„Du Galiläer, hast gesiegt!"
So tönt verzweiflungsvoll der Ruf
Des Kaisers, der am Boden liegt,
Umstäubt von wilder Rosse Huf;
Ihn traf das tödliche Geschoß
Inmitten seiner Siegesbahn,
Warf blutend ihn vom hohen Roß,
Und Staub ist Kaiser Julian.

Ja stolzer Geist, er hat gesiegt,
Der Held vom See Tiberias,
Den du bis in den Tod bekriegt,
Dem du geschworen ew'gen Haß;
Die Starken werden ihm zum Raub,
Der zu des Vaters Rechten sitzt,
Die Stolzen sinken in den Staub,
Von seiner Majestät umblitzt.

Schad' ist's um deinen tapfern Mut;
Du ziertest einen Kaiserthron,
Du warst ein echtes Heldenblut,
Der herrlichen Cäsaren Sohn;
Ein kriechend Heuchelchristentum
Empörte deinen Römerstolz,
Da suchtest du dir andern Ruhm
Und fluchtest Christi Marterholz.

Du winktest mit dem Herrscherstab
Ein zornig ,,Halt" dem Zeitenlauf,
Du wecktest aus dem frischen Grab
Die kaum versunknen Götter auf;
Sein Haupt erhob der Donnergott,
Mars schlug an seinen Heeresschild,
Apollo blickte Siegerspott
Auf Christi bleiches Kreuzesbild.

Aus Hainen von Elysium
Riefst du die Weisen Griechenlands,
Mit Christi Evangelium
Zu buhlen um den Siegeskranz:
Da stritt Homeros Harfenklang
Mit Davids ernstem Saitenspiel,
Und Platos hohe Weisheit rang
Mit Pauli Torheit um das Ziel.

Du ließest mit des Christen Gold
Die Göttertempel neu erstehn,
Du warest allen Ketzern hold,
Die Unkraut in den Weizen sä'n,
Selbst Abrahams verhaßtem Sohn
Winkst du mit gnädigem Verlaub:
„Auf Jude, bau zu Christi Sohn
Den Tempel neu aus Schutt und Staub!"

Umsonst! – was man am Tage schuf,
Erdbeben schlangs bei Nacht hinab;
Kein Menschenwitz, kein Herrscherruf
Erweckt die Toten aus dem Grab;
Umsonst! – der Zeiten rollend Rad,
Im Schwunge hälts kein Kaiser auf,
Und wer sich stellt in Christi Pfad,
Den überfährt sein Siegeslauf.

Umsonst! – dein Leben flog vorbei,
Gleichwie ein Meteor verfliegt;
Verzweifelnd klang dein Todesschrei:
„Der Galiläer hat gesiegt!"
Umsonst! – in der Geschichte Buch
Steht schwarz bekreuzt dein Name da,
Beladen mit der Kirche Fluch,
O Julian Apostata!

Drum hörts, ihr Großen auf dem Thron,
Ihr Weisen, nehmt die Weisung an:
Auf! eilt und küsset Gottes Sohn
Und kreuzt nicht seine Siegesbahn,
Eh über euch sein Zorn entbrennt,
Eh ihr zermalmt im Staube liegt,
Und sterbend euer Mund bekennt:
„Du Galiläer hast gesiegt!"

„Gott will's!"

(Zur Missionarweihe)

Mark. 16, 13.

Gott will es! so rufen die Ritter,
Entflammt von der Predigt Gewalt,
Daß der Schwur wie ein himmlisch Gewitter
Die Kirchengewölbe durchhallt,
Und tausend Schwerter, sie blitzen,
Und tausend Herzen, sie glühn,
Das Grab des Erlösers zu schützen,
Zum heiligen Lande zu ziehn.

Gott will's – und die Helden, sie scheiden
Gelassen vom heimischen Gau,
Gott will's und die Schiffe durchschneiden
Im Fluge des Ozeans Blau,
Gott will's! das ertönt als Parole
Zur Landung am heiligen Strand,
Gott will's! das beschwinget die Sohle
Durch der Wüste brennenden Sand.

Und lassen auch Tausende schmachtend
Ihr Gebein der Hyäne zum Raub:
Zehntausende dringen, nichts achtend,
Voran durch den glühenden Staub;
Gott will's! das erhebt wie mit Flügeln,
Ist einer zum Tode schon matt; –
Da schimmern von rötlichen Hügeln
Die Kuppeln der heiligen Stadt.

Gott will es! – die Pilgrime fallen
In den Staub mit entzücktem Gesicht,
Die Kreuzespaniere, sie wallen
Im abendlich goldenen Licht;
Gott will es! – schon fällen die Lanzen
Die Helden zum heiligen Sturm:
Gott will's! – Die Eroberer pflanzen
Das Kreuz auf Jerusalems Turm.

– Die Rittergewaffen verrosten,
Längst feiert das Schwert und der Speer,
Längst zog zum entheiligten Osten
Die Fahne des Kreuzes nicht mehr;
Doch gibt es noch heilige Kriege,
Gott will's und der Heiland gebeuts:
Wer meldet zum Kampf sich, zum Siege?
Wo sind sie, die Ritter vom Kreuz?

Wer höret des Heidentums Klagen?
Wen rühret Jerusalems Leid?
Wen lüstest, die Seele zu wagen
An Gottes untrüglichen Eid:
„Dir geb ich die Heiden zum Erbe,
Dir schenk ich die Starken zum Raub!"
Wen drängts, daß er Kronen erwerbe
Von nimmer verwelkendem Laub?

Es drängt sich die gläubige Menge
Im festlichen Gotteshaus;
Es wogen die hehren Gesänge
Durch die Hallen des heiligen Baus
Von frommer Begeisterung lodernd
Erschallet die Predigt vom Kreuz,
Zu Christi Ritterschaft fordernd:
„Gott will's und der Heiland gebeuts!"

Sieh' da! drei blühende Helden,
Still treten sie vor den Altar,
Zum heiligen Krieg sich zu melden,
Und stellen dem Priester sich dar:
„Gott will es, wir könnens nicht lassen,
Uns dringet die Liebe des Herrn,
Der Jammer der Welt, und erblassen –
Will's Gott, so wollen wirs gern."

Willkommen, ihr tapfern Genossen,
Empfanget die heilige Wehr!
Nicht zieht ihr mit Wagen und Rossen,
Nicht kämpft ihr mit Bogen und Speer;
Nur das Schwert des Geists in die Rechte,
An die Linke den Glauben zum Schild –
So eilet zum heil'gen Gefechte
Hinaus in das heiße Gefild.

Gott will's – und die Pilgrime scheiden
Getrost von der heimischen Au;
Gott will's – und die Schiffe durchschneiden
Im Fluge des Ozeans Blau;
Gott will's – das hilft durch die Brandung
Vorüber am tödlichen Riff,
Das trägt zur gesegneten Landung
In den Port das geweihete Schiff.

Wie feierlich grüßen die Palmen,
Wie funkelt von Blumen der Strand!
Doch seht ihr durchs Dickicht nicht qualmen
Vom Götzenaltare den Brand?
Wohlauf denn zum heiligen Streite,
Für den Herrn in den seligen Krieg!
Bringt Seelen ihm freudig zur Beute:
Gott will's und er hilft euch zum Sieg!

Gott will es – das kühl euch die Schatten
In Afrikas brennendem Sand,
Das stärke die Kniee den Matten,
Das stähle die sinkende Hand,
Und ob man euch unter den Palmen
In einsamer Wüste begräbt:
Gott will's – das umsäusle wie Psalmen
Den Geist, der gen Himmel entschwebt!

Das Mägdlein schläft.

Matth. 9, 24.

Das Mägdlein schläft, ihr Eltern jammert nicht,
Gönnt ihm die süße Ruh;
Aus Blumen blickt sein friedevoll Gesicht
Und spricht euch tröstlich zu:
Ein lieblich Los ist mir beschieden,
Ich lieg und schlafe ganz mit Frieden;
Das Mägdlein schläft.

Das Mägdlein schläft; es hat sich müd gespielt
Und hat sich satt gefreut;
Die Puppe, die es stolz im Ärmchen hielt,
Sein liebes Sonntagskleid,
Sein Büchlein, dran es fromm gesessen,
Sein Reichtum all ist nun vergessen;
Das Mägdlein schläft.

Das Mägdlein schläft, sein Lebenstag war mild
Und leicht sein Erdenlos,
Ein Bächlein, das durchs blumige Gefild
In klaren Wellen floß;
Kein Weh hat ihm durchs Herz geschnitten,
Der letzte Kampf war bald gestritten;
        Das Mägdlein schläft.

Das Mägdlein schläft; wie selig schlief es ein
In seines Hirten Arm!
Noch war sein Herz vom Gift der Sünde rein,
Drum starb es ohne Harm;
Ein schuldlos Herz, ein gut Gewissen,
Das ist ein sanftes Sterbekissen;
        Das Mägdlein schläft.

Das Mägdlein schläft; all Erdenweh und Not
Verschläfts im sichern Zelt;
Weißt Mutter du, was Bittres ihm gedroht
In dieser argen Welt?
Jetzt mag der rauhe Winter stürmen,
Der schwüle Sommer Wetter türmen:
        Das Mägdlein schläft.

Das Mägdlein schläft, nur eine kurze Nacht
Verschläfts im Kämmerlein,
O wenn es einst vom Schlummer auferwacht,
Das wird ein Morgen sein!
Der eintrat in Jairus Kammer,
Der stillt sodann auch euern Jammer;
Das Mägdlein schläft.

Das Mägdlein schläft; und nun den letzten Kuß
Auf seinen blassen Mund;
O Mutterherz, so sei es denn, weils muß;
Gott, hilf durch diese Stund!
Ihr Kinder, folgt mit Chorgesange
Dem Schwesterlein zum letzten Gange;
Das Mägdlein schläft.

Das Mägdlein schläft, nun Hirte nimms ans
Herz,
Es ist ja ewig dein;
Ihr Sterne blicket freundlich niederwärts
Und hütet sein Gebein;
Ihr Winde, weht mit leisem Flügel
Um dieses blumenreichen Hügel;
Das Mägdlein schläft.

Ich möchte heim!

Hebr. 13, 14.

Wir haben hier keine bleibende Stadt, sondern die zukünftige suchen wir.

Ich möchte heim, mich ziehts dem Vaterhause,
Dem Vaterherzen zu;
Fort aus der Welt verworrenem Gebrause
Zur stillen tiefen Ruh;
Mit tausend Wünschen bin ich ausgegangen,
Heim kehr ich mit bescheidenem Verlangen,
Noch hegt mein Herz nur *einer* Hoffnung Keim:
Ich möchte heim.

Ich möchte heim, bin müd von deinem Leide,
Du arge, falsche Welt;
Ich möchte heim, bin satt von deiner Freude,
Glückzu, wem sie gefällt!
Weil Gott es will, will ich mein Kreuz noch tragen,
Will ritterlich durch diese Welt mich schlagen,
Doch tief im Busen seufz' ich insgeheim:
Ich möchte heim.

Ich möchte heim; ich sah in sel'gen Träumen
Ein bessres Vaterland;
Dort ist mein Teil in ewig lichten Räumen,
Hier hab ich keinen Stand:
Der Lenz ist hin, die Schwalbe schwingt die
Flügel
Der Heimat zu, weit über Tal und Hügel,
Sie hält kein Jägergarn, kein Vogelleim, –
Ich möchte heim.

Ich möchte heim; trug man als kleines Kindlein
Mich einst zu Spiel und Schmaus:
Ich freute mich ein leichtes kurzes Stündlein,
Dann war der Jubel aus;
Wenn sternhell noch der Brüder Auge blitzte,
In Spiel und Lust sich erst ihr Herz erhitzte,
Trotz Purpuräpfeln, goldnem Honigseim:
Ich wollte heim.

Ich möchte heim; das Schifflein sucht den
Hafen,
Das Bächlein läuft ins Meer,
Das Kindlein legt im Mutterarm sich schlafen,
Und ich will auch nicht mehr;
Manch Lied hab ich in Lust und Leid gesungen,
Wie ein Geschwätz ist Lust und Leid verklungen,
Im Herzen blieb mir noch der letzte Reim:
Ich möchte heim.

Ein Fremdling auf Erden.

Kol. 3, 3.

Denn ihr seid gestorben, und euer Leben ist verborgen mit Christo in Gott.

Hoher Fremdling, der zur Erden
Aus des Vaters Schoße kam,
Und der Menschheit Knechtsgebärden
Ohne Murren auf sich nahm,
Der in rauher Erdenhülle,
Unter grobem Pilgerkleid
Barg der Gottheit ganze Fülle,
Trug den Stern der Herrlichkeit!

Fremdling unter deinem Volke,
Das mit Palmen dich empfing,
Während ihm des Wahnes Wolke
Vor den blöden Blicken hing,
Das in Leibesnot und Schmerze
Gierig griff nach deiner Hand,
Aber nie dein himmlisch Herze,
Nie dein göttlich Wort verstand!

Fremdling unter Pharisäern,
Die dein heiliger Blick erschreckt,
Der du durch ein Heer von Spähern
Walltest still und unbefleckt,
Wie der Mond, der fleckenlose,
Durch das Nachtgewölke zieht,
Wie der süße Kelch der Rose
Mitten unter Dornen blüht! –

Fremdling in dem Kreis der Jünger,
Der dich Herr und Meister hieß,
Dem dein sanft erhobner Finger
Seine Torheit oft verwies,
Den du in den Abschiedstagen
Noch voll Wehmut angesehn:
„Vieles hätt' ich euch zu sagen,
Doch ihr könnet's nicht verstehn!" –

Fremdling auf der schönen Erde,
Die dir wenig Rosen trug,
Aber Mühsal und Beschwerde,
Dorn und Disteln ach! genug:
Denn das Wild hat seine Stätte
Und ihr Nest des Vogels Brut,
Doch des Menschen Sohn kein Bette,
Drauf sein Haupt in Frieden ruht! –

Fremdling, der bei Nacht gekommen
Und geheim von hinnen ging,
Der, ein Greuel selbst den Frommen,
Am verfluchten Holze hing,
Der die blut'gen Grabeslinnen
Liegen ließ in leerer Gruft,
Den die Wolke trug von hinnen,
Aufwärts durch die blaue Luft!

Fremdling nach zweitausend Jahren
Heute noch in dieser Welt,
Ob sich auch dein Volk in Scharen
Betend um dein Kreuze stellt,
Wo dich tausende nicht kennen,
Weil ihr Geistesauge blind,
Tausende mit Lippen nennen,
Doch dir fern im Herzen sind! –

Hoher Fremdling, gib hienieden
Mir den rechten Fremdlingsinn,
Daß ich, reich in deinem Frieden,
Gern ein Gast und Pilger bin;
Geht mein Pfad auf öden Heiden,
Führt mein Weg durch grüne Au'n:
Laß in Schmerzen mich und Freuden
Unverrückt nach oben schaun!

Muß ich unter blinden Seelen
Freundlos meine Pfade gehn
Und mein Heiligstes verhehlen,
Oder es verlästert sehn:
Laß mich nach der Welt nichts fragen
Die die Besten stets verstieß,
Und mein Heil im Herzen tragen
Als verschlossnes Paradies!

Wenn sich holde Bande trennen,
Die die Wallfahrt mir versüßt,
Liebe Herzen mich verkennen,
Freundesaug sich sterbend schließt,
Wenn ich blut' aus stillen Wunden
und die Kelter tret' allein:
Laß mich, dir im Geist verbunden,
Einsam, nicht alleine sein!

Wirft das Weltglück seine Kränze
andern blindlings in den Schoß,
Stehn im blütenreichsten Lenze
Meine Bäume blütenlos:
Laß mich nicht um Tand mich grämen,
gib zum Trost mir zwiefach dann
Frieden, den die Welt nicht nehmen,
Den die Welt nicht geben kann!

Hoher Fremdling, der zur Erde
Niederstieg aus Engelreihn:
Daß ich dort ein Bürger werde,
Laß mich hier ein Fremdling sein,
Hier mit dir in Gott verborgen,
Vor der Menschen Auge nichts,
Aber dort am großen Morgen
Offenbar als Kind des Lichts!

Friedhofstimmen.

1 Petr. 1, 24.

Denn alles Fleisch ist wie Gras und alle Herrlichkeit des Menschen wie des Grases Blume.

Nur wie im Traum, in Phantasien verloren,
Verirrt ich mich zu dieses Gartens Toren;
Weß ist dies Feld, wem grünet dieser Boden?
– „Den Toten."

Was schauderst du, mein Fuß, hineinzutreten?
Wie grünt's und blüht's in diesen Rosenbeeten!
Woher das Öl zu all den süßen Düften?
– „Aus Grüften."

Sieh hier, o Mensch, wo deine Pfade enden,
Ob schlangengleich sie durch die Welt sich wenden;
Zu Füßen flüstert's dir aus welkem Laube:
– „Im Staube!"

Wo sind sie all' die wechselnden Geschicke,
Der Erdenpilger kurzes Lebensglücke?
Auf diesen Grabeskreuzen kannst du's lesen:
– „Gewesen!"

Wo sind die Herzen, die in Erdentagen
So bang in Leid, so hoch in Lust geschlagen,
Die einst so heiß in Lieb und Haß gelodert?
– „Vermodert!"

Wo sind die holden, blühenden Gestalten,
Die froh die Welt im Sonnenschein durchwallten?
Was decken diese moosbewachs'nen Steine?
– „Gebeine!"

Wo sind die Starken, die durch's Leben stürmten
Und himmelan die stolzen Pläne türmten?
Dort von der Friedhofsmauer krächzen Raben:
– „Begraben!"

Wo sind die Teuren, denen beim Versenken
Die Liebe schwur ein ewig Angedenken?
Leis flüstern diese düsteren Cypressen:
– „Vergessen!"

Und sah denn Niemand, wo sie hingegangen?
Reicht über's Grab kein noch so heiß' Verlangen?
Die finstern Häupter schütteln jene Fichten:
– „Mitnichten!"

Der Abendwind seufzt kläglich in den Bäumen,
Mein Geist versinkt in schwermutsvollen Träumen,
Das Spätrot bleicht, schon dämmert's trüb
und trüber:
– „Vorüber!"

Es reut mich nicht.

1 Kor. 3, 22. 23.

Alles ist euer, ihr aber seid Christi, Christus
aber ist Gottes.

Viel reut mich einst an meines Grabes Pforte
Im Blick auf meinen irren Pilgerlauf,
In Scharen stehn Gedanken, Werke, Worte
Als Kläger wider meine Seele auf.
Mein Flehn, wenn mich des Richters Blick
durchflammet,
Ist: Herr, geh' mit dem Knecht nicht ins Gericht!
Doch manches, Freunde, was ihr streng
verdammet,
– Es reut mich nicht.

Mich reut kein Spruch, den schonend ich
gesprochen,
Wo man den Bruder auf der Waage wog;
Wenn ich gehofft, wo ihr den Stab gebrochen,
und Honig fand, wo Gift ein andrer sog;
Und war zu mild mein Spruch, zu kühn mein
Hoffen,
Im Himmel sitzt er, der das Urteil spricht,
Auch mir bleibt nur ein Gnadenpförtlein offen:
Es reut mich nicht.

Mich reut kein Weg, drein sich mein Geist vertiefte
Im ernsten Dienst gestrenger Wissenschaft,
Wenn ich, dieweil ihr schlieft, die Flügel prüfte
Der angebor'nen, gottgeschenkten Kraft,
Und war's ein Umweg, der nach heißen Stunden
Zurück erst führte zu dem ew'gen Licht:
Wer recht gesucht, nur der hat recht gefunden;
– Es reut mich nicht.

Mich reut kein Lied, im Freundeskreis gesungen,
Wie still genossen unter Busch und Baum,
Wenn, von der Dichtung Zauberband
umschlungen,
Mein Haupt umfloß ein kurzer goldner Traum;
Und war's nicht immer eine Kirchenweise,
Und war's Homers Gesang, Shakespears Gedicht:
Im Waldesdom rauscht's auch zu Gottes Preise;
– Es reut mich nicht.

Mich reut kein Tag, den ich in Tal und Hügeln
Durch meines Gottes schöne Welt geschwärmt,
Umsaust im Sturm von seiner Allmacht
Flügeln,
Im Sonnenschein von seiner Huld gewärmt;
Und war's kein Gottesdienst im Kirchenstuhle,
Und war's kein Tagewerk im Joch der Pflicht:
Auch auf den Bergen hält mein Heiland Schule;
– Es reut mich nicht.

Mich reut kein Scherflein, das am Wege der Arme,
Im Bett ein Kranker – ungeprüft – empfing,
Daß durch ein Antlitz, trüb und bleich von Harme,
Wie Sonnenblick ein flüchtig Lächeln ging,
und warf ich manchmal auch mein Brot ins Wasser,
Gott selbst im Himmel füttert manchen Wicht;
Mich macht ein Schelm noch nicht zum
Menschenhasser;
– Es reut mich nicht.

Mich reut die Träne nicht, die mir entflossen
Bei fremdem Schmerze wie bei eignem Weh,
Wo Andre männlicher ihr Herz verschlossen
Und kühler standen auf des Glaubens Höh;
Und ists noch menschlich, daß der Menschheit
Jammer
Mein Aug mir feuchtet und mein Herze bricht:
Auch Jesus weint' an einer Grabeskammer;
– Es reut mich nicht.

Daß ich den Herrn verkannt auf tausend Pfaden,
Wo liebend mir sein Geist entgegenkam,
Daß ich vergrub so manches Pfund der Gnaden,
Das, Freunde, reuet mich und ist mein Gram;
Doch, daß ich auch als Christ ein Mensch geblieben,
Und keck, was menschlich, faßte ins Gesicht,
Ein Mensch im Dulden, Glauben, Hoffen, Lieben,
– Es reut mich nicht.

„Grüß Gott!"

Röm. 16, 16.

Grüßet euch unter einander mit dem heiligen Kuß.

Grüß Gott! aus deutschem Munde
Wie herzig klingt der Gruß!
Auf heimatlichem Grunde
Fühlt wieder sich mein Fuß;
„Grüß Gott!" ich komm als Wandrer
Aus fernen Landen her,
Doch tönt so lieb kein andrer,
Kein Gruß der Welt wie der!

Italische Zunge grüßte
Melodisch mich und weich,
Der bärtige Sohn der Wüste
Sprach: „Friede sei mit euch!"
Ich hörte Palmen rauschen,
Ich sah den Lorbeer stehn:
Nun darf ich wieder lauschen
Der deutschen Linde Wehn.

„Grüß Gott!" mir hat's geklungen
So freundlich und so fromm,
Als wie von Engelzungen
Ein himmlischer Willkomm;
So wunderlieblich segnet
Den Wandersmann der Gruß,
Wie wenns ihm Blüten regnet
Vom Baum auf Haupt und Fuß.

„Grüß Gott!" das klingt am Morgen
Wie muntrer Lerchenton,
Und scheucht des Wandrers Sorgen
Wie Nachtgewölk davon;
„Grüß Gott!" das tönt am Abend
Wie sanfter Drosselschlag,
Und fühlt wie Tau so labend
Nach schwülem Arbeitstag.

„Grüß Gott" in freien Lüften!
Wie weiland Abraham
Auf stillen Weidetriften
Jehovahs Ruf vernahm:
So weh' auf allen Wegen
In Wald und Wiesenplan,
In Sonnenschein und Regen
Dich Gottes Odem an.

„Grüß Gott" in deinem Hause!
Wie einst Mariam süß
In ihrer stillen Klause
Gott Vater grüßen ließ:
So tret' auch dir sein Engel
Mit holdem Gnadenschein,
Mit Gruß und Lilienstengel
In deine Kammer ein.

Grüß Gott am Tag der Freude:
Er würze dir dein Brot!
Grüß Gott in Kreuz und Leide:
Er tröste dich in Not!
Grüß Gott uns all' auf Erden
Mit seiner Gnade Strahl,
Bis wir ihn grüßen werden
Daheim im Himmelssaal!

Behüt dich Gott!

Psalm 121.

Der Herr behüte deinen Ausgang und Eingang
von nun an bis in Ewigkeit.

Behüt dich Gott, geliebtes Kind,
In deinen Locken spielt der Wind,
Das Hündlein wedelt, springt und bellt,
Dein Mut ist frisch und schön die Welt;
Behüt dich Gott!

Behüt dich Gott, mein Herz ist schwer,
Ich kann dich hüten nimmermehr,
Doch send' ich dir als Engelwach
Geflügelte Gebete nach:
Behüt dich Gott!

Behüt dich Gott an Seel und Leib,
Daß Not und Schmerz dir ferne bleib;
Des Vaters Aug, der Mutter Hand,
Sie reichen nicht ins fremde Land;
Behüt dich Gott!

Behüt dich Gott an Leib und Seel
Vor Sünd und Schand, vor Fall und Fehl;
Dein kindlich Herz, vom Argen rein,
O hüt es wohl wie Edelstein;
Behüt dich Gott!

Behüt dich Gott, die Welt ist schlimm,
Verderblich ist ihr Haß und Grimm,
Verderblicher ihr Glanz und Glück;
Vor des Verführers gold'nem Strick
Behüt dich Gott!

Behüt dich Gott, dein Herz ist schwach,
Hab Gott vor Augen, bet' und wach;
Sein guter Geist, o ruf' ihn an,
Er führe dich auf ebner Bahn;
Behüt dich Gott!

Behüt dich Gott, ein starker Hort,
Sein Szepter reicht von Ort zu Ort,
Sein Arm gebeut, sein Auge schaut
So weit der weite Himmel blaut;
Behüt dich Gott!

Behüt dich Gott, ein guter Hirt,
Sein Schäflein hat sich nie verirrt,
Mit Jakob zog er schützend aus,
Tobiam bracht' er froh nach Haus;
Behüt dich Gott!

Behüt dich Gott – und nun zum Schluß
Von Mund zu Mund den letzten Kuß,
Von Herz zu Herz das letzte Wort,
Auf Wiedersehn hier oder dort;
Behüt dich Gott!

Alle Kreatur Gottes ist gut.

1. Tim. 4, 4.

Nach einer persischen Legende.

Dort in Nazareth am letzten Hause,
Wo das Kleeblatt hoher Palmen raget,
Wo vom dunkelblauen Sommerhimmel
An der blendendweißen Gartenmauer
Glühendheiß die Morgensonne brennet,
Lag ein toter Hund im Staub der Straße,
Sei's, daß er im Hunger da verdorben,
Sei's, daß er vor Alter da verendet.

Und die Leute, so des Weges kommen,
Bleiben bei dem Tiere müßig stehen,
Spotten sein: zum Geier, ruft der Eine,
Mit dem Aase, das die Luft verpestet!
Und ein Andrer murrt, warum der Nachbar
Nicht den Greuel aus dem Wege schaffe?
Und ein Drittel zählt die dürren Rippen,
Höhnt die steifen ausgereckten Beine; –
Mit den Füßen trat man ihn im Leben,
Läßt kein gutes Haar ihm noch im Tode. –

Sieh, da kommt von ungefähr die Straße
Jesus her, der Sohn des Zimmermannes,
Noch nicht dreißig Jahre zählt der Jüngling,
Edlen Ganges kommt er, sanfter Mienen,
Himmlische Gedanken in der Seele,
Tritt bescheiden in den Kreis der Spötter,
Schaut aufs arme Tier mit mildem Blicke:
„Schön sind seine Zähne, weiß wie Perlen",
Spricht er sanft und wendet sich zu gehen.

Also sieht im häßlichsten Geschöpfe
Noch ein liebend Aug des Schöpfers Spuren;
Der den Schächer sterbend wird begnaden,
Gönnet auch ein Lob dem toten Hunde.

Soli deo gloria!

Psalm 118, 14.

Der Herr ist meine Macht und mein Psalm und mein Heil!

Was da schön, besingt es immer: Herr, du bist alleine groß!
Dieser Psalm verklinget nimmer: Herr du bist alleine groß!
In des Glückes goldner Stunde strahlte mein entzückter Blick
Wie der Tau im Sonnenschimmer: Herr, du bist alleine groß!
In der Trübsal Kummernächten schrieb ichs weinend in den Staub:
Erdenfreude geht in Tümmer; Herr, du bist alleine groß!
Als ich staunend mich ergangen in der Schöpfung Riesendom,
Las ich's in der Sterne Flimmer: Herr, du bist alleine groß!
Als ich grübelnd mich vergraben in der Weltgeschichte Buch,
Ging sein Geist durchs stille Zimmer: Herr, du bist alleine groß!

Käferlein hat mir's gepredigt in der Rose
Purpurkelch,
Und der Aar, der Lüfteschwimmer: Herr du
bist alleine groß!
Große Helden hört ich preisen, doch was will
vor Gott ihr Ruhm,
Vor dem Diamant ein Glimmer: Herr, du bist
alleine groß!
Der Vergangenheit Ruinen predigens mit
Riesenschrift,
Moosbedeckte Heiligtümer: Herr, du bist
alleine groß!
Was der Zukunft Buch entrollen, was der
Nachwelt blühen soll,
Komm es besser oder schlimmer: Herr, du
bist alleine groß!
Durch die tiefen Ewigkeiten rufts der Sel'gen
Wonnelied,
Der Verworfnen Angstgewimmer: Herr, du
bist alleine groß!

Heilige Zeiten

Advent.

Offenb. 3, 20.

Siehe, ich stehe vor der Tür und klopfe an.

Ich klopfe an zum heiligen Advent
Und stehe vor der Tür!
O selig, wer des Hirten Stimme kennt,
Und eilt und öffnet mir.
Ich werde Nachtmahl mit ihm halten,
Ihm Gnade spenden, Licht entfalten,
Der ganze Himmel wird ihm aufgetan,
Ich klopfe an.

Ich klopfe an, da draußen ist's so kalt
In dieser Winterzeit;
Vom Eise starrt der finstre Tannenwald,
Die Welt ist eingeschneit,
Auch Menschenherzen sind gefroren,
Ich stehe vor verschloss'nen Toren,
Wo ist ein Herz, den Heiland zu empfahn?
Ich klopfe an.

Ich klopfe an, sähst du mir nur einmal
Ins treue Angesicht,
Den Dornenkranz, der Nägel blutig Mal' –
O du verwärfst mich nicht!
Ich trug um dich so heiß Verlangen,
Ich bin so lang dich suchen gangen,
Vom Kreuze her komm ich die blut'ge Bahn:
Ich klopfe an.

Ich klopfe an, der Abend ist so traut,
So stille nah und fern,
Die Erde schläft, vom klaren Himmel schaut
Der lichte Abendstern;
In solchen heilgen Dämmerstunden
Hat manches Herz mich schon gefunden;
O denk, wie Nikodemus einst getan:
Ich klopfe an!

Ich klopfe an und bringe nichts als Heil
Und Segen für und für,
Zachäus' Glück, Marias gutes Teil
Beschert' ich gern auch dir,
Wie ich den Jüngern einst beschieden
In finstrer Nacht den süßen Frieden,
So möcht' ich dir mit holdem Gruße nahn,
Ich klopfe an.

Ich klopfe an, bist, Seele, du zu Haus,
Wenn dein Geliebter pocht?
Blüht mir im Krug ein frischer Blumenstrauß,
Brennt deines Glaubens Docht?
Weißt du, wie man den Freund bewirtet?
Bist du geschürzet und gegürtet?
Bist du bereit mich bräutlich zu umfahn?
Ich klopfe an.

Ich klopfe an, klopft dir dein Herze mit
Bei meiner Stimme Ton?
Schreckt dich der treusten Mutterliebe Tritt
Wie fernen Donners Drohn?
O hör' auf deines Herzens Pochen,
In deiner Brust hat Gott gesprochen:
Wach auf, der Morgen graut, bald kräht der
Hahn,
Ich klopfe an.

Ich klopfe an; sprich nicht: es ist der Wind,
Er rauscht im dürren Laub; –
Dein Heiland ist' s, dein Herr, dein Gott,
mein Kind
O stelle dich nicht taub;
Jetzt komm' ich noch im sanften Sausen
Doch bald vielleicht im Sturmesbrausen,
O glaub', es ist kein eitler Kinderwahn:
Ich klopfe an.

Ich klopfe an, jetzt bin ich noch dein Gast
Und steh vor deiner Tür,
Einst, Seele, wenn du hier kein Haus mehr
hast,
Dann klopfest du bei mir;
Wer hier getan nach meinem Worte,
Dem öffn' ich dort die Friedenspforte,
Wer mich verstieß, dem wird nicht aufgetan;
Ich klopfe an.

Am heiligen Abend

Micha 5, 1.

„Und du, Bethlehem, Ephratha, die du klein bist unter den Städten in Juda, aus dir soll mir der kommen, der in Israel Herr sei, welches Ausgang von Anfang und von Ewigkeit her gewesen ist."

O heiliger Abend,
Mit Sternen besät,
Wie lieblich und labend
Dein Hauch mich umweht!
Vom Kindergetümmel,
Vom Lichtergewimmel
Aufschau ich zum Himmel
In leisem Gebet.

Da funkelt von Sternen
Ein himmlischer Baum,
Da jauchzt es im fernen
Ätherischen Raum;
Da lassen die Sphären
In seligen Chören
Glückwünschend sich hören;
Mir klingts wie im Traum.

Es führet mit Feuer
Orion den Chor,
Die himmlische *Leier*
Tönt golden hervor;
Dann folgen mit Schalle
Die Sternelein alle;
Dem lieblichen Halle
Lauscht selig mein Ohr:

„O Erde, du kleine,
Du dämmernder Stern,
Doch gleichet dir keine
Der Welten von fern!
So schmählich verloren,
So selig erkoren,
Auf dir ist geboren
Die Klarheit des Herrn!"

„Wir wandeln da oben
Im ewigen Licht,
Den Schöpfer zu loben
Ist selige Pflicht;
Wir wallen und wohnen
Seit vielen Äonen
Um himmlische Thronen
Und sündigen nicht."

„Wir funkeln im alten
Urewigen Glanz,
Du hast nicht behalten
Den himmlischen Kranz;
Doch neu dich zu heben
Vom Tode zum Leben
Hat dir sich ergeben
Der Ewige ganz!"

„Wir kennen nicht Tränen,
Nicht Tod und nicht Grab,
Doch ziehet ein Sehnen
Zu dir uns hinab,
Wo liebend gelitten,
Wo segnend geschritten
Durch niedrige Hütten
Dein göttlicher Knab."

„Du unter den Welten
Wie Bethlehem klein,
In himmlischen Zelten
Gedenket man dein."
So klangen die Lieder
Der Sterne hernieder,
Da freut' ich mich wieder,
Von Erde zu sein.

Die heilige Nacht.

Luk. 2, 1 – 14.

O Bethlehem, du kleine,
Was färbt um Mitternacht
Dein altersgrau Gesteine
Für wunderhelle Pracht?
Die Hirten draußen auf dem Feld
Sie sehn vom güld'nen Glanze
Die Gegend rings erhellt.

Die Schäflein ruhn, umschimmert
Von silberklarem Schein,
Und jedes Gräslein flimmert
Wie grüner Edelstein,
Und mitten in dem schönsten Licht
Da steht ein hoher Engel
Mit holdem Angesicht.

Der spricht mit mildem Munde:
Was fürchtet ihr euch so?
Ich bring euch gute Kunde,
Der alle Welt wird froh,
Denn heut ist in der Davidsstadt
Der Heiland euch geboren,
Wie Gott verheißen hat.

Geht hin und seht es liegen,
Das Kindlein hold und zart,
Gebettet statt der Wiegen
In einer Krippe hart,
Gewickelt von der Mutter Hand
In arme dünne Windeln
Statt purpurnem Gewand.

Und aller Himmel Heere
Erscheinen plötzlich da
Und singen ihm zur Ehre
Ein selig Gloria:
„Gelobt sei Gott in Himmelshöhn'
Und Friede sei auf Erden,
Den Menschen Wohlergehn!"

So tönt wie lauter Flöten,
Gemischt mit Harfenklang,
Der himmlischen Propheten
Entzückender Gesang,
Und leis verklingts im Himmelsraum,
Und nur die Sterne funkeln:
Den Hirten dünkts ein Traum.

Sie eilen hin zu sehen,
Was ihnen angesagt; –
O laßt mich mit euch gehen;

Gott grüß dich, reine Magd!
Gott grüß dich, o du Kindlein süß!
Du zarte Rosenknospe
Aus Gottes Paradies!

Heil euch, ihr holden Lippen,
Die schon an Mutterbrust
Vom Leidenskelche nippen,
Sich selber unbewußt!
O tu' dich auf, du Kindermund
Voll Geist und Kraft und Leben
Und mach mein Heil mir kund!

Heil euch, ihr treuen Augen,
Aus deren mildem Blick
Die ganze Welt soll saugen
Licht, Frieden, Trost und Glück!
Seid mir gegrüßt zu tausendmal,
O sendet mir ins Herze
Nur *einen* Liebesstrahl!

Heil diesen kleinen Händen,
Die einst erhoben sind,
Den Kranken Heil zu spenden
Zu stillen Meer und Wind,
Die noch am Kreuze mildiglich

Die Sünderwelt umspannen, –
Ihr Händlein, segnet mich!

Heil diesen zarten Füßen,
Die bald auf blut'ger Bahn
Todmüde wallen müssen
Gen' Golgatha hinan!
Ihr Füßlein, hold und friedereich,
Die ihr von Segen triefet,
O laßt mich küssen euch!

Ja laß ans Herz dich schließen,
Du süßer Himmelsgast,
Vom Haupte bis zu Füßen
Sei minniglich umfaßt:
Ist dir mein armer Dienst genehm,
So sei mein Herz dein Kripplein,
Mein Haus dein Bethlehem.

Da wachse, thron' und wohne,
Du süßes Angesicht,
als meines Herzens Krone,
Als meines Hauses Licht,
So wird in deinem Gnadenschein
Mein Herz ein Tempel Gottes,
Mein Haus ein Bethel sein.

Zum neuen Jahr

Kalendergruß

Psalm 90, 2.

Zum *neuen Jahr den alten Vater,*
Des starker Arm die Welten hält;
Er hat sein Volk seit grauen Tagen
Auf Adlersflügeln treu getragen,
Ihm sei die Zukunft heimgestellt;
  Zum neuen Jahr den alten Vater,
  Des starker Arm die Welten hält!

Zum neuen Jahr den neuen Segen,
Noch Wasser gnug hat Gottes Born;
Harrt fröhlich sein, ihr Kreaturen,
Bald deckt er die beschneiten Fluren
Mit grüner Saat und goldnem Korn;
  Zum neuen Jahr den neuen Segen,
  Noch Wasser gnug hat Gottes Born!

Zum neuen Jahr die alten Sorgen,
Noch sind wir nicht im Jubeljahr;
Noch wallen wir auf Pilgerwegen
Berg auf und ab in Sonn' und Regen,

Noch gilt's zu kämpfen immerdar;
Zum neuen Jahr die alten Sorgen,
Noch sind wir nicht im Jubeljahr!

Zum neuen Jahr ein neues Hoffen,
Die Erde wird noch immer grün;
Auch dieser März bringt Lerchenlieder,
Auch dieser Mai bringt Rosen wieder,
Auch dieses Jahr läßt Freuden blüh'n;
Zum neuen Jahr ein neues Hoffen,
Die Erde wird noch immer grün!

Zum neuen Jahr den alten Glauben,
In diesem Zeichen siegen wir;
Glück zu, mein Volk, auf allen Bahnen,
Entrolle kühn der Zukunft Fahnen,
Doch Christus bleib' das Reichspanier:
Zum neuen Jahr den alten Glauben,
In diesem Zeichen siegen wir!

Zum neuen Jahr ein neues Herze,
Ein frisches Blatt im Lebensbuch!
Die alte Schuld sei ausgestrichen,
Der alte Zwist sei ausgeglichen,
Und ausgetilgt der alte Fluch;
Zum neuen Jahr ein neues Herze,
Ein frisches Blatt im Lebensbuch!

Erscheinungsfest.

Matth. 2, 1 – 12.

Durch Bethlems alte Pforte
Welch königlicher Zug!
So sah man nichts am Orte,
Seit David Krone trug;
Drei Fürsten sieht man schreiten
In fremder Wundertracht;
In Ehrfurcht folgt vom weiten
Des Heergefolges Pracht.

Man führet stolze Rosse,
Vom weiten Weg bestaubt,
Hoch ragt aus buntem Trosse
Der Dromedare Haupt,
Sie kommen schwer beladen
Mit manchem edlen Gut,
Aus öden Wüstenpfaden,
Aus heißer Sonnenglut,

Ihr Fremdlinge, von wannen?
„Vom Morgenlande fern!"
Was führt euch her, ihr Mannen?
„Uns führte Gottes Stern!"
Wen suchet ihr am Orte?
„Den König aller Welt!" –
Sie treten in die Pforte,
Darob der Stern sich stellt.

Kaum fasset all den Schimmer
Der engen Hütte Raum,
Maria sitzt im Zimmer
Und lächelt wie im Traum,
Sie hält in stiller Wonne
Ein göttlich Kind im Schoß,
Das blickt wie eine Sonne
Aus Augen tief und groß.

Und von des Kindleins Blicken
Getroffen, sinken sie
Mit seligem Entzücken
Geblendet in das Knie
Und Weihrauch, Gold und Myrrhen,
Sie bietens ehrfurchtsvoll
In köstlichen Geschirren
Als ihrer Liebe Zoll.

O seht den schönen Alten,
Der auf den Knie'n entzückt
Aus roten Mantels Falten
Hinauf zum Kinde blickt;
Dahinter untertänig
Ein hoher Mann sich neigt,
Ein junger Mohrenkönig
Sich staunend vorwärts beugt!

Ja kniet nur ihm zu Ehren,
Bringt Gold und Weihrauch her;
Ihm soll sich noch bekehren
Der Völker Schar am Meer;
Die Heiden sollen wallen
Im Glanz von seinem Licht,
Die Fürsten sollen fallen
Vor ihm aufs Angesicht.

Viel Könige noch und Kaiser
Beugt dieses Kind ins Joch,
Ihm steht an Geist kein Weiser,
Kein Fürst an Macht zu hoch;
Kein Volk ist so verloren,
Kein Land so nebelfern:
Zum Licht wird's noch geboren
Zu Füßen dieses Herrn.

Und was in allen Zonen
Die Erde Schönes schafft,
Der Geist der Nationen,
Der Helden Mut und Kraft,
Der Weisen Witz und Künste,
Der Reichen Geld und Gut –
Steht diesem Kind zu Dienste,
Zahlt seinem Reich Tribut.

Habt ihr am Himmelsrunde
Nicht seinen Stern gesehn?
Fühlt ihr im Herzensgrunde
Nicht seines Geistes Wehn?
O kommet, ihn zu grüßen,
Folgt freudig seinem Stern,
Fallt selig ihm zu Füßen,
Dem Herren aller Herrn!

Und wer ihn hat gesehen,
Und wer ihn hat erkannt,
Kann fröhlich heimwärts gehen
Den Weg ins Vaterland;
Und wär' dein Pfad auch dunkel:
Dir glänzet nun allstund
Mit seligem Gefunkel
Ein Stern im Herzensgrund.

Karwoche.

Es war ein wunderlicher Krieg,
Da Tod und Leben rungen.
Luther.

Sei mir gegrüßt, o stille Woche,
Voll Schwermut und voll Seligkeit,
Wo von des Todes bittrem Joche
Die Liebe sterbend uns befreit!
Wie ernst, mit heil'ger Todesmahnung,
Und doch wie gnadenreich und mild,
Voll zauberischer Frühlingsahnung
Betrittst du wieder mein Gefild!

Noch birgt in leichten Wolkenschleiern
Die Frühlingssonne das Gesicht,
Daß nur verstohlen, matt und bleiern
Ihr schwüler Strahl den Flor durchbricht;
Noch feiert sie die heil'gen Stunden,
Da überm Kreuz auf Golgatha
Man trauernd ob des Heilands Wunden
Ihr Angesicht erbleichen sah.

Wohl duftet schon manch süßes Veilchen
Verborgen am besonnten Rain,
Doch hüllt es schüchtern noch ein Weilchen
Sein Haupt in zarte Blätter ein;
Wohl säumen lichtgrün sich die Hecken,
Doch muß noch nackt und unbelaubt
Mein Rosenstrauch die Zweige strecken
– Zum Dornenkranz um Jesu Haupt.

Schon zwitschert hier und dorten leise
Ein Vögelein aus weicher Brust,
Und girrt die alte süße Weise
Von Frühlingswonn' und Liebeslust;
Doch plötzlich stockt sein holdes Locken,
Womit es um sein Bräutchen wirbt,
Dumpf mahnen die Karfreitagsglocken:
Der Herr der Kreaturen stirbt!

Wohl künden schon die längern Tage:
Der goldne Sommer ist nicht weit;
Doch steht noch Tag und Nacht in Wage,
Noch Finsternis und Licht im Streit,
Doch sinkt mit heil'gen Dämmerungen
Ein stiller Abend noch herab,
Und lädt zu tiefern Anbetungen
An Jesu Kreuz und Jesu Grab.

Und steigt mit friedlicher Gebärde
Der Mond herauf in blauer Höh',
Dann dünkt mich rings die weite Erde
Ein Garten von Gethsemane;
Und weht der Nachtwind von den Hügeln,
Dann mahnt michs wie die Abendluft,
Die feierlich mit Engelsflügeln
Umsäuselte des Heilands Gruft.

Und doch – in stillen Grabesklüften
Regt sichs von neuem Leben schon
Und doch – in hohen Himmelslüften
Erklingts wie ferner Harfenton,
Dort stimmen schon zu Osterpsalmen
Die Engel ihrer Saiten Klang,
Und schwingen grüßend ihre Palmen
Dem Auferstandnen zum Empfang.

Drum kann das Kindlein kaum erwarten
Das rosenfarbne Osterkleid,
Drum hält schon Wiese, Wald und Garten
Den bunten Frühlingsschmuck bereit;
Drum heb' auch du aus Gram und Sorgen,
Gebeugte Seele, dein Gesicht
Und hoffe, daß ein Ostermorgen
Aus dem Karfreitagsdunkel bricht!

Ostergruß.

Joh. 20, 15.

Spricht Jesus zu ihr: Weib, was weinest du?
Wen suchest du?

Was weinest du? o süßer Ostergruß,
O selige Maria Magdalene!
Und küßt vom Auge jede bittre Träne;
Auch mir wie dir tönt's heute festlich zu:
Was weinest du?

Was weinest du? so säuselt's in der Luft
Nach Winters Frost an diesem Frühlingsmorgen;
Der Fluren Grün, der Blüten süßer Duft,
Der Sonne Glanz verscheucht die bangen
Sorgen,
Die Lerche singt's, die Ouelle rauscht dir's zu:
Was weinest du?

Was weinest du? aus Tränen schau empor,
Kennst du ihn nicht, den milden
Himmelsgärtner,
Der unsichtbar durch diesen Blumenflor
Hinwallt, des ew'gen Paradieses Pförtner?
Er ruft auch dir verschmachtet Röslein, zu:
Was weinest du?

Was weinest du? weinst du um deinen Herrn,
Hat ihn die Welt, die falsche, dir genommen?
O blick nur auf, er ist dir ja nicht fern,
Aus Grabesnacht ist er uns wiederkommen,
Trotz Schloß und Riegel steht er da im Nu:
Was weinest du?

Was weinest du? weinst ob dem Grimm der
Welt?
O sieh, auch ihm hat sie das Grab versiegelt
Und ihre Hüter an die Tür gestellt,
Und doch allmächtig hat er aufgeriegelt;
Glaubst du denn nicht, daß Gott noch Wunder tu
Was weinest du?

Was weinest du? weinst du um deine Schuld,
Ist das der Stein, der deine Seele schrecket?
O sieh, in seinem Aug' ist lauter Huld,
In seinem Grab liegt unsre Schuld bedecket;
Das zagende Gewissen hat nun Ruh:
Was weinest du?

Was weinest du? weinst du um Erdennot,
Weil über dir die Trübsalswolke dunkelt?
O siehe, wie das Ostermorgenrot
So hell auf den Karfreitag Abend funkelt!
Drum dulde, bete, glaube, hoff auch du:
Was weinest du?

Was weinest du? weinst um ein teures Grab?
Such, was unsterblich, nicht im Aschenhügel,
Nur Erde war's, was man der Erde gab,
Der Geist aus Gott schwang himmelan die
        Flügel;
Einst sprengt der Herr die morsche
        Totentruh':
        Was weinest du?

Was weinest du? wird dir die Zeit zu lang?
Sehnst du dich heim nach sauren Pilgerjahren?
O siehe, dir zum seligen Empfang
Ist schon dein Herr zum Vater aufgefahren;
Bald legst du ab die staub'gen Erdenschuh';
        Was weinest du?

Was weinest du? ja Herr, ein Tröpflein Trost
Kannst du in jeden Trübsalsbecher mischen;
Ess' ich auch hier noch manchmal Tränenkost,
Dort willst vom Aug' du alle Tränen wischen,
Dann rauschen mir die Engelsharfen zu:
        Was weinest du?

Pfingstgewitter.

Hohes Lied 4, 16.

Stehe auf, Nordwind, und komm, Südwind, und wehe durch meinen Garten, daß seine Würzen triefen.

Wie feierlich hat es gewittert,
Auf Pfingsten so früh schon am Tag;
Wie haben die Berge gezittert
Des Donners elektrischen Schlag;
Wie strömte so gnädig der Regen
Hernieder zur durstigen Flur,
Wie dampfet vom himmlischen Segen
Ringsum die erquickte Natur!

Wie glänzt der gereinigten Lüfte
Durchsichtig kristallenes Blau,
Wie wallen berauschende Düfte
Balsamisch durch Garten und Au,
Wie perlet, vom Regen erfrischet,
Der Blumen holdseliger Flor,
Wie jubelt harmonisch gemischet
Der Vögelein munterer Chor!

So jauchzte und glänzte dein Garten,
Herr Jesu, erhöheter Held,
Als du ihm nach sehnlichem Warten
Den Regen auf Pfingsten bestellt;
Wie hat es da herrlich gewittert,
In Feuer und Sturmesgebraus;
Wie wurden die Herzen erschüttert,
Wie bebte das steinere Haus!

Wie zuckte in zündenden Flammen
Hernieder dein heiliger Blitz,
Wie fuhren die Feinde zusammen
Im Schlaf auf behaglichem Sitz;
Wie wurden die Zagenden wacker,
Elektrisch vom Geiste durchzückt,
Wie grünte und blühte dein Acker,
Mit Saaten des Glaubens geschmückt!

Da rauschte von himmlischen Gaben
Hernieder ein Regen so mild,
Die dürstenden Herzen zu laben,
Zu tränken das dürre Gefild,
Da strahlten begnadigte Seelen,
Wie morgens das Gras auf der Au,
Und trugen wie Gold und Juwelen
Der Gnade helleuchtenden Tau.

Da sang dir in feurigen Zungen
Der Zeugen geflügelter Chor;
Da hat sich als Lerche geschwungen
Dein Petrus vor Allen empor;
Da lernte Johannes den tiefen,
Den rührenden Nachtigallschlag;
Sein Adlergefieder zu prüfen,
Stieg Paulus hervor an den Tag.

Da fuhr dein lebendiger Odem
Hernieder vom Himmelsgezelt
Und fegte den giftigen Brodem
Hinweg aus der alternden Welt;
Da wehte ein himmlisches Düften
Balsamisch durch Länder und Meer,
Da wogte in sonnigen Lüften
Der Blumen buntfarbiges Heer.

Da blühte die Liebe als Rose,
Dem König der Liebe zum Preis,
Die Demut als Veilchen im Moose,
Die Keuschheit wie Lilien weiß,
Da sproßte in purpurnen Nelken,
Voll würziger brennender Glut,
Zu Kränzen, die nimmer verwelken,
Der Märtyrer heiliges Blut.

O seliger Frühling der Pfingsten,
Wie bist du entschwunden so weit!
Wo bleibst du in dieser geringsten
Und zwiefach erstorbenen Zeit?
Komm wieder, die Gläubigen warten
Und hängen die Häupter so müd,
Durchwehe den schmachtenden Garten,
Steh auf wie im Nord so im Süd!

Komm wieder in heil'gen Gewittern,
Komm wieder in säuselndem Wehn,
Die Trotzigen komm zu erschüttern,
Die Zagenden komm zu erhöhn,
Was schmutzig, das werde gereinigt,
Verjüngt, was gebrechlich und alt,
Was streitet, das werde vereinigt,
Dein ist ja noch Macht und Gewalt!

Durchrausche die Höhen und Tiefen,
Durchwandle so nahe wie fern,
Daß seine Gewürze dir triefen,
Die Kirche, den Garten des Herrn;
Und streifst du auf segnenden Pfaden
Mild auch ein zerstoßenes Rohr,
So hebe, du Tröster, in Gnaden
Auch mich aus dem Staube empor!

Ernte- und Herbst-Dankfest.

(1857)

Psalm 106, 1.

Danket dem Herrn, denn er ist freundlich
und seine Güte währet ewiglich.

Danket dem Schöpfer und preist den
Erhalter,
Dessen Barmherzigkeit immer noch neu,
Rühret die Harfe und spielet den Psalter,
Schmecket und sehet wie freundlich er sei,
Ziert die Altäre,
Bringt ihm zur Ehre
Liebliche Opfer des Lobes herbei.

Hört ihr im Chore die hallenden Glocken?
Schmückt euch, ihr Bürger, zum festlichen
Gang;
Viele zum Hause des Herren zu locken,
Weithin erschalle der herrliche Klang!
Auf nun, ihr Riegel,
Öffnet die Flügel,
Heilige Tore, dem Volk zum Empfang!

Danket dem König des Himmels, ihr Fürsten,
Knieet voran in den vordersten Reihn,
Wahrlich, wo Tausende hungern und dürsten,
Ist es nicht lieblich, ein König zu sein;
    Danket, ihr Armen;
    Gottes Erbarmen,
Alles umfaßt es, was groß und was klein.

Jahrelang hat er sein Antlitz verborgen,
Aber nicht ewiglich hält er den Zorn,
Trocknet noch Tränen und stillet noch
    Sorgen,
Schüttet noch Segen aus goldenem Horn,
    Läßt uns die Saaten
    Reichlich geraten,
Füllt uns die Fluren mit Wein und mit Korn.

Schneeig und rosig im Monde der Wonne
Ließ er uns Wälder voll Obstes verblühn,
Flammend im Sommer das Feuer der Sonne
Über Gebirgen und Tälern erglühn,
    Wettern, die drohten,
    Hat er geboten,
Gnädigen Fluges vorüberzuziehn.

Hebet, ihr Schnitter, die goldene Garbe,
Schwinget sie auf den bekränzten Altar;
Daß nun im Lande kein Hungriger darbe,
Stellt sie zum Zeugnis im Heiligtum dar,
    Mühlen, sie sausen,
    Tennen, sie brausen,
Loben im Takt das gesegnete Jahr.

Bringet, ihr Winzer, die Früchte der Reben,
Trauben, gereift an der sonnigen Glut;
Himmlische Tropfen ins irdische Leben
Flößet ihr süßes, ihr feuriges Blut,
    Lindert die Schmerzen,
    Träuft in die Herzen
Goldenes Hoffen und männlichen Mut.

Weiht auch, ihr Armen, die nährenden
    Knollen,
Rötlich und bläulich in Körben gehäuft;
Unter des Ackers bedeckenden Schollen,
Nimmer vom schädlichen Regen ersäuft,
    Sind uns die runden,
    Wieder gesunden
Äpfel der Erde zur Freude gereift.

Aber nun bringet, ihr Mädchen und Knaben,
Früchte der Bäume, rotwangig wie ihr,
Unter den süßen, den saftigen Gaben
Brachen die seufzenden Äste ja schier;
　　Purpurn behangen
　　Sah man es prangen
Rings im beschatteten, grünen Revier.

Kommet auch ihr noch an Stäben, ihr Alten,
Singet noch einmal „Gott ist getreu!"
Was noch von Blumen die Gärten entfalten,
Traget zum Schmuck des Altares herbei;
　　Aster und Winden
　　Sollen verkünden:
Gottes Erbarmen blüht immer noch neu! –

Aber nun schaue in Gnaden hernieder,
Großer und reicher und gütiger Wirt;
Siehe, in Tränen versammelt sich wieder,
Was sich im Trotze zerstreut und verirrt;
　　Herr, Herr, verzeihe,
　　Heilige, weihe,
Weide dein Volk ein barmherziger Hirt!

Laß uns genießen mit Loben und Danken,
Was uns dein mildes Erbarmen geschenkt,
Laß uns im Glauben und Hoffen nicht wanken
Weil du doch alles zum Besten gelenkt;
    Lehr' uns der Liebe
    Göttliche Triebe,
Welche barmherzig des Bruders gedenkt! –

Danket den Schöpfer und preist den Erhalter,
Dessen Barmherzigkeit immer noch neu,
Rühret die Harfe und spielet den Psalter,
Schmecket und sehet, wie freundlich er sei;
    Laßt es in Chören,
    Donnernden, hören
Himmel und Erde: Der Herr ist getreu!

Auf Martini.

Matth. 25, 36.

Ich bin nackt gewesen und ihr habt mich bekleidet.

Wenn dem ersten Frost zum Raub
Sinkt vom Baum das rote Laub,
Herbstesnebel kalt und feucht
Durch die öden Wälder streicht,

Und verfrühte Flocken schon
Als des Winters Vortrab drohn:
Wird, mein Kind, ein edler Held
Dir im Geiste vorgestellt.

Sankt Martinus, hoch zu Roß,
Ritt geharnischt aus dem Schloß,
Um den Jüngling stolz und schön,
Sieh den roten Mantel wehn!

Aber unterm hohen Tor
Stand ein Armer, welcher fror,
Der sich vor dem Ritter bückt,
Vor dem Roß zur Seite drückt.

Das erbarmt des Helden Herz,
Nahm die Schneide seines Schwertes,
Schnitt den Mantel durch im Nu,
Warf dem Mann die Hälfte zu,

Ließ den Alten staunend dort,
Ritt getrosten Mutes fort,
Trug im Kampf das halbe Kleid,
Kämpfte drum nicht schlechter heut.

Aber in derselben Nacht
Ist der Held vom Schlaf erwacht,
Sieht in Strahlen mild und schön
Christ, den Herrn, am Bette stehn.

Der, in seiner Herrlichkeit,
Trägt Martinus' halbes Kleid,
Schaut mit Himmelshuld ihn an,
Spricht: das hast du mir getan! –

Wenn dem ersten Frost zum Raub
Sinkt vom Baum das rote Laub,
Herbstesnebel kalt und feucht
Durch die öden Wälder streicht,

Und verfrühte Flocken schon
Als des Winters Vortrab drohn,
Dann, mein Kind, gedenke dran,
Wie Martinus dort getan.

Schau, ob nicht in Frost und Eis
Frierend steht ein armer Greis,
Ob ein Kind mit nacktem Fuß
Durch den Schnee zur Schule muß;

Ob vielleicht ein krankes Weib
Krümmt auf Stroh den siechen Leib,
Und am Busen, abgehärmt,
Kaum den bleichen Säugling wärmt.

Denke, was dein Herr gebot:
Brich dem Hungrigen dein Brot,
Teile mit barmherz'ger Hand
Dem Entblößten dein Gewand.

Einstens in der Herrlichkeit
Trägt der Heiland dann dein Kleid,
Blickt mit Himmelshuld dich an,
Spricht: das hast du mir getan!

Konfirmation.

Abschieds-Gruß.

1. Thess. 2, 9 – 13.
1. Tim 6, 11 – 16.

Seid eingedenk! – o teure Kinderschar,
Vergiß die Stunde nicht,
Wo du gekniet am festlichen Altar
Im heil'gen Morgenlicht,
Wo fromm geneigt mit glühnden Wangen
Den Segen du aufs Haupt empfangen;
Seid eingedenk!

Seid eingedenk! ein gut Bekenntnis klang
Aus eurem Kindermund;
Gott hats gehört; o stehet lebenslang
Auf diesem Felsengrund;
Was ihr in göttlichschönen Stunden
So laut bezeugt, so tief empfunden,
Seid eingedenk!

Seid eingedenk, wie euch der gute Hirt
So treu bei Namen rief,
Daß keins hinfort, aus seiner Hut verirrt,
zur Wüste sich verlief;
Er hat die Schäflein all' gezählet,
O daß dereinst nicht eines fehlet;
Seid eingedenk!

Seid eingedenk! – nicht weit mehr gehn wir mit,
Die euch hieher gebracht;
Bald schläft das Aug', das euren Kindertritt
So liebreich hat bewacht;
Denkt an des treuen Vaters Lehren,
Denkt an der frommen Mutter Zähren,
Seid eingedenk!

Seid eingedenk! – wenn die Versuchung naht
Und Welt und Sünde lockt,
Wenn ungewiß auf blumenreichem Pfad
Der Fuß des Pilgers stockt;
Dann denkt, was ihr so fest gelobet,
Dann sorgt, daß ihr die Treu erprobet,
Seid eingedenk!

Seid eingedenk, wenn in des Lebens Not
Die Freudensonne bleicht,
Wenn über Wangen, heute frisch und rot,
Des Kummers Zähre schleicht;
Dann denkt: ob all dem Weltgetümmel
Wohnt mir treuer Freund im Himmel;
Seid eingedenk!

Seid eingedenk des hohen Vaterlands;
Das eurer Wallfahrt Ziel;
Verscherzet nicht den ew'gen Ehrenkranz
Um Tand und Kinderspiel;
Der Krone, die am Ziele blinket,
Der Palme, die dem Sieger winket,
Seid eingedenk!

Seid eingedenk! – o großes Hirtenherz,
Du hast sie dir erkauft;
Du blutetest um sie im Todesschmerz,
Auf dich sind sie getauft;
Wir lassen sie in deinen Händen,
Du wollst das gute Werk vollenden:
Sei eingedenk!

Nachgefühl.

Wenn die Reben wieder blühen
Rühret sich der Wein im Fasse,
Wenn die Rosen wieder glühen,
Weiß ich nicht, wie mir geschieht.
Goethe.

Den Knaben.

Seid gesegnet, junge Reben,
Die am ew'gen Weinstock blühn
Und des Herrn Altar umweben
hoffnungsvoll mit frischem Grün;
Hauchet aus in süße Düfte
Eurer Jugend reinen Flor,
Ranket in die blauen Lüfte
Hoch das goldne Laub empor!

Blüh'nde Schar auf deinen Knieen,
Warum wird mein Auge naß?
Wenn die Reben wieder blühen,
Rühret sich der Wein im Faß;

Also wird von sanfter Trauer
Wunderbar mein Herz gerührt,
Das aufs neu die Andachtsschauer
Seiner frommen Kindheit spürt. –

Den Mädchen.

Seid gegrüßt, ihr frischen Rosen,
Die ihr Jesu Kreuz umsprießt
Um der Gnade sanftem Kosen
Ahnungsvoll den Kelch erschließt;
Heil'ge Glut der ersten Liebe,
Nahte nimmer dir der Wurm!
Frommer Schwung der Jugendtriebe,
Knickte nimmer dich der Sturm!

Seh' ich solche Rosen glühen,
Weiß ich nicht, wie mir geschieht;
Frühe Gnadenstunden ziehen
Leis' vorüber im Gemüt,
Da noch wie die Ros' im Taue
Rein vor Gott mein Herze stand,
Eh' die Welt, die kalte, rauhe,
Ihm den schönsten Schmuck entwand.

Beiden

Junge Rosen, frische Reben,
Blüht dem Herrn zur Freude fort,
Sonn' und Regen woll' Er geben,
Daß ihm keins, ach, keins verdorrt;
Daß ihr Reben unentblättert
Glüht in frommer Scham und Zucht,
Daß ihr Rosen unverwettert
Reift zu edler Geistesfrucht!

Abendmahl.

Joh. 6, 55.

Mein Fleisch ist die rechte Speise und mein Blut ist der rechte Trank.

Reicher König, Wirt voll Gnaden,
Mich verlangt nach deinem Mahl;
Deine Knechte gingen laden,
Rufend über Berg und Tal;
Was da mag an Erdentischen
Köstliches bereitet sein:
Herzen kannst nur du erfrischen,
Seelen sättigst du allein.

Zwar der Weltlust Goldpokale
Seh' ich hier nicht aufgestellt,
Finde nichts beim ernsten Mahle,
Was den Sinnen wohlgefällt;
Doch ein Brot wird hier gebrochen,
Und ein Trank wird hier gereicht,
Und ein Gruß wird hier gesprochen,
Dem kein irdisch Labsal gleicht.

Eine Königin vor Zeiten
Pries man mir im Heidenland,
Die, ein Festmahl zu bereiten,
Millionen aufgewandt,
Denn statt allem, was beim Mahle
Fürstenlippen sonst ergötzt,
War dem Gast nur eine Schale
Herben Weines vorgesetzt.

Aber in dem schlechten Tranke,
Dran der hohe Gast sich stößt,
Hat sie ihm zu Lieb und Danke
All ihr Bestes aufgelöst:
Eine Perle, welcher keine
Rings in allen Landen gleich,
Eine Perle schwamm im Weine,
Wert ein halbes Königreich.

Doch von deiner Zauberschale,
Buhlerische Königin,
Wend' ich mich zum Liebesmahle
Meines guten Hirten hin,
Denn in diesem Nachtmahlskelche
Reicht er mir ein Kleinod dar,
Eine Perle, gegen welche
Dein Juwel ein Spielzeug war.

Diese Perle, unvergleichbar
Jedem irdischen Gewinn,
Diese Perle, unerreichbar
Für den groben Fleischessinn,
Diese Perle, die mit Bluten
Mir mein Heiland einst errang,
Als er aus des Todes Fluten
Siegreich sich zum Lichte schwang.

Diese Perle heißet *Friede*
Friede, den die Welt nicht hat,
Kraft für schwache, Ruh' für Müde,
Trost für die, so sündenmatt;
Alles Erdenleid muß schwinden,
Aller Erdenglanz verglimmt,
Darf ich diese Perle finden,
Die im Nachtmahlskelche schwimmt.

Brautlied.

Ruth 1, 16. 17.

Wo du hingehst, da will ich auch hingehen, wo du bleibst, da bleibe ich auch. Dein Volk ist mein Volk und dein Gott ist mein Gott. Wo du stirbst, da sterbe ich auch, da will ich auch begraben werden.

Sie.

Wo du nun wandelst, da wandle ich auch,
Da folg' ich und bin es zufrieden:
Vom ersten Kuß bis zum letzten Hauch –
Nun werden wir nimmer geschieden;
Vom seligen Ja vor dem Traualtar
Bis zum bittern Ade an der Totenbahr –
Wir bleiben zusammen hienieden.

Er.

Wo du nun weilest, da weile ich mit,
Da bleib' ich und suche nichts weiter;
Vom ersten Schritt bis zum letzten Tritt
Dein Schatten, Dein Schutz und Begleiter;
Einst lief ich ums Glück landein und landaus,
Nun wird mir zur Welt mein friedliches Haus,
Wo schiene die Sonne so heiter?

Sie.

Dein Volk mein Volk; o führe die Braut
Den würdigen Eltern entgegen,
Den Segen der Liebe, der Häuser baut,
Aufs Haupt uns gütig zu legen;
Dein törichtes Kind ist so fremd in der Welt,
Sei du mein Stab, mein Führer, mein Held
Auf des Lebens verschlungenen Wegen.

Er.

Dein mein Gott; geleite mich du,
O fromme Seele, gen Himmel;
Den stürmischen Geist, o bet' ihn zur Ruh
In der Welt verworrnem Getümmel;
Mein Segensengel, mein Friedensstern,
Zur Hut mir gesetzet von Gott, dem Herrn,
Im sündigen Menschengewimmel!

Sie.

Dein Glück mein Glück, und was will ich
denn mehr,
Als für dich, du Einziger, leben?
O daß ich ein Engel, ein heiliger, wär,
Wie wollt ich dich schützend umschweben,
Dir segnend mit Rosen die Pfade bestreun,
Die stechenden Dornen, den hemmenden Stein
So treu aus dem Wege dir heben!

Er.

Dein Leid mein Leid; mein bist du im Schmerz,
Wie mein in fröhlichen Tagen;
Komm, neige das Köpfchen getrost mir ans Herz,
Mir den kleinsten Kummer zu klagen;
Geteilte Freud ist ja doppelte Freud,
Geteiltes Leid ist ja halbes Leid,
Und die Liebe sie wachset im Tragen.

Sie.

Dein Grab mein Grab; wo man dich begräbt,
Da legt man auch mich in die Erden;
Gehst du mir von hinnen, so hab' ich gelebt,
Kann fröhlich nimmermehr werden;
Ein Hügel decke uns Beide zu,
Beim Staube der Staub – o trauliche Ruh'
Nach des Lebens Lust und Beschwerden!

Er.

Dein Himmel mein Himmel; wohl reißen sie einst
Mit Schmerzen, die irdischen Bande;
Doch wenn du an meinem Hügel nun weinst,
Blick' auf in die himmlischen Lande;
Die Gott vermählte, die scheidet kein Tod,
Sie schweben ins ewige Morgenrot
Im himmlischen Hochzeitgewande.

Beide.

Nun, Vater, der du die Liebe bist,
Erhöre der Liebenden Bitte;
Du König der Herzen, Herr Jesu Christ,
Sei selber im Bunde der Dritte;
O Geist des Friedens, so rein und so zart,
Komm auf uns nieder nach Taubenart,
Schweb' segnend ob unserer Hütte!

Am Hochzeitmorgen.

Matth. 18, 20.

Wo zwei oder drei versammelt sind in meinem Namen, da bin ich mitten unter ihnen.

Z*wei Hände* wollen heute sich
An heil'ger Stätte fassen,
Sich halten treu und inniglich
Und nimmermehr sich lassen;
Doch festzuziehn solch Liebesband,
Soll helfen eine andre Hand,
Soll *Gottes Hand* zum Segen
Sich auf die euern legen!

Zwei Zungen wollen heut' ein Wort,
Ein heilig Ja sich geben;
Das kurze Wort, o kling' es fort
Durchs ganze lange Leben!
Doch daß dies Ja gesegnet sei,
Ertöne noch ein Ja dabei,
Erschall' aus *Gottes Munde*
Das Ja zu eurem13

Zwei Herzen brennen fröhlich heut'
In einer Liebe Flammen
Und halten fest in Leid und Freud
Von heute an zusammen,
Doch daß da bleibe Herz an Herz,
So haltet fleißig himmelwärts
  Zum *Vaterherzen* droben
  Die eurigen erhoben!

Zwei Namen wollen heute gern
In einen sich verschlingen,
Den ihren will dem Eheherrn
Die Braut zum Opfer bringen,
Doch soll der Bund gesegnet sein,
So klinge noch ein Name drein,
  So kling' in *Gottes Namen*
  Zu eurem Ja das Amen.

Zwei Häuser blicken lieb und traut
Aufs neugeschmückte dritte;
Der Eltern Segen hat's gebaut
Den Liebenden zur Hütte;
Wie glänzt das Hüttchen schmuck und neu!
Doch daß da gut zu wohnen sei,
  Laßt fleißig euch die Glocken
  Zum *Hause Gottes* locken!

So zieht zu *Zwei'n* ins Gotteshaus,
Die Freunde zum Geleite!
So kommt vereint vom Herrn heraus,
Er selbst an eurer Seite!
Zieht fröhlich ein zur eig'nen Tür,
Bleibt eins in Liebe für und für,
Und *Gott* in eurer Mitte
Sei selbst im Bund der *Dritte!*

Rose im Tal

Hohes Lied 2, 1. 2.

Ich bin eine Blume zu Saron und eine Rose im Tal. Wie eine Rose unter den Dornen, so ist meine Freundin unter den Töchtern.

Einsame Rose,
Blühst so verlassen,
Willst hier im Tale
Stille verblassen?
Hat denn kein Knabe
Deiner begehrt?
Hielt denn kein Wandrer
Pflückens dich wert?

Senkest wie schamrot
Leise das Köpfchen,
Weinst wie in Trauer
Taues ein Tröpfchen;
Schad um die Farben,
Schad um den Duft,
Schmückst nur die Wildnis,
Labst nur die Luft!

Einsame Rose,
Heute wie gestern
Blühst du im Schatten
Ferne den Schwestern,
Aber beneide
Du nicht ihr Glück,
Friedlich und freundlich
Fiel dein Geschick.

Manche ach! sah ich
Wonniglich pflücken,
Bräutlich des Jünglings
Busen zu schmücken,
Aber den Rohen
Reute der Raub,
Schnöde zertreten
Starb sie im Staub.

Manche verpflanzet
Sah ich in Scherben
Stille verkümmern,
Langsam verderben;
Knospen und Zweige
Trieb sie so matt,
Sorgengeziefer
Nagte am Blatt.

Einsame Rose,
Bleibe alleine,
Bleibe die Stolze,
Züchtige, Reine!
Lacht dir kein Auge,
Blinkt dir ein Stern,
Blühtst du nicht Menschen,
Blühe dem Herrn!

Muß dich sein Tau nicht
Lieblich befeuchten?
Sonn' und Gestirne
Freundlich dir leuchten?
Weckt dich nicht Morgens
Zephyr im Hag?
Wiegt dich nicht Abends
Nachtigallschlag?

Würze das Lüftchen,
Das dich umsauset,
Labe das Bienchen,
Das dich beschmauset,
Schmücke die Wüste,
Die dich umhegt,
Lobe den Schöpfer,
Der dich verpflegt!

Selig, dem Höchsten
Stille zu halten,
Ihm nur zum Dienste
Fromm sich entfalten,
Ihm nur zu Liebe
Duften und glühn,
Ihm nur zur Ehre
Leise verblühn!

Einsame Rose,
Blühende Nonne,
Bleibe der Wildnis
Heimliche Wonne,
Bleibe des Heilands
„Rose im Tal",
Bis dich sein Engel
Pflücket einmal.

Sollst dann in schönern
Ewigen Lenzen,
Rose von Saron,
Herrlicher glänzen,
Sollst bei des Lammes
Himmlischem Mahl,
Bräutliche Jungfrau
Prangen im Saal.

Sonntagmorgen.

Psalm 84, 2. 3.

Wie lieblich sind deine Wohnungen, Herr Zebaoth!
Meine Seele verlanget und sehnet sich nach den Vorhöfen des Herrn, mein Leib und Seele freuen sich in dem lebendigen Gott.

Herz, mein Herz, welch' sanfte Lust
Hegst du heut in stiller Brust?
Aug' mein Aug', mildes Glück
Strahlet dein verklärter Blick?

Ist's das holde Himmelblau?
Ist's die bunte Blumenau?
Ist's der Vögel Morgenpsalm?
Ist's der Tau auf Gras und Halm? –

Schön ist meines Gottes Welt,
Blummenflor und Himmelszelt,
Süß das Wehn der Morgenluft,
Rosenglanz und Nelkenduft,

Aber was mich fröhlich macht,
Heut ist's mehr als Erdenpracht,
Heut ist meines Herren Tag!
Selig, wer es fassen mag.

Süßer noch als Vogelsang
Tönt mir heute Glockenklang,
Sanfter weht als Frühlingswind,
Friede Gottes um sein Kind.

Heut im schmucken Kämmerlein
Kehrt mein Heiland bei mir ein,
Heut im schönen Gotteshaus
Teilt man Himmelsgüter aus.

Wie der Tau sich niedersenkt,
Kraut und Blume milde tränkt,
So mit Gottes Wort und Geist
Wird die Seele heute gespeist.

Wie die Lerche jubiliert,
Jubelnd sich im Blau verliert,
Also steigt mein brünstig Herz
Heut in Andacht himmelwärts.

Sei willkommen, Tag des Herrn,
Friedensengel, Morgenstern,
Labequell im Wüstensand,
Glockenlaut vom Heimatland!

Nachgeschmack vom Paradies,
Draus die Sünde mich verstieß,
Vorgefühl der Himmelsrast
Nach der Erde Müh' und Last!

Tröst' auch heute, die betrübt,
Sammle was im Herrn sich liebt,
Löse, die gebunden sind,
Locke das verlorne Kind.

Bringe der verstören Welt
Einen Gruß vom Himmelszelt,
Ruf auch mir vom Vater zu:
Heil dir, Gottes Kind bist du!

Kindergottesdienst.

Matth. 21, 16.

Aus dem Munde der Unmündigen und
Säuglinge hast du Lob zugerichtet.

Es läuten zur Kirche die Glocken,
Die Eltern, die gingen schon aus,
Drei Kindlein in goldenen Locken
Die sitzen noch unter dem Haus.

Die muntern unmüßigen Gäste
Sind noch für die Kirche zu klein,
Doch wollen am heiligen Feste
Sie fromm wie die Alten schon sein.

Hat jedes ein Buch sich genommen
Und hält es verkehrt auf dem Schoß,
Draus singen die Schelme, die frommen,
Mit schallender Stimme drauf los.

Weiß selber noch keins, was es singet,
Singt jedes in anderem Ton;
Singt immer, ihr Kindlein, es dringet
Auch so zu dem himmlischen Thron.

Dort stehn eure Engel, die reinen,
Und singen dem Vater der Welt,
Der stets aus dem Munde der Kleinen
Am liebsten sein Lob sich bestellt.

Singt immer; da drüben im Garten,
Da singt's um die Wette mit euch;
Die Vögelein sind es, die zarten,
Die zwitschern im jungen Gesträuch.

Singt immer; ihr singet im Glauben,
Das ist ja dem Heiland genug;
Ein Herz ohne Falsch wie die Tauben
Nimmt frühe gen Himmel den Flug.

Singt immer; wir singen, die Alten,
Und lesen die Schrift mit Verstand,
Und doch, ach! wie hundertmal halten
Das Buch wir verkehrt in der Hand!

Singt immer; wir singen die Lieder
Nach Noten, so wie sich's gehört,
Und doch – vom Gezänke der Brüder
Wie oft wird der Einklang gestört!

Singt immer; aus irdischen Hallen
Der hehrste und herrlichste Chor,
Was ist er? ein kindisches Lallen,
Ein Hauch in des Ewigen Ohr!

Sonntagnachmittag-Heimweh.

Selig sind, die da Heimweh haben, denn
sie sollen nach Hause kommen.
Heinrich *Stilling*.

Was ist's doch für ein Sehnen
Am Sonntag Nachmittag,
Das fast mich zwang zu Tränen,
So lang ich denken mag.

Das Nachmittagsgeläute
In blauer Luft verklang,
Es ziehn geputzte Leute
Die Straßen froh entlang.

So friedlich ist's im Hause,
So still der Sonnenschein,
Ich sitz' in meiner Klause
So heimlich und allein.

Kaum daß ein Mücklein schwirret
Im einsamen Gemach,
Kaum daß ein Täublein girret
Dort auf des Nachbars Dach.

Dort irrt mein Blick vom Buche
Abseits als wie im Traum,
Und was ich sinn' und suche,
Ich weiß es selber kaum.

Möcht ich jetzt froh mit Andern
Durch grüne Fluren gehn,
Mit Luft und Lachen wandern
Auf sonnenrote Höhn? –

Gedenk ich alter Tage,
Umdämmert meinen Blick
Gleich einer goldnen Sage
Der Kindheit Sonntagsglück.

Betrübt mich, daß so frühe
Der Ruhetag sich neigt,
Und schon des Werktags Mühe
Von fern sich wieder zeigt? –

Wie? oder sehnt dem Joche
Aus ungewohnter Ruh,
Dem Tagewerk der Woche
Mein Geist sich wieder zu? –

Sind's längst entschwundne Seelen,
Die aus der Sel'gen Reihn

Sich grüßend zu mir stehlen
Ins stille Kämmerlein.

Wie? oder hast die Flügel
Du selbst, mein Geist, gespannt,
Weit über Tal und Hügel
Ins ob're Vaterland?

Ja, ja, das ist die Wunde,
Der unverstandne Schmerz,
Der stets um diese Stunde
Mir bluten macht das Herz.

Wenn in des Müllers Hause
Das Mühlrad wird gestellt
Und plötzlich das Gebrause
In Todesstille fällt,

Dann springt von seinem Pfühle
Der Hausherr auf, erschreckt;
Er schlief beim Lärm der Mühle,
Bis ihn die Stille weckt.

So, wenn die Räder stocken
An meines Tagwerks Lauf,
Dann wacht mir erst erschrocken
Die tiefste Seele auf;

Dann macht, was lang gebunden
Im wirren Weltgetos,
In stillen Sabbatstunden
Das tiefste Weh sich los.

Das Weh nach einem Frieden
In dieses Lebens Streit,
Den mir kein Tag hienieden,
und auch kein Sonntag beut;

Nach grünen Lebenstriften,
Nach goldnem Freudenwein,
Gereift in reinern Lüften,
In mildrem Sonnenschein;

Nach einer Himmelswonne,
Nach einer Gottesstadt,
Die weder Mond noch Sonne
Zur Leuchte nötig hat;

Nach einem Tag der Frommen,
Dem keine Nacht anbricht; –
O Herr, wann darf ich kommen
Zum ew'gen Sabbatlicht?

Morgenlied

1. Mose 28, 17.

Und Jakob fürchtete sich und sprach: wie heilig ist diese Stätte! Hier ist nichts anders denn Gottes Haus und hier ist die Pforte des Himmels!

In dieser Morgendämmerung,
Wie fühl ich mich so stark,
An Leib und Seele frisch und jung,
Erquickt bis in das Mark!

Wie süß die reine Morgenluft
Die Schläfe mir umhaucht,
Als wär in Edens Rosenduft
Ihr kühler Strom getaucht!

Wie friedlich glänzt am Himmelssaum
Der blasse Morgenstern,
Dieweil die Welt im dumpfen Traum
Noch schlummert nah und fern!

Und schau, wie nun im Purpurlicht
Die Sonne blitzt hervor!
Ist das des Himmels Pforte nicht
Und Edens gold'nes Tor?

So mußt' auf seiner Wanderschaft
Dem Pilger Jakob sein,
Als er gestärkt in Gottes Kraft
Erwacht auf Bethels Stein.

,,Wie heilig ist die Stätte hier!"
So rief er schaudernd aus,
,,Hier ist fürwahr des Himmels Tür
Und hier ist Gottes Haus!"

Ja wie im Traum der Schläfer dort
Den Himmel offen sah,
So war der Engel Schutz und Hort
Auch mir im Schlummer nah;

So stiegen, da mein Leib geruht,
Die Engel niederwärts
Und gossen frischen Pilgermut
In's abgelebte Herz.

Drum wird auch mir zum Heiligtum
Dies stille Kämmerlein.
Drum soll auch mir die Welt ringsum
Ein großes Bethel sein.

Drum schließ' auch ich zu dieser Stund
Wie Jakob dort auf's neu,
Mein Gott und Herr, mit dir den Bund
Der Kindeslieb und Treu.

Gib mir, wie du verheißen hast,
Mein Brot und mein Gewand,
Und führ' in Tages Hitz und Last
Mich treulich an der Hand:

So will ich heut' in Lust und Not
Dein frommer Pilgrim sein,
Und fröhlich dir im Abendrot
Mein Lob- und Danklied weihn.

Abendrot.

Sach. 14, 7.

Und um den Abend wird es licht sein.

Schau hin, im Westen wird es helle,
Und um den Abend wird es licht,
Wo noch des Spätrots Feuerwelle
Den düstern Wolkendamm durchbricht;
Die Sonne grüßet mild im Neigen,
Damit sie nicht im Zorne schied;
Ein Vögelein aus nassen Zweigen
Singt noch sein selig Abendlied.

Welch sanfte Glut ist ausgegossen
Auf Stadt und Flur, auf Tal und Höhn;
Die Welt, von Rosenglanz umflossen,
Sie strahlt nach Regen doppelt schön,
Und tröstlich mit Posaunentönen
Erklingt von Turme der Choral,
In Harmonien zu versöhnen
Des Tages Lärm, der Erde Qual.

O trüber Tag, im Sturm gekommen,
Der mir kein Sonnenblickchen bot,
Und endlich Abschied noch genommen
Mit einem süßen Abendrot,
Du zeigst mir meines Gottes Walten,
Der, ob sein Anlitz sich verhüllt,
Doch nicht auf ewig Zorn zu halten,
Nicht stets zu strafen ist gewillt.

Wie oft, wenn mir ein grauer Morgen
Voll Wolken ob dem Haupte hing,
Daß ich beklemmt von bangen Sorgen
Dem trüben Tag entgegenging,
Wie oft zerrannen alle Nöte,
Eh' noch herniedersank die Nacht,
Dann jauchzt' ich in die Abendröte:
Der Herr hat alles wohlgemacht!

Wie ging ich oft auf rauhem Pfade
Mit düsterem, gebundnem Sinn,
Ohn' einen Sonnenblick der Gnade
Durch meines Tages Arbeit hin;
Doch noch in stillen Abendstunden
Hat sich zu seligem Genuß
Mein Heiland bei mir eingefunden
Wie weiland dort in Emmaus!

Schau hin – im Westen wird es helle
Und um den Abend wird es licht!
So neig' an meines Grabes Schwelle
Mir einst, o Sonne, dein Gesicht;
Wann durchgekämpft des Lebens Mühen,
Wann durchgeseufzt der Erde Not,
Gott meiner Tage, laß erblühen
Mir noch ein selig Abendrot!

Im milden Spätrot deiner Gnade
Verkläre mir zum letztenmal
All meiner Erdenwallfahrt Pfade
Zurück bis in der Kindheit Tal,
Daß, wenn mein Tag sich nun geneiget
Und niedersinkt die letzte Nacht,
Lobpreisend es mein Geist bezeuget:
Der Herr hat alles wohlgemacht!

Und wie die Wolken sich entzünden
In roter, warmer Abendglut
So tilge meiner Jugend Sünden
In deines Sohns Versöhnungsblut,
Daß losgesprochen und begnadet
Mein Geist sich leicht von hinnen hebt
Und froh, in goldnem Licht gebadet,
Der Sternenwelt entgegenschwebt!

Glockentöne.

Jes. 6, 3.

Heilig, heilig, heilig ist der Herr Zebaoth;
alle Lande sind seiner Ehre voll.

Augen und Herze mir labend,
Hoch von der felsigen Wand,
Schaut' ich am heitersten Abend
Nieder zum sonnigen Land.

Drunten im goldenen Dämmer
Streckten die Fluren sich weit,
Drüber wie weidende Lämmer
Dörfer und Städte zerstreut.

Oben war alles verstummet,
Stille die einsame Höh,
Kaum daß ein Bienchen gesummet,
Über dem blühenden Klee.

Aber wie lieblich erschrocken
Horchet mein träumerisch Ohr:
Drunten im Lande die Glocken
Gehen auf einmal im Chor!

Eine begann erst im Grunde
Schüchtern den tönenden Reihn,
Aber die Schwestern im Runde
Fallen harmonisch mit ein.

Hinten vom Kirchlein im Walde,
Drunten vom Kloster am See,
Drüben von schattiger Halde,
Hüben von sonniger Höh, –

Hier von des Dorfes Kapelle,
Ferne vom mächtigen Dom –
Mischt sich die klingende Welle
In den melodischen Strom.

Wie mit kristallenen Wogen
Flutet ein tönendes Meer
Sanft in gewaltigem Bogen
Um das Gebirge daher;

Hebt mich auf wiegendem Flügel
Über die sonnige Au,
Über die Berge und Hügel
Auf in das himmlische Blau;

Mahnt mich: Zum morgenden Feste
Laden die Glocken durchs Land,
Schmückt euch zur Kirche, ihr Gäste,
Rüstet ein festlich Gewand.

Mahnt mich: dem Höchsten zur Ehre
Tönen wir Zungen von Erz,
Stimm' in die lobenden Chöre
Ein, du lebendiges Herz!

Ist nur in Kirch' und Kapelle
Morgen zu beten erlaubt?
Wölbt nicht ein Dom sich zur Stelle
Saphirn dir über dem Haupt?

Rauscht's nicht wie Engelsgefieder
Um dich im säuselnden Wind?
Nieder, aufs Angesicht nieder,
Vater, o segne dein Kind!

Lang in Entzücken versunken,
Stand ich dort oben so da,
Horchte von Seligkeit trunken,
Wußte nicht, wie mir geschah;

Fühlte die Tränen mir rinnen;
Glocke um Glocke verklang,
Aber im Herzen da drinnen
Hört ich die Glocken noch lang.

Horchte mit stillem Frohlocken,
Wurde des Hörens nicht satt;
Waren's die himmlischen Glocken
Wohl aus der oberen Stadt?

Abendregen.

Psalm 68, 10.

> Du gabst, Gott, einen gnädigen Regen,
> und dein Erbe, das dürre war,
> erquicktest du.

Horch, was klopft auf Busch und Baum?
Fenster auf, zu lauschen!
Hör' ich durch den Gartenraum
Engelsflügel rauschen?
Nein, aus dunkler Wolke fließt
Leiser, linder Segen;
Sieh, wie sanft es niedergießt,
Sei uns tausendmal gegrüßt,
Süßer Abendregen!

Drückend lag des Tages Brand
Auf den dürren Triften,
Finster stand die Wetterwand
In den schwülen Lüften,

Bange war uns für die Nacht
Vor Gewitterschlägen,
Aber sieh' kein Donner kracht,
Du nur säuselst süß und sacht,
Sanfter Abendregen!

Linde legt sich schon der Staub
Balsamduftumwittert,
Stille hält das durst'ge Laub,
Das vor Wonne zittert,
Trunken schlägt die Nachtigall
In Jasmingehegen
Und vermischt mit Flötenhall
Deiner Tropfen leisen Fall,
Linder Abendregen!

Wär' ich doch ein Baum zur Stund,
Eine Blum' im Garten,
Ach, wie tränk' ich mich gesund
Nach so langem Warten!
Jede Faser ausgespannt,
Schluckt' ich nach Vermögen;
Träufle, träufle rings aufs Land,
Perlensaat aus Gottes Hand,
Milder Abendregen!

O wie wehn so feucht und weich
Die verkühlten Lüfte!
O wie wogen würzereich
Nachtviolendüfte!
Was der Dürre sich verschloß,
Öffnet sich dem Segen,
Mach' aus meines Herzens Schoß
Auch des Dankes Düfte los,
Holder Abendregen!

Sag, was kommt so mildiglich
Gleichwie du geflossen? –
Tränen sind es, die in sich
Lang ein Mensch verschlossen,
Aber endlich fühlt sein Herz
Inniges Bewegen,
Tränen fließen niederwärts,
Lösen sanft verjährten Schmerz
Wie ein Abendregen,

Sag, was ist dir sonst noch gleich,
Uns vom Herrn geschenket?
Gottes Wort, das gnadenreich
Durst'ge Seelen tränket;
Als mein Herz, ein dürres Land,

Matt vor Gott gelegen,
Kam das Wort vom Herrn gesandt,
Löschte mir der Sehnsucht Brand
Wie ein Abendregen. –

Rausche, rausche immerfort
In der Abendstille,
Bricht auch schon ein Sternlein dort
Aus der Wolkenhülle,
Und indes wir uns zur Ruh'
Leichten Herzen legen,
Säusle vor den Fenstern du,
Sing' ein Schlummerlied uns zu,
Milder Abendregen! –

Dämmerstunden.

1. Mos. 3, 8.

Und sie hörten die Stimme Gottes des
Herrn, der im Garten ging, da der
Tag kühl geworden war.

Laßt mir die Lampe aus dem Zimmer,
Noch dämmert ja der Abend kaum,
Bei dieses Zwielichts halbem Schimmer
Wieg ich mich gern im wachen Traum,
Des Tags verworrne Stimmen schweigen,
Das Blut verkühlt vom heißen Lauf,
Und sanftere Gefühle steigen
Im Herzen mit den Sternen auf.

O Tag, wenn deine Farben blassen
Und wenn erlosch dein bunter Schein,
Dann kann sich erst die Seele fassen,
Der Geist kehrt in sich selber ein!
Wenn Stille sinkt auf Stadt und Triften,
Und Schatten ruht auf Wald und Feld,
Dann hört der Mensch aus dunkeln Lüften
Die Stimmen einer andern Welt.

Das ist die Stunde, da in Eden
Gott wandelte durchs Abendkühl,
Sich mit dem Menschen zu bereden,
Der in des Tages Blendung fiel;
Adam wo bist du? scholl es klagend
Hin durch stille Abendluft,
Und Gottes Kinder traten zagend
Aus der umbüschten Felsenkluft. –

– Adam wo bist du? so zur Stunde
Erklingts auch mir im Herzen tief
Und weckt, was auf der Seele Grunde
Im Tageslicht vergessen schlief;
Vom Herzen fällt der Zeiten Rinde,
Vergangne Tage werden jung,
Der strenge Mann träumt sich zum Kinde
Im Schoße der Erinnerung.

Das war die Zeit, wo ich als Kindlein
Dem Vater auf den Knieen saß,
Wenn er im Kinderkreis ein Stündlein
Die Mühn des heil'gen Amts vergaß; –
Dann kam, zur Ruhe mich zu legen,
Mit sanftem Tritt das Mütterlein,
Und unter ihrem Abendsegen
Wie leichten Odems schlief sich's ein.

Und saß im Kreise der Geschwister
Der Knab' im dämmernden Gemach,
Wo man mit seligem Geflüster
Vom nahen Christfest sich besprach:
Wie traulich war's im dunkeln Zimmer,
Von Nachbars Dach schien Schnee herein,
Durchs Fenster flog ein goldner Schimmer:
War's wohl des Christkinds Flügelschein?

Ich wuchs herauf; in Feld und Heide
War ich bei Tag und Nacht zu Haus,
Da zog michs zwischen Lust und Leide
Noch um das Zwielicht oft hinaus,
Und bei des Spätrots letztem Glimmen
Und bei des Nachtwinds leisem Klang
Vernahm der Jüngling Geisterstimmen
Und seine Seele ward Gesang.

Jetzt ruht der Mann vom Amtsgewühle
Ein Stündlein in der Dämmerung,
Da wird bei meiner Kinder Spiele
Mein müdes Herze wieder jung; –
Sing, Frau mir eine alte Weise,
Du, Töchterlein, sitz ans Klavier,
Indeß ich lausche, dämmert leise
Ein künftig Lied im Herzen mir.

Und dunkelt einst mein Lebensabend,
Und kommt die lange Nacht heran,
Sollt ihr den Greisen sanft und labend,
Ihr Zwielichtstunden, noch umfahn;
Des Lebens gut' und böse Tage
Verschwimmen sanft im Dämmerschein,
Und ohne Kummer, ohne Klage
Schlaf ich in Vaterarmen ein.

Nachtgedanken.

Sirach 40, 5,

Und wenn einer des Nachts auf seinem
Bette ruhen und schlafen soll, fallen
ihm mancherlei Gedanken ein.

Um Mitternacht in tiefen Finsternissen
Erweckte mich vom Schlaf ein Ungefähr,
Und sinnend lag ich lang auf meinem Kissen.

Still war's es regte sich kein Laut umher,
Die Stille nur begann ihr leises Sausen,
Der Zeitstrom rauschte wie ein fernes Meer.

Das leise Sausen schwoll zum lauten Brausen,
Ich wandte nach dem Fenster mein Gesicht,
Denn in dem Dunkel fing mir an zu grausen.

Doch sah ich keines bleichen Sternleins Licht,
Es lag die Nacht auf meinem Schlafgemache
Gleich einem Bahrtuch schwarz und schwer
und dicht.

Mir war's, als ob ich unterm Sargesdache
Im Grabesschoß, im engen, dumpfen Raum,
Der Welt entrückt aus tiefem Schlaf erwache.

Da dünkte mich mein Leben wie ein Traum,
Mein Tagewerk ein loses Luftgespinste,
Die Herrlichkeit der Welt ein bunter Schaum,

Ein Schattenspiel der Menschen Witz und
Künste,
Ihr Wissen wie ein Wort, im Schlaf gelallt,
Selbst ihre Tugend eitle Nebeldünste.

Und tiefer fiel ich in der Nacht Gewalt;
Mein Glauben all, mein Hoffen und mein
Lieben,
Der treusten Freunde tröstende Gestalt,

Was mir zum Trost in jeder Nacht geblieben.
Mein Gott, mein Heiland, jeder Funke Lichts –
Gleich toter Asche wollte mir's zerstieben.

Was ist die Ewigkeit? – ein ödes Nichts!
Was ist die Zeit? – ein fressend Ungeheuer!
Dein Glaube? – Blendung eines Traumgesichts!

Dein Gott? ein furchtbar und verzehrend Feuer!
Der Mensch? ein schnödes Klümpchen Staub
und Blut!
So nagt' am Herzen mir das Zweifels Geier.

Ihn zu verscheuchen fand ich keinen Mut,
Zu Häupten hing es mir wie Felsenmassen,
Zu Füßen schwoll es mir wie Todesflut.

Ich wollte beten, Gott im Glauben fassen,
Umsonst, ich griff in öden, leeren Raum:
Mein Gott, mein Gott, so hast du mich
verlassen?

Ich grub mich tiefer in des Kissens Flaum,
Ich schloß die Augen, ob mich solcher Plage
Entführe irgend ein barmherz'ger Traum;

Ich horchte sehnend nach dem Glockenschlage,
Ich blinzte durstig nach dem Morgenstern,
Um zu erkunden, ob es noch nicht tage?

Da klang des Wächters Morgenlied von fern:
Steht auf, dieweil der helle Tag vorhanden,
Ihr Christen, auf und lobet Gott den Herrn!

Und sieh, vom Herzen sprang's gleich
Eisenbanden,
Ich lebte auf ob solcher Freudenpost,
Und all die bösen Nachtgespenster
schwanden;

Von blassem Lichte dämmerte der Ost,
Die Morgenglocke scholl mit frommem Klange
Und füllte mir das Herz mit sanftem Trost.

Sie scholl, wie sie erscholl schon jahrelange,
Wie mir oft von Jugend auf erscholl
Und weckte mich zu meines Tagwerks Gange.

Da ward mein Herz des alten Mutes voll,
Da sprach ich zu dem Herrn aus tiefster Seelen:
Hier bin ich, Herr, weil ich noch wallen soll;

Nur laß mir deiner Gnade Licht nicht fehlen,
Denn ohne das ist Finsternis um mich,
Mit bangen Zweifeln muß mein Geist sich
quälen
Und Tod und Leben ist mir fürchterlich.

Trost zur Nacht.

Psalm 121, 4.

Siehe, der Hüter Israels schläft noch schlummert nicht.

Von dem Pfühle muß ich lauschen,
Halb vom Schlaf erwacht,
Höre nur den Brunnen rauschen
Durch die stille Nacht.

Scheint der Brunnen mir zu singen:
Schlafe fort in Ruh',
Gottes Brünnlein gehn und springen
Immer, immerzu.

Ruht in ihren Schlummerkissen
Die erschöpfte Welt,
Tränket er in Finsternissen
Garten, Flur und Feld.

Von dem Pfühle muß ich spähen
Durch mein Schlafgemach,
Seh' ein Sternlein blinkend stehen
Ob des Nachbars Dach.

Tröstet mich sein mild Gefunkel:
Schlafe ruhig aus,
Gottes Auge wacht im Dunkel
Über deinem Haus.

Gottes helle Himmelsheere
Stehn um Mitternacht,
Angetan mit goldner Wehre,
Funkelnd auf der Wacht. –

Bei des Brunnens Schlummerliede,
Bei des Sternes Schein
Kam auf mich ein süßer Friede,
Schlief getröstet ein.

Frühlingsanfang.

2. Kor. 5, 17.

Das Alte ist vergangen, siehe, es ist alles neu geworden.

Vergebens kämpf' ich
Den heißen Kampf,
Nicht länger dämpf' ich
Des Herzens Krampf.

Verborgne Quellen,
So brecht nur auf,
Ihr Tränenwellen,
Habt freien Lauf!

Hab' lang gerungen,
Den tiefen Schmerz
Hinabgeschlungen
Ins stille Herz;

Die Welt belogen
Mit heitrem Blick,
Mich selbst betrogen
Mit eitlem Glück;

Bin nachgelaufen
Im Torenwahn
Dem bunten Haufen
Auf breiter Bahn,

Den Sinn verloren
In Schaum und Schein,
Das Herz erfroren
Ins Mark hinein;

Bis ich den Jammer
Nicht länger trug,
Und Gottes Hammer
Mein Herz zerschlug.

Da hat die Rinde
So dumpf gekracht,
Wie Eis im Winde
Der Frühlingsnacht.

Was lang verhalten,
Dringt nun hervor,

Aus tiefen Spalten
Steigt's warm empor.

Das tiefste Sehnen,
Das ältste Weh,
In heißen Tränen
Quillt's in die Höh'.

Wo sind die stolzen
Gedanken hin?
Wie Eis geschmolzen
Der starre Sinn!

Was ich gewonnen,
Was ich getan,
Ist all zerronnen
Wie Traum und Wahn.

Ich steh in Zagen,
Ein Kindlein, da,
Und kann nicht sagen,
Wie mir geschah.

Von oben Liebe,
Die lang gelockt,
Von innen Triebe,
Die lang gestockt,

Zu süßen Bächen
Vereinigt jetzt, –
So mußte brechen
Das Eis zuletzt. –

O ew'ge Liebe,
Nur immer zu,
Wenn nichts mir bliebe,
So bleibst mir du.

In Tränen walte
Nur ungehemmt,
Bis alles Alte
Hinweggeschwemmt!

Wo Herzen klopfen,
Ist Leben da,
Wo Augen tropfen,
Ist Tröstung nah'.

Wenn bis zum Grunde
Mein Herz erweicht,
Dann kommt die Stunde
Des Heils vielleicht,

Wo dem Gefilde
Mit Friedenssaat

Voll Himmelsmilde
Der Sämann naht;

Wenn ausgeweinet
Die Wolken grau,
Dann erst erscheinet
Das Himmelblau;

Dann tritt die Sonne
Aus dem Gezelt,
Dann dampft in Wonne
Das warme Feld,

Dann girrt im Laube
Mit süßem Laut
Die Turteltaube,
Die Frühlingsbraut: *)

„Der Schnee ist gangen,
Der Lenz ist da,
Die Blumen prangen,
Hallelujah!"

*) Hohes Lied 2, 11. 12.

Frühlingsglaube.

Klagl. 3, 22.

Die Güte des Herrn ist's, daß wir nicht
gar aus sind, und seine Barmherzigkeit
hat noch kein Ende.

Und schau' ich Gottes Welt im
Frühlingslicht,
Wenn junges Grün erglänzt auf allen Triften,
Wenn Blütenschnee aus dürren Ästen bricht,
Und Lustgesang ertönt in blauen Lüften,
Dann hoff' ich wieder und noch glaub' ich
nicht
An die Erfüllung schon der letzten Schriften,
Wo krachend unsre sündenmorsche Welt
In Flammen des Gerichts zusammenfällt.

Dann säuselt's wie ein himmlisches Erbarmen
Mich tröstlich an im lauen Frühlingswind;
Dann lächelt, wie gewiegt in Mutterarmen,
Die Erde mir, ein neugebornes Kind:
Ich seh' den alten Feigenbaum erwarmen
Im Sonnenschein, den gnädig und gelind
Ihm noch dies Jahr vergönnt die ew'ge Liebe,
Ob er nicht Blüten doch und Früchte triebe? –

Und schau' ich in ein Kinderangesicht
Die offne Stirn, die herzlichtreuen Augen,
Aus denen keck der Mut der Unschuld spricht,
Die frisch den Glanz der Schöpfung in sich
saugen,
Dann hoff' ich wieder und noch glaub' ich
nicht'
Daß gar nichts mehr die Menschheit solle
taugen,
Daß sie schon dürres Holz, zu nichts mehr gut,
Als um zu brennen in der letzten Glut.

Dann freu' ich mich: noch ist nicht ganz
verloren
Des Schöpfers Bild in dieser Sünderwelt,
Noch werden Kinder unsrem Gott geboren,
Wie frischer Tau auf morgenrotem Feld;
Wer weiß, wozu dies Kindlein sei erkoren?
Ob's ein Prophet vielleicht, ein Zukunftsheld,
Denn Gottes Geist will noch in viel Gestalten
Die Fülle seiner Herrlichkeit entfalten.

Gewitter.

Psalm 18, 10, ff.

Er neigte den Himmel und fuhr herab
und Dunkel war unter seinen Füßen.
Und er fuhr auf dem Cherub und
flog daher, er schwebte auf den Fittichen
des Windes. Sein Gezelt um ihn her
war finster, und schwarze, dicke Wolken,
darin er verborgen war. Und der Herr
donnerte im Himmel und der Höchste ließ
seinen Donner aus mit Hagel und Blitzen.

Ihr Kinder, kommt herein vom Spiel,
Die Lüfte wehn so dumpf und schwül,
Die Wolken stehn so schwarz zuhauf,
Ein schwer Gewitter zieht herauf:
Behüt uns Gott in Gnaden!

Schauet, schon kommen die Winde geflogen,
Himmelan wirbelt erstickender Staub,
Pappeln erbrausen, vom Sturme gebogen,
Silbern erzittert das rauschende Laub,
Dampfend noch in die geöffnete Scheuer
Ziehen die Rosse das duftende Heu,
Und in dem Neste am Giebelgemäuer
Duckt sich das Vögelein schweigend und
scheu.

Ihr Kinder, duckt euch nicht so scheu,
Seid unverzagt, kommt all herbei,
Ein treues Vaterauge wacht
Auch über schwarzer Wolkennacht, –
Behüt uns Gott in Gnaden!

Sehet, wie schaurig die Lüfte sich schwärzen,
Mittag verkehrt sich in dämmernde Nacht;
Stille wird's draußen, es klopfen die Herzen,
Mächtige Tropfen schon melden sich sacht:
Plötzlich ein Blitz, der mit feuriger Lohe
Blendet das Aug' und erhellt das Gesmach,
Und durch das Himmelsgewölbe, das hohe,
Rollet der Donner mit dumpfem Gekrach.
Ihr Kinder, fleht zum starken Gott:
Erbarme dich, Herr Zebaoth,
In Donnerhall und Blitzesschein
Vertrauen dir die Kindlein dein,
Behüt uns Gott in Gnaden!

Habt ihr die feurige Schlange gesehen?
Hört ihr den plötzlichen schmetternden
Streich?
Ist in der Stadt wo ein Unglück geschehen?
Wimmert vom Turme das Glöcklein
sogleich?
Nein, es ist stille; auf feurigem Wagen
Fuhr uns im Wetter Jehovah vorbei,

Aber nicht wollt' er mit Jammer uns schlagen,
Denn er ist gnädig, barmherzig und treu.

Ihr Kinder, fleht im Blitzeslicht:
Herr, geh mit uns nicht ins Gericht,
Mit Wetterschlag und Feuersnot
Verschon, verschon uns, lieber Gott,
Behüt uns Gott in Gnaden!

Wo jetzt im Feld sich ein Wandrer noch eilet,
Fern auf der Heide noch hütet ein Hirt,
Unter dem Baum sich ein Mähder verweilet,
Weinend im Wald sich ein Kind hat verirrt,
Laßt uns der Fernen, Verlassenen, Armen
Betend gedenken im sichern Gesmach,
Schütze der Herr sie mit mildem Erbarmen
Unterm unendlichen himmlischen Dach!

Ihr Kinder, ruft zur Himmelshöh:
Du Herrscher über Land und See,
Den Pilger schütz' in Sturmesnot,
Auf wildem Meer das schwanke Boot!
Behüt uns Gott in Gnaden!

Siehe, nun stürzen die himmlischen Quellen,
Strömend ergießen die Wolken den Schoß;

Dächer, sie traufen und Bäche sie schwellen,
Alle die Schleusen des Himmels sind los;
Dämmernd verschwindet im düsteren Regen
Himmel und Erde, die weite Natur,
Aber den süßen befruchtenden Segen
Durstig verschluckt ihn die lechzende Flur.

Ihr Kinder, lobt den Herrn der Welt,
Er tränkt die Flur, er labt das Feld,
Er schmückt das Blümlein, speist den Wurm
Und segnet auch im Wettersturm;
Behüt uns Gott in Gnaden!

Milder schon fallen die silbernen Tropfen,
Munter schon zwitschert ein Sperling vom Dach,
Frisch in der Werkstatt vernimmt man das Klopfen,
All das verschüchterte Leben wird wach;
Fern am Gebirge, dahin er gezogen,
Murrt noch der Donner, ein fliehender Leu,
Aber am Himmel der leuchtende Bogen
Kündet's der Erde: der Herr ist getreu!

Ihr Kinder, auf, hinaus ins Feld,
Wie weht's und duftet's durch die Welt!
Wie glänzt die Luft, wie perlt die Flur:
Hab Dank, o Herr der Kreatur,
Behüt uns Gott in Gnaden!

Regenbogen.

Tob. 3, 23.

Denn nach dem Ungewitter lässest du die Sonne wieder scheinen und nach dem Heulen und Weinen überschüttest du uns mit Freuden.

Das Wetter zieht hernieder
An ferner Bergeswand,
Die Vögel singen wieder,
Frisch duftet Flur und Land,
Am Himmel, noch umzogen
Vom grauen Wolkenflor,
Tut schon der Regenbogen
Mildleuchtend sich hervor.

Er steht mit einem Fuße
Im nassen Wiesengras,
Das brennt im gold'nen Gusse
Wie feuriger Topas;
Er schwingt gleich einer Brücken
Von lauter Edelstein
Am dunkeln Waldesrücken
Sich in die Luft hinein.

Und in den Wolken schimmert's
Wie mit Juwelenschrift,
Und in den Gräsern flimmert's
Mich an von Flur und Trift:
„Herz, traue deinem Retter,
Der seines Bunds gedenkt,
Und Sonnenschein auf Wetter
Und Trost in Tränen schenkt!"

Herbstgefühl.

1. Kor, 7, 31.

Das Wesen dieser Welt vergehet.

Müder Glanz der Sonne!
Blasses Himmelblau!
Von verklungner Wonne
Träumet still die Au.

An der letzten Rose
Löset lebenssatt
Sich das letzte, lose,
Bleiche Blumenblatt.

Goldenes Entfärben
Schleicht sich durch den Hain;
Auch Vergehn und Sterben
Deucht' mir süß zu sein.

Mondesblick.

Psalm 139, 12.

> Denn auch Finsternis nicht finster ist bei
> dir und die Nacht leuchtet wie der
> Tag, Finsternis ist wie das Licht.

Kam ich heut' am frühen Winterabend
Von den Gängen des Berufs nach Hause,
Fand ich mein vertrautes Arbeitszimmer
Schon in tiefe Dämmerung gehüllt.

Aber schräg herein durch die Gardinen
Schlich vom dunkelklaren Abendhimmel
Geisterhaft in silberblauem Glanze
Sich ein Streifen hellen Mondenscheins;

Traf den Tisch, daran ich heut' gesessen,
Und das Buch, das dort noch aufgeschlagen,
Und das Blatt, darauf ich erst gechrieben,
Brachte alles das ins helle Licht.

Und mir ging ein Schauer durch die Seele,
Da ich so vom stillen Mond belauschet
Während ich vom Hause fern gewesen,
Meines Tags verschwiegne Arbeit sah.

Dünkte mich der Geisterblick des Mondes
Wie der ernste Blick des Vaterauges,
Der des Sohnes Arbeit für die Schule
Prüfend hinter seinem Rücken liest.

Dünkte mich der ernste Mond zu fragen:
Kind, mein Kind, was liesest du für Bücher?
Herz, mein Herz, was hegst du für Gedanken?
Mensch, o Mensch, wie stehts ums Tagewerk?

Darf mans hinter deinem Rücken prüfen?
Darfs der klare Sonnenschein beleuchten?
Darfs der keusche Mondesblick belauschen?
Darfs das heil'ge Auge Gottes sehn?

Krankenbesuch.

Psalm 80, 4.

Laß leuchten dein Antlitz, so genesen wir.

Frühwinter war's, erstorben Busch und
Baum,
Da pilgert' ich zu eines Kranken Hütte,
Fern lag sie an der Vorstadt letztem Saum,
In weißer Felder, öder Gärten Mitte.

Eng war die Pforte, niedrig das Gemach,
Gebückt nur trat ich in die düstre Kammer,
Doch wiewiel Elend unter niedrem Dach,
Im engen Stüblein wiewiel Not und Jammer!

Schwindsuchtig lag der Vater hingetreckt
Und hob mit Müh' sein bleiches Haupt vom
Lager,
Darauf mit grobem Teppich schlecht bedeckt,
Sein Leib sich krümmte, abgezehrt und hager.

Aus hohler Brust schon röchelte der Tod,
Doch hofft' er noch zu leben, nicht zu sterben,
Für Weib und Kinder noch ein kärglich Brot
Mit seiner Hände Arbeit zu erwerben.

Ein holdes Knäblein schlief in seinem Arm,
Mit roten Wangen, leichtem Kinderodem,
Süßträumend unter Not und bitt'rem Harm,
Frischblühend in der Krankenstube Brodem.

Ein ält'res Mädchen aber saß abseits,
Mit frosterstarrten Fingern mühsam strickend,
Ein kränkelnd Blümlein, frühgeknickt vom Kreuz,
Aus trüben Augen scheu und schüchtern blickend.

Wie dann die bleiche Mutter trat hervor,
Und schlicht mir ihrer Leiden Lauf erzählte,
Mit Blicken sagend, was sie vor dem Ohr
Des Kranken sorglich schonend gern verhehlte:

Die Angst um ihres Gatten nahen Tod,
Den schon der Arzt mit dürrem Wort verkündet,
Die Angst dabei um Hauszins, Holz und Brot,
Die mit der Angst der Liebe sich verbündet! –

Nicht am Altar, gedeckt mir Purpursamt,
Auf goldner Kanzel nicht, an heil'ger Stätte,
Ward mir so schwer, ward mir so süß mein
Amt,
Wie hier an dieses Tagelöhners Bette.

Da galt's ein himmlisch Evangelium
Zu predigen den Kranken und den Armen,
Da galt's, zum Herrn im obern Heiligtum
Aus tiefer Not zu schreien um Erbarmen.

Da galt's, zu spenden Leibs- und Seelenkost,
Und als ich schied aus der betrübten Kammer,
Ließ ich zurück wohl einen Strahl von Trost,
Trug aber weg dafür ein Herz voll Jammer.

Doch sieh! wie grüßt ein wunderholder Glanz
Mein düstres Auge an des Hauses Schwelle:
Der Weg, der Zaun, die weite Landschaft
ganz,
Sie lodert rings in rosenroter Helle!

Die Wintersonne war's im Untergehn,
Die noch die Wolken rosig überhauchte,
Die schwarze Stadt, die weißbeschneiten
Höhn
In sanfte Glut, in holdes Feuer tauchte.

Das kahle Feld, die blumenleere Flur,
Der Rebenhügel frostig ödes Warten,
Die winterlich erstorbene Natur,
Sie blühte wie ein weiter Rosengarten.

Da hob ich zu der Sonne mein Gesicht:
„Gesegnet sei, du freundliche und milde,
Die auch den kurzen Tag verklärt in Licht
Und Rosen zaubert auf das Schneegefilde!

„Du sollst ein Bild mir jener Sonne sein,
Die sich in Christi Antlitz uns erschließet,
Und mit des Himmels goldnem Widerschein
Die dürre Scholle dieser Welt umgießet;

„Die auch den rauhsten Weg im Pilgerland
Mit der Verheißung Rosenlicht bestrahlet,
Und an des Armen kahle Stubenwand
Ein Paradies in Gold und Purpur malet;

„Die noch ein sterbend Auge, eh' es brach,
Verklären kann in sel'ge Himmelswonne;
– O, einen Strahl auch unter jenes Dach
Von deinem Glanz, du ew'ge Geistersonne!"

Nachtrag.

Zwei Jahre später.

Hebr. 13, 16.

Wohlzutun und mitzuteilen vergesset nicht,
denn solche Opfer gefallen Gott wohl.

Ihm ward ein Strahl noch, eh sein Auge brach,
Nun wächst schon lang das Gras auf seinem Grabe,
Zwei Waisen ließ er seiner Witwe nach,
Und Not und Kummer – als die ganze Habe.

Seht ihr die bleiche, leidende Gestalt
Im abgetragnen schwarzen Trauerkleid?
Ihr einzigs ist's, nun ward es mürb und alt,
Sie trugs in kurzem Glück und langem Leide.

Als Mädchen hat sie sich's im Dienst gekauft;
Sie trug's als frohe Braut am Traualtare,
Sie trug's als Mutter, wenn man ihr getauft,
Und nun als Witwe trägt sie's bald zwei Jahre,

Sie näht und strickt, sie betet und sie schafft,
Sie hat bis heut' sich redlich durchgestritten,
Doch wankt des Leibes wie der Seele Kraft,
Gern ruhte sie bei *ihm,* der ausgelitten, –

Gibt's *keine Sonne,* die solch trübe Bahn
Erheitere mit einem Blick der Freude?
Noch eine kenn' ich und sie ruf' ich an,
Drum kommt zu euch mein Lied im
Bettlerkleide.

Erhelle du ihr düsteres Geschick,
Du holde Sonne: milde *Menschenliebe!* –
Barmherz'ge Frauen, einen güt'gen Blick
Auf ihren Pfad, – so wird er minder trübe! –

Winterandacht.

Kol. 3, 2.

Trachtet nach dem das droben ist, nicht
nach dem das auf Erden ist!

Auf stiller Bergeshöh', umwoben
Von heitrer, kalter Winterluft,
Wall' ich, dem Talesdunst enthoben,
Dahin im goldnen Sonnenduft,
Wo rings von Millionen Sternen
Des Schneefelds blanker Teppich glimmt,
Bis dort in sanftbeglänzten Fernen
Im Nebelflor die Welt verschwimmt.

Verstummt ist hier der Erde Hader,
Verkühlt des Herzens trübe Glut;
Als flöße mir durch jede Ader
Kristallhell ein ätherisch Blut,
Als atmet' ich durch alle Poren
Nur Himmelslicht und Sonnenschein,
So fühlt mein Geist sich neugeboren,
Ätherisch leicht und göttlich rein.

Kein Blümchen auf der weißen Heide
Gemahnt mich an ein irdisch Glück
Und lockt mein Herz zu Lust und Leide
Der unbeständ'gen Welt zurück;
Tief unter mir der Stadt Geräusche,
Den eignen Tritt vernehm' ich kaum,
Nur hier der Schnee, der reine keusche,
Und dort der blaue Himmelsraum!

Kaum glaub' ich's daß ich je im Moose
Am schwülen Sommernachmittag,
Berauscht vom Balsamduft der Rose,
Süßträumend an der Erde lag, –
Hier wo des Bodens Silberdecke
Geflügelt nur mein Fuß bestreift
Und durch des Schneefelds weite Strecke
Das Auge frei gen Himmel schweift.

Kaum denkt mir's, daß mit Wonnetränen,
Bezaubert von dem süßen Schall,
Ich je gelauscht den Klagetönen,
Der liebetrunknen Nachtigall, –
Jetzt wo der Vögel muntres Locken
Schon längst verscholl in Flur und Wald,
Und nur der Klang der Sonntagsglocken
Vom Tal herauf gen Himmel schallt.

Und wie von Engeln schwebt getragen
Die Seele diesen Tönen nach,
Es kommt auf mich ein fromm Entsagen,
Es wird ein himmlisch Sehnen wach,
Die Erde wird zur weißen Nonne,
Die Seele mir zur Himmelsbraut,
Die still nach einer schönern Sonne
Nach einem künft'gen Frühling schaut.

Ja wenn des Nordwinds rauhes Tosen
Der Erde Gärten zugeschneit,
Dann blühen erst des Himmels Rosen
In unverwelkter Herrlichkeit;
Ja sind wir Gäste hier zu Landen
Auf dieser kalten Winterflur,
So ist noch eine Ruh' vorhanden
Dem Seufzen aller Kreatur.

O siehe! welch ein rosig Dämmern
Den Abendhimmel überhaucht
Und jene Schar von Wolkenlämmern
In immer hellern Purpur taucht!
Sieh des Gewölkes Glanzgewimmel
Von Gold und leuchtendem Rubin,
Als schifften durch den lichten Himmel
Auf Rosenwolken Engel hin!

Mir ist's, ich säh' in goldner Wolke
Die Zinnen jener neuen Stadt,
Die nach der Wallfahrt seinem Volke
Der treue Gott verheißen hat;
Mir ist's, in tiefen Abendröten
Säh' ich des Paradieses Flur,
Dahin Apostel und Propheten
Uns wiesen die verlorne Spur.

– Die dunkeln Wolken rollen nieder,
Die kalten Nebel steigen auf,
Zur Stadt im Tale kehr' ich wieder,
In dieser Welt verworrnen Lauf;
Mich schaudert, doch im Busen innen
Glimmts warm noch wie ein Opferbrand:
Ich schaute ja von Bergeszinnen
Hinüber ins gelobte Land.

Krankenwacht.

1. Kor. 13, 7. 8.

Sie verträget alles, sie glaubet alles, sie hoffet alles, sie duldet alles. Die Liebe höret nimmer auf.

Die Glock schlägt zehn;
Wer müde, darf zu Bette gehn,
Die Mutter nicht, die Mutter wacht
Beim kranken Kind die ganze Nacht,
Bekümmert sitzt sie an der Wiege
Und lauscht auf seine Atemzüge.

„Wie still ist's jetzt, es schläft das ganze Haus,
Dort im Getäfel raschelt nur die Maus;
Eintönig tickt an dunkler Wand die Uhr,
Sonst rings herum vom Leben keine Spur,
Das Nachtlicht gießt umher den
Dämmerschein,
Im Schatten sitz' ich einsam und allein,

Doch nicht allein – mein Gott, du bist bei mir
Und mein bekümmert Herze ruht in dir;
Mein müdes Haupt, es lehnet sich an dich,
Die Flügel deiner Gnade decken mich;
Wenn sich gelegt des Tages wirrer Lauf,
Dann gehn die Sterne für die Deinen auf;
Drum hat dich auch in stiller Nächte Stunden,
O Seelenfreund, manch schmachtend Herz
gefunden."

„Die Glock schlägt elf;
Daß Gott doch allen Kranken helf'!
Ach, wie mein Kind im Fieber liegt,
Die Wangen glühn, der Atem fliegt,
Herr Gott, du großer Arzt der Kranken,
Laß meinen Glauben jetzt nicht wanken!"

„Allmächtiger, der über Sternen thront,
Im ew'gen Licht ob Erdennächten wohnt,
Du schaust aus deinem königlichen Zelt
Herab auf allen Jammer dieser Welt,
Dein ist das Reich, dein ist Gewalt und Macht,
Du lenkst den Tag und herrschest in der Nacht,
Am liebsten tust du in der Dunkelheit
Die sel'gen Wunder deiner Herrlichkeit.
Nun sendest du aus deinem Sternenhaus
Die Engel deiner Lieb' und Allmacht aus,

Nun gießen sie den süßen, milden Tau
Erquickend aus auf die verlechzte Au,
Nun stärken sie mit holdem Schlummersaft
Erschöpfte Glieder, die sich müd geschafft,
Nun trösten sie auf seines Kissens Flaum
Manch armes Herz mit einem goldnen Traum,
Nun tragen sie auf manches Schlafgebet
Erhörung nieder, eh' die Nacht vergeht,
Und knüpfen frisch die abgefallne Welt
Mit Liebesfäden an das Sternenzelt; –
O Gott und Herr, du bist so gnadenreich,
An Macht und Liebe nur dir selber gleich,
Gib einen Liebesblick und Gnadenschein
Auch auf dies Bett, auch in dies Kämmerlein;
Gib einen Balsamtropfen leis und lind
Auch auf die heißen Schläfen meinem Kind;
Allmächtiger, es liegt in deinen Armen,
Barmherziger, du mußt dich ja erbarmen!"

„Horch, Mitternacht!"
Mein Kindlein ist im Schreck erwacht;
Das Glöcklein wimmert grell vom Turm,
Im Holze pickt der Totenwurm,
Mir ist's, als klopften Nachtgespenster
Mit leiser Hand ans Kammerfenster."

„Ach Gott, mir graut in dieser Einsamkeit,
Kein Mensch ist nah und jede Hilfe weit;
Die Mitternacht ist keines Menschen Freund,
Durchs Fenster lugt sie wie ein böser Feind,
Wie Geistertritt rauscht's draußen vor der Tür,
Wie Geisterhauch weht's im Gemache hier;
Mein Gott, wenn jetzt dein Todesengel käm'
Und mir mein Kind aus meinen Armen nähm',
Und küßt' es tot mit seinem blassen Mund
Und legt's aufs Bett als Leiche mir zur Stund'! –
Mein Herzenskind, der Herr bewahre dich!
Mein starker Gott, auf dich verlass' ich mich!
Was ist der Mensch? ein zitternd Espenlaub;
Ein leiser Hauch, so sinkt er in den Staub,
Stets schwebt ob seinem Haupte die Gefahr
Und streift mit schwarzen Fittichen sein Haar;
Allmächtiger, in deiner Hut allein
Kann ich und kann mein Kind bewahret sein;
Sei du uns Schirm, sei du uns Schloß und Riegel,
Dein Küchlein birg im Schatten deiner Flügel."

„Die Glock' schlägt eins,
Das Nachtlicht brennt getrübten Scheins,
Die Augen fallen schläfrig zu,
Das müde Haupt verlangt nach Ruh',
Komm, schwaches Herz: dich aufzuraffen,
Ergreife des Gebetes Waffen!"

,,Herr Jesu Christ, erhalte du mich wach,
Der Geist ist willig, doch das Fleisch ist schwach;
Du guter Hirte hast so manche Nacht
Für uns hienieden treulich durchgewacht,
Auf Bergeshöhen lagst du im Gebet,
Dieweil der Nachtwind leise dich umweht,
In dunkler Stunde zu Gethsemane
Trugst du für uns des bittern Todes Weh,
Du Menschenhüter schläfst und schlummerst nicht,
Wachst über uns auch jetzt im Himmelslicht;
O gib von dort mir deinen Geist der Kraft,
Der in mir Wollen und Vollbringen schafft,
O träufle du ein frisches Glaubensöl
Ins trockne Lämpchen meiner matten Seel',
O schüre du aufs neu' der Liebe Glut,
Die fröhlich brennt und nimmer klagt noch ruht;
Herr Jesu Christ, sei mächtig in mir Schwachen,
Und hilf mit dir mir diese Stunde wachen."

,,Die Glock' schlägt zwei;
Komm, Kindlein, nimm die Arzenei,
Du bist matt und bist so krank,
Stoß ihn nicht weg den braunen Trank,
Ob er auch bitter sei dem Munde,
Er hilft ja, daß mein Kind gesunde."

„O Herr, du reichst auch mir zu dieser Stund'
Den bittern Kelch des Leidens an den Mund!
Wohl seufzt mein Fleisch: laß ihn vorübergehn,
Doch spricht mein Geist: dein Wille soll geschehn!
Ich weiß ja, was die ew'ge Liebe tut,
Sie meint's allzeit mit ihren Kindern gut;
So will ich nun dein folgsam Kindlein sein,
Den Trübsalskelch geduldig nehmen ein,
Ein Stücklein Zucker reichst du drauf gewiß,
Denn deine Huld macht auch das Herbste süß,
So müssen selbst die bittern Arzeneien
Für Leib und Seel' zum Segen uns gedeihen."

„Die Glock schlägt drei;
Die Dämmerung schleicht sacht herbei,
Der frühe Hahn hat schon gekräht,
Ein kühler Hauch durchs Fenster weht,
Bald ist das Morgenrot vorhanden,
Die Nacht der Sorgen überstanden."

„Schon rührt sich's da und dort im stillen Haus,
Der Nachbar geht ans frühe Tagwerk aus,
Das Nachtlicht ist zum Stümpchen abgebrannt
Und Morgenscheine dämmern an der Wand,
Mein Kindlein aber schlummert sanft und leis,
Die heiße Stirn betaut ein linder Schweiß,

Gebrochen ist des Fiebers böse Macht,
Vorüber ist die bange Kummernacht,
Und selig blick ich auf ins Morgenrot:
Hab' Dank, o Herr, du Retter in der Not!
Du bist getreu, du läßt die Deinen nicht,
Gibst Freud auf Leid, nach Finsternissen Licht,
Und währet auch den Abend lang das Weinen:
Am Morgen läßt du deine Hilf erscheinen."

Die Glock schlägt vier;
Hell ruft der Wächter vor der Tür:
Steht auf im Namen Jesu Christ,
Die Morgenstund' vorhanden ist,
Wohlauf, wohlauf, ihr Christen alle,
Und lobet Gott mit frohem Schalle!

Die Säge

Psalm 39, 6.

Siehe, meine Tage sind einer Hand breit bei dir und mein Leben ist wie nichts vor dir.

Es war ein eisiggrimmer,
Schneeweißer Wintertag,
Als ich im warmen Zimmer
Halbkrank zu Bette lag.

Durch's Fenster sah herüber
Des Nachbars weißes Dach,
Ich lag im leichten Fieber
Halbträumend und halbwach.

Von unten klangen Schläge
Des Beil's zu mir herauf,
Begleitet von der Säge
Melodisch gleichem Lauf.

Sie sägen und sie spalten
Dem Nachbar Scheit um Scheit,
Man braucht's in dieser kalten
Gestrengen Winterzeit.

Und wie ich lag und lauschte
Der Säge Melodie,
Die auf- und niederrauschte,
Da ward mir's, weiß nicht wie.

Die Säge schien zu singen
Ein Lied aus alter Zeit,
Die Axt hört' ich erklingen
Vor Jahren schon wie heut.

Wie heute war' s ein trüber,
Schneeweißer Wintertag,
Daß ich im leichten Fieber
Zu Bett als Kindlein lag.

Doch lag ich ohne Sorgen,
Gebettet war ich gut,
Gepflegt und wohl geborgen
In treuer Mutter Hut.

Wie Engelsflügel rauschte
Durchs Zimmer ihr Gewand,
Ich aber lag und lauschte,
Wie Stund' um Stunde schwand.

Und unten sang die Säge,
Dazwischen klang das Beil,
Ich zählte seine Schläge
In Fieberlangeweil. –

Die Jahre sind entschwunden,
Mir ist's als wär's noch heut;
Ihr goldnen Kindheitsstunden,
Wie liegt ihr weit, ach weit!

Die Säge geht im Zuge
Und singt ihr altes Lied,
Die Zeit verrauscht im Fluge
Und Jahr um Jahr entflieht.

Mir dünkt im Fieberwahne,
Ein dürres Holz zu sein,
In das mit blankem Zahne
Die Säge dringt hinein.

Und der die Säge führet,
Das ist der Meister Tod,
Der flink die Arme rühret,
Als gält's das liebe Brot.

Mit immergleichem Schnitte,
Mit nimmermüdem Zahn,
Bis in des Markes Mitte
Macht Jahr um Jahr sich Bahn;

Bis am zerschnitt'nen Scheite
Die letzte Faser kracht,
Dann fällt das Holz zur Seite –
Die Arbeit ist vollbracht.

Genesung.

Psalm 103, Vers 1 – 5.

Säuselt ihr wieder,
Lüfte des Frühlings,
Um des Genesenden
Bleiches Gesicht?
Wärmest du wieder,
Goldene Sonne,
Den halb noch geblendeten,
Wankenden Flüchtling
Aus des dumpfen Krankenzimmers
Langer und trübseliger Haft?

Leuchtend wie vormals
Wölbst du auch heut noch
Über dem Haupt mir,
Herrlicher Himmel,
Dein saphirnes Blau;
Liebevoll grüßend

Wie alte Bekannte
Drängt ihr, o weiße
Sternlein des Frühlings,
Euch aus dem Samte
Des Rasens hervor;
Und du dort in des alten
Frischknospenden Birnbaums
Goldsonnigem Wipfel,
Weckst mir, o Vöglein,
Mit holdem Gezwitscher
Wieder verjährte
Wonnen der Kindheit,
Wieder ein Ahnen
Künftigen Glücks. –

Aber zu voll nicht,
Nicht zu berauschend
Dränget ihr süßen Gerüche des Feldes
Euch an des Kranken noch zärtliche Brust;
Nur erst Tropfen,
Schwindelnde Seele,
Langsam schlürfe der Genesung
Feurig goldenen Freudenwein!

Bin nur ein Gast erst
Wieder im Leben;

Nur als ein Märchen
Schau' ich von weitem
Wie durch des Schleiers
Dämpfenden Flor
Wieder des Weltlaufs
Farbig Gewimmel;
Gleich einer Sage
Klingt aus der Ferne
Leis noch der Erde
Rauschend Getöse,
Und Eines nur fühl' ich:
Wonne des Daseins,
Und Eins nur empfind' ich:
Gott ist die Liebe!

So liegt ein Kindlein,
Das erst vom Schlummer
Eben erwachte:
Noch regt es kein Ärmchen,
Noch glühen die Wangen,
Noch blinzeln die Augen,
Noch halb ist's im Traume,
Aber bewußtlos
Schwimmt es in süßem,
Seligem Wohlsein,
Und durch der Wiege

Grünseidnes Gehänge
Winket ihm lockend
Der Nachmittagssonne goldener Strahl,
Und ihm zu Häupten
Ungesehen,
Liebevoll lauschend
Neigt sich der Mutter entzücktes Gesicht.

Neigst nicht auch du dich
Mütterlich segnend
Mild auf mich Armen,
Ewige Liebe?
Ist's nicht dein naher
Lebendiger Odem,
Der mich balsamisch heilend umweht?
Lieg' ich nicht kraftlos,
Ein schwaches Kindlein,
Und dennoch selig und wohlgeborgen,
Himmlische Gnade, dir in dem Schoß?

Wer hat vom offenen
Rande des Grabes
Allmächtig dich zurückgerissen,
Du Kind des Todes, du Mensch von Staub?
Lobe den Herrn, meine Seele,
Und was in mir ist, seinen heiligen Namen!

Wer hieß der dumpfen Fiebernächte
Gespensterhaftes Traumgewimmel
Fernabziehn
Wie Winterwolken vor dem Frühlingswind?
Lobe den Herrn meine Seele,
Und vergiß nicht, was Er dir Gutes getan!

Wer hat des Todes
Hundertfach verdientes Gericht
Noch einmal, o schuldbeladenes Haupt,
Noch einmal gnädig dir abgewandt?
Wer träuft der Genesung
Heimliche Wonnen
Wie Öl und Wein in's matte Herz?
Ist es der Herr nicht,
Der milde Erbarmer,
Der dir alle deine Sünden vergibt
Und heilet alle deine Gebrechen?

Wer löste dir mit sanfter Hand
Von den fieberheißen Schläfen
Des Krankenlagers feuchte
Rauchende Binden?
Wer schlang noch einmal
Des Lebens frischen Blumenkranz
Kühlend dir um die entzückte Stirn?

Ist es der Herr nicht,
Der treue Erretter,
Der dein Leben vom Verderben erlöset,
Der dich krönet mit Gnade und Barm-
herzigkeit?

Und wer ist's der auf die Lippen dir heut
Statt Schmerzgestöhn und Todesröcheln
Ein Loblied legt und einen Psalm des Danks:
Der deinen Mund fröhlich macht?

Wer läßt dem armen
Nackenden Seelchen
Leis wieder sprossen
Lieblicher Hoffnungen
Schwellenden Flaum?
Wer läßt dem matten
Entkräfteten Geiste
Frisch wieder wachsen
Heller Gedanken
Freudige Schwingen:
Daß du wieder jung wirst wie ein Adler?

Lobe den Herren,
Begnadigte Seele;
Trage mich ferner,

O ewige Liebe;
Laß mich genesen
Vom Sündenschaden,
Laß mich erstarken
In Gottes Kraft;
Reinige, heile,
Kräftige, gründe,
Bis ich, erlöset vom Leibe des Todes,
Bis ich, entronnen den Schrecken des Grabes,
Bis ich, genesen zum ewigen Leben,
Himmlische Harfen des Dankes dir schlage,
Und dir im Chore der Geister lobsinge:
Lobe den Herrn, meine Seele!

Ewige Jugend.

Jes. 40, 31.

Die auf den Herrn harren, kriegen neue Kraft, daß sie auffahren mit Flügeln wie Adler, das sie laufen und nicht matt werden, daß sie wandeln und nicht müde werden.

Wie weit hinab schon trugen dich die Wogen,
Du meines Lebens leichtgebauter Kahn!
Die Silberfurche, die dein Kiel gezogen,
Verschwindet spurlos hinter deiner Bahn,
Die schönsten Ufer sind vorbeigeflogen
Und näher geht's dem großen Ozean;
Schon hör' ich oft mit ahnungsvollem Grausen
Beim Sternenschein die ferne Brandung brausen.

Wo bist du hin mit deinen Blumenauen,
Du Paradies, das einst mich Kind umfing?
Dem trüben Blick verschwammst du längst
im Blauen,
Der lang an dir mir stillem Heimweh hing,
Nur noch im Traum darf ich die Pfade schauen,
Die leichten Tritts der frohe Knabe ging,
Und wach' ich auf, so wogt ein schmerzlich Sehnen
Im Busen nach und steht mein Aug' im Tränen.

Wo sind sie hin, die fröhlichen Genossen,
Mit denen ich der Jugend Lieder sang?
Wie flogen wir auf leichtgezäumten Rossen
Durchs grüne Tal dem blauen Strom entlang!
Ob manchem, ach! hat sich das Grab geschlossen,
Des Arm sich einst um meinen Nacken schlang,
Von andern hat das Leben mich getrennet,
Daß keiner mehr des Freundes Sprache kennet.

Und du, mein Herz, fühlst selber du nicht stocken
Den mattern Puls, das abgekühlte Blut?
Wehn dünner nicht schon um die Stirn die Locken?
Jauchzt seltner nicht ein froher Lebensmut?
Erscheint dem Aug' die Welt nicht trüb und trocken,
Die einst ihm schwamm in morgenroter Glut?
Will denn auch mich das Alter schon beschleichen
Und mich lebendig legen zu den Leichen?

Da sei Gott vor! mag auch der Leib verwesen,
Der Geist wird noch von Tag zu Tag erneut;
Der Gott, der meiner Jugend Hort gewesen,
Verkündet sich in meiner Brust noch heut';
Was frommt's die Rosenblätter aufzulesen,
Die schon der Wind am Boden hat verstreut?
Bleibt nur im Stock das Lebensmark erhalten,
So wird noch manche Knospe sich entfalten.

Das Lebensmark, das laß mir nicht erkalten,
Den freud'gen Geist nimm nicht, o Herr, von mir;
Nicht zu den Klugen stell' mich, zu den Alten,
Ein Kindlein sitz' ich gern zu Füßen dir,
Und soll das Haar ergraun, die Stirn sich falten:
Ein kindlich Herz, das bleibe meine Zier;
Sprachst du doch selbst: o werdet gleich den Kleinen,
Sonst kann ich euch nicht zählen zu den Meinen.

Die Kindeslust laß mir an allem Schönen,
Als deines Kleides buntgewirktem Saum,
Den offnen Sinn, in Farben und in Tönen
Das Ewige zu ahnen als im Traum,
In der Geschichte sturmbewegten Szenen
Wie in der Schöpfung heitrem Tempelraum,
Im Frühlingswind wie im Gewitterrauschen
Das Wandeln deiner Füße zu belauschen.

Den Kindeszorn, der wider alles Schlechte
Sich unverfälscht im Innersten empört,
Das warme Herz, das freudig für das Rechte,
Ob oft enttäuscht, stets neu zur Fahne schwört,
Den Jugendmut, der standhaft ins Gefechte,
Ob oft besiegt, doch immer wiederkehrt,
Und dem was er erkannt in heil'gen Stunden,
Trotz Welt und Zeit in Liebe bleibt verbunden.

Die Kindesträne laß mir, die im Leiden
Wie in der Lust aus weichem Herz quillt!
Den kühlen Mann, ich werd ihn nie beneiden,
Der schroff sich in der Weisheit Mantel hüllt;
Dieweil ich Mensch, will ich nichts Menschlichs meiden
In Leid und Freud, bis mein Geschick erfüllt,
Und bis zerriß dies Saitenspiel der Nerven,
Soll Schmerz und Luft sich in die Saiten werfen.

Den Kindestrieb laß mir, zu sehn, zu lernen,
Zu wachsen fort in dem, was schön und gut,
Die Wanderlust, die stets in neue Fernen
Die Blicke hebt und nie genügsam ruht,
Den frommen Schwung, der zu den höchsten Sternen
Die Flügel dehnt mit jugendlicher Glut;
Nie Meister will ich sein, mit Lernen fertig,
Nein, Schüler stets, noch höhern Lichts gewärtig.

Und eins, mein Gott, das keine Zeit mir raube,
Nicht mit Gewalt und nicht mit leisen Trug,
Das bleibe mir: der fromme Kinderglaube,
Der himmelan sich schwingt mit frohem Flug,
Der hundertmal sich frisch erhebt vom Staube,
Wenn hundertmal die Welt ihn niederschlug;
Der Glauben an ein heilig Walten droben,
Wie auch die Feinde spotten oder toben.

In solchem Glauben wurzle mir die Liebe,
Die kindlich warm, was Mensch sich nennt, umfaßt,
Die, ob die Welt mit unbarmherz'gem Hiebe
Ihr abgehaun manch schönen Blütenast,
Nur stärkre Zweige treibt und bessre Triebe
Und lächelnd segnet, wo man sie gehaßt,
Und sterbend noch den Samen um sich streuet
Zu Saaten, deren sich die Nachwelt freuet.

Drauf bitt' ich noch: laß mir ein kindlich Hoffen,
Das hellen Augs in dunkle Zukunft schaut,
Das über Wolken sieht den Himmel offen,
Dem hinter Bergen noch ein Eden blaut,
Das, wenn sein irdisch Haus der Blitz getroffen,
Im Himmel kühn sich bessre Hütten baut
Und fröhlich spricht: ob ich gleich fall' und sterbe,
Dort oben glänzt mein ewig Teil und Erbe!

So bleib' ich Kind, so sprech ich zu den Jahren:
Fahrt hin, mich streift nur eurer Flügel Schwung;
Ein Jüngling blüh' ich noch in Silberhaaren,
Denn Gottes Gnade macht mich täglich jung,
Und einst mit Flügeln will ich aufwärts fahren
Am großen Tage der Verwandelung,
Da wird mein Gott mir Leid und Seel verjüngen,
Ein Kind des Lichts, mich himmelan zu schwingen.

Trauerstunden.

Hebr. 12, 11.

Alle Züchtigung, wenn sie da ist, dünkt sie
uns nicht Freude, sondern Traurigkeit
zu sein: aber darnach wird sie geben
eine friedsame Frucht der Gerechtigkeit
denen die dadurch geübet sind.

Nie im Jubel heller Freude
hab' ich je ein Lied erdacht,
Nie den holden Lenz besungen
Mitten in des Lenzes Pracht,
Schüchtern schwieg der Dichtung Stimme
Vor des Lebens Übermacht,
Erst wenn mir ein Glück erstorben,
Ist's im Liede neu erwacht.

Erst in grauen Wintertagen
Zaubert' ich den Rosenflor
Und den Glanz des Maienhimmels
Sehnsuchtsvoll im Lied mir vor;
Erst in düstern Trauerstunden,
Wenn mein Liebstes ich verlor,
Schwang auf des Gesanges Flügeln
Sich mein Herz zu Gott empor.

Also schlägt in Wetternächten
Brünstiger die Nachtigall;
Wenn die Sonne erst gesunken
Steigt des Mondes Silberball;
Nur wenn sie vom Schlage zittert,
Gibt die Saite süßen Schall;
Edle Perlen wirft ans Ufer
Sturmesflut und Wogenschwall.

Nur gedroschen auf der Tenne
Springt hervor das goldne Korn,
Nur getreten in der Kelter
Quillt des Weines Purpurborn,
Und der süße Kelch der Rose
Blüht am rauhen Hagedorn,
Und zum königlichen Sprunge
Zwingt das Roß der scharfe Sporn.

Ja es reift die rechte Freude
Nur im Schoß der Traurigkeit,
Und die Mutter schöner Kinder
Ist das bleiche Herzeleid,
Gottes hellste Friedenssterne
Leuchten in der Dunkelheit,
Gottes liebste Segensengel
Melden sich im Trauerkleid.

Wenn sie kommen schwarz umfloret,
Bang beklagst du dein Geschick;
Wenn sie weilen, bald entschleiert
Sich ihr milder Friedensblick;
Wenn sie gehen, lassen segnend
Sie ein Gastgeschenk zurück;
Wenn sie scheiden, rufst du dankend:
Meine Trübsal war mein Glück!

Drum willkommen, Trauerstunden,
Gnadenzeiten heil'ger Zucht;
Sei gesegnet, ew'ge Liebe,
Die im Schmerz mich heimgesucht!
Stille beuge dich, o Seele,
Unter deines Kreuzes Wucht,
Den Betrübten und Geübten
Reift am Kreuz des Friedens Frucht.

Herbstlich blickt die Sonne her.

1. Mose 31, 2.

Und Jakob sahe das Angesicht Labans,
und siehe, es war nicht gegen ihn
wie gestern und ehegestern.

Herbstlich blickt die Sonne her
Durch den Nebelflor,
Labans Antlitz glänzt nicht mehr
Freundlich wie zuvor.

Den er einst als trauten Gast
Brüderlich umschlang,
Jakob ist ihm längst zur Last,
Weilt ihm viel zu lang.

Jakob, nimm den Wanderstab,
Gürte heimwärts dich,
Deine Rosen blühten ab,
Und dein Stern erblich!

Herbstlich blickt die Sonne her
Durch den Nebelflor,
Labans Antlitz glänzt nicht mehr
Freundlich wie zuvor.

Ach! ich hab' ihn auch gefühlt,
Labans kalten Blick,
Wenn die Liebe abgekühlt
Stumm sich zog zurück!

Wenn ein Herz, das treu und warm
Einst an meinem schlug,
Plötzlich kalt und liebearm
Sprach: es ist genug;

Wenn die Hand, die lang mich hielt,
Endlich meiner müd', –
Sich am Strauße satt gespielt,
Weil er abgeblüht;

Wenn ein Auge, welches gern
Einst in meins geblickt,
Huldigte dem neuen Stern,
Der emporgerückt;

Wenn mein bißchen Erdenglück
War dem Bruder leid,

Daß der Liebe Sonnenblick
Sich umwölkt' in Neid;

Wenn mein bißchen Erdenweh
Freunde trieb davon,
Wie die Schwalbe sagt Ade,
Weil der Lenz entflohn;

Wenn der Menschen Huld und Gunst
Sich verlor geschwind,
Wie des Morgens roter Dunst
Vor dem Regenwind;

Wenn die Welt, die gestern noch
Palmen mir gestreut,
Heut', wo ich derselbe doch,
Kreuz'ge kreuz'ge! schreit. –

Herbstlich blickt die Sonne her
Durch den Nebelflor,
Labans Antlitz glänzt nicht mehr
Freundlich wie zuvor.

Doch noch kenn' ich Ein Gesicht,
Immer fromm und treu,
Seine Liebe wechselt nicht,
täglich wird sie neu.

Ob die Sonne droben lacht,
Ob Gewitter graun:
Milde durch die trübste Nacht
Seh' ich's niederschaun.

Ob die Welt mir freundlich tu',
Ob mir Menschen gram;
Liebreich neigte mir sich's zu,
Wann ich immer kam.

Doppelt liebreich sah mich's an,
Wenn ich doppelt arm,
Sprach: was hat man dir getan?
Klag' mir deinen Harm. –

Meines Gottes Angesicht,
Ew'ge Liebe, du,
O wie winkt mit sanftem Licht
Mir dein Auge zu!

Winkt mir sündevollem Mann
Mit der alten Huld,
Wie's dem Kindlein einst getan,
Das noch ohne Schuld;

Blickt mich an im Morgentau
Am Vergißmeinnicht,
Blickt mich an im Mittagsblau
In der Sonne Licht;

Blickt mich an im Sternenschein,
Winkt in stiller Nacht:
Droben wohnt der Vater dein,
Der dich treu bewacht;

Blickt mich an im Dornenkranz:
„Das tat ich für dich,
Gab dir zum Opfer ganz,
Was tust du für mich?"

Der stille Garten

Psalm 77, 6.

Ich denke der alten Zeit, der vorigen Jahre.

Mir blüht ein stiller Garten
Im schattiggrünen Grund,
Der Blumen da zu warten,
Vergnügt mich manche Stund';
Wird mir mein Haus zu enge,
Der Tag zu trüb und grau:
Flücht' ich aus dem Gedränge
In seine Friedensau.

Wenn rings des Schicksals Wetter
Die Saaten mir zerschlug:
Dort säuseln goldne Blätter
In sanfter Lüfte Zug;
Wenn mir voll Neid und Tücken
Die Welt mein Glück zertrat:
Dort mag sie nicht zerknicken
Ein einzig Blumenblatt.

Da blühet noch die Rose,
Womit ich einst gespielt,
Als kosend mich im Schoße
Die junge Mutter hielt;
Da wehen Veilchendüfte
Von Lenzen die dahin,
Da säuseln durch die Lüfte
Verklungne Melodie'n.

Da wandl' ich alte Pfade
In meiner Jugend Hain,
Da les' ich Gottes Gnade
Auf manch bemoostem Stein,
Und vielgeliebte Schatten,
Um die ich heiß geweint,
Sie gehn auf grünen Matten
Aufs neue mir vereint.

Und ob an Leichensteinen
Mein Pfad vorüberführt:
Ich kann so selig weinen,
Von mildem Weh gerührt,
Weil sanft von weichem Moose
Der harte Grabstein schwillt,
Und Immergrün und Rose
Das schwarze Kreuz umhüllt. –

Ihr Traurigen und Matten,
O kommt in diesen Hain,
In seinen heil'gen Schatten
Vergesset eure Pein,
Hier atmet ihr noch Frieden
Und ungetrübtes Glück,
Der Chor der Eumeniden
Bleibt scheu am Tor zurück.

Und trinkt ihr von der Quelle,
Die dort im Garten springt:
Wird euer Auge helle,
Wird euer Herz verjüngt;
Was euch den Bick umfloren,
Das Herz bedrängen mag:
Ihr fühlt euch neugeboren,
Euch glänzt ein heitrer Tag

Kämst du im Witwenschleier:
Du wirst zur jungen Braut,
Die dem geliebten Freier
Verschämt ins Auge schaut;
Schleichst du als Greis am Stabe:
Dein Haar wird wieder braun,
Du spielst als froher Knabe
Auf deiner Kindheit Au'n.

Schwämmst du auf öden Meeren,
Umsaust vom rauhen Sturm:
Du darfst die Glocken hören
Vom heimatlichen Turm;
Lägst du in Schuld und Harme
Auf morschem Kerkerstroh:
Du wirst im Mutterarme
Ein Kindlein fromm und froh.

Ja gehn in Not und Sünden
Dir alle Pfade aus:
Du wirst dich heimwärts finden
Ins traute Vaterhaus,
Wenn an des Gartens Schwelle
Du weinend niedersankst,
Aus seiner Wunderquelle
Dir neue Jugend trankst. –

Was ist der Gnade Locken
Nach dem verlornen Sohn?
Von alten Heimatglocken
Ein halbverwehter Ton!
Was macht dein Auge rinnen,
Wenn du in Reue weinst?
Ein schmerzliches Besinnen
Ach! auf ein selig „Einst!"

Was ist im tiefsten Innern
Der Weisheit höchster Fund?
Ein blitzendes Erinnern
An aller Dinge Grund!
Was ist in Freudenstunden
Der Seele reinstes Glück?
Ein Flug nur auf Sekunden
Zu ihrem Quell zurück!

Was ist der Weltgeschichte,
Der Gotteswege Schluß?
Das Ziel, dahin sich richte
Der Zeiten Strom und Fluß?
Zurück muß er sich winden
Dahin, woher er floß,
Und seinen Ursprung finden
In seines Schöpfers Schoß!

Drum geh' ich gern zum Garten
Im stillen grünen Grund,
Der Blumen da zu warten,
Vergnügt mich manche Stund';
Betrübte macht er fröhlich,
Und Greise macht er jung,
Und Sünder macht er selig,
Er heißt *Erinnerung*.

Der Kranke unter den Kindern.

Psalm 103, 15. 16.

> Ein Mensch ist in seinem Leben wie Gras,
> er blühet wie eine Blume auf dem Felde.
> Wenn der Wind darüber geht,
> ist sie nimmr da und ihre Stätte
> kennt sie nicht mehr.

Der Frühling duftet süß und labend
Bis mitten in die Stadt herein,
Die Kinder spielen tief am Abend
Noch unterm Haus im Dämmerschein;
Dort auf der Hausbank sitzt der blasse,
Der kranke Jüngling noch so spät,
Dieweil so milde durch die Gasse
Der Lenzeslüfte Balsam weht.

Gen Westen in den Rosenäther
Blickt still sein glänzend Aug' hinaus,
Und in den magern Fingern dreht er
Halbträumend einen Veilchenstrauß.
Im Spiele rollen ihm die Kleinen
Den Ball bis vor die Füße dicht,
Und sieh, ein Lächeln will erscheinen
Auf seinem bleichen Angesicht.

Er holt den Atem tief im Herzen,
Er seufzet schwer aus müder Brust:
O selig Völklein ohne Schmerzen,
O Jugendmut und Kinderlust!
Mir ist's als müßt' ich noch genesen
Von eurem Odem, süß und warm,
Auch ich, auch ich bin einst gewesen
Ein fröhlich Kindlein ohne Harm.

Einst glüht' auch mir die Knabenwange
Im Spiele hell wie Abendrot,
In goldner Stunden frohem Drange
Hatt' ich nicht Zeit zu Gram und Not;
Einst fühlt' auch ich die Pulse klopfen
In ungebrochnem Jugendmut;
Lust und Gesundheit jeder Tropfen,
Floß ätherleicht mein rosig Blut.

Und ruht' ich dann auf dem Altane
Vom heißem Spiel veratmend aus,
Und schwang wie heut' die Purpurfahne
Der Abend ob dem dunkeln Haus:
Dann sah ich in die Abendröte
So träumerisch und hoffnungsvoll,
Indem des Nachbars weiche Flöte
Herüber durch den Garten scholl.

Ich sah in rosenroter Ferne
Ein Paradies von künft'gem Glück,
Am silberhellen Abendsterne
Hing glaubensvoll mein frommer Blick,
Dann schlief ich ohne Gram und Sorgen
Umtanzt von bunten Träumen ein,
Gewiß, es müßte stets das Morgen
Noch schöner als das Heute sein.

O Kindertraum – wie früh zerronnen!
Wie anders kam's als ich gedacht!
Mein junges Leben, kaum begonnen,
Schleicht abwärts in das Grabes Nacht;
In Frühlingsmitte muß ich sterben,
Hinweg aus Blumenglanz und Duft,
Und wenn der Herbst das Laub wird färben,
So schlaf' ich in der grünen Gruft.

Doch still, mein Herz, was hilft das Klagen?
Nicht alle können glücklich sein,
Und wird man mich zu Grabe tragen,
Fällt drum die schöne Welt nicht ein.
Und schlaf' ich tief in kühler Erden:
Mich freut's, daß ohne Harm und Not
Noch Kinder draußen spielen werden
In jedem Frühlingsabendrot.

Die ausgeschüttete Narde.

Nachruf an eine Frühvollendete.

Mark. 14, 3.

> Da kam ein Weib, die hatte ein Glas mit ungefälschtem und köstlichem Nardenwasser, und sie zerbrach das Glas und goß es auf sein Haupt.

So mußte man den Salbenkrug zerbrechen,
Die Narde zu gewinnen, die er barg? –
Im Leben machte kaum sie von sich sprechen,
Nun wird ihr Lob erst laut an ihrem Sarg;
Im Herzen hielt sie keusch und still verschlossen
Des lieblichsten Gemütes Balsamduft,
Ihr Herze brach, – nun hat es sich ergossen
Und füllt mit süßem Wohlgeruch die Luft.

Sie glänzte nicht, – nun klagen die Gespielen,
Daß sie im Kranz die schönste Rose war;
Sie schien allein, – und ach! nun wird an Vielen
Der Zauber ihres Wesens offenbar!
Sie ging so still, – nun kommen ihre Armen,
Laut preisend ihren Engel in der Not,
Der leis geübt sein himmlisches Erbarmen
Und schamhaft immer Dank und Lob verbot.

Und hier im Kämmerlein, wo ihr Gedächtnis
Wie Blumenduft in allen Ecken schwebt,
Im kleinen Schrank – welch köstliches Vermächtnis,
Welch holder Schatz, den unsre Liebe hebt!
Ihr Glauben all, ihr Hoffen und ihr Lieben,
Ihr heimlich Sehnen und ihr fromm Gebet,
In zarten Liedern, die sie still geschrieben,
Wie spricht's uns an so hold und ach – so spät!

Verschwiegnes Kind, so manche schöne Blume
Hast du im Topf am Fenster dir gepflegt;
Wer ahnte, daß im tiefern Heiligtume
Du solchen heil'gen Liederflor gehegt?
Wer konte dir im heitern Auge lesen
Den himmlischen, den gottvertrauten Sinn?
Ein harmlos Kind bist du der Welt gewesen,
Doch deinem Herrn die fromme Jüngerin.

Das Glas zerbrach, die Narde ist ergossen,
Ihr Duft erfüllt das stille Trauerhaus,
Wie Himmelsluft umweht's die Hausgenossen
Und alles Weinen geht in Loben aus.

So läßt ein Engel, den aus Erdenfluren
Vom Botendienst sein Herr nach Hause ruft,
In Menschenhütten seines Daseins Spuren
Zurück in Lilien- und Rosenduft.

Das Glas zerbrach, so mag die Narde fließen,
Die ungefälscht und rein und köstlich war,
Wir schütten weinend sie dem Herrn zu Füßen,
Ihm brachte selbst sie sich zum Opfer dar;
Steig aufwärts denn in süßen Weihrauchdüften,
Du schöne Seele, du geliebter Geist,
Ein Rosenwölkchen, das von Erdengrüften
Mit sanftem Glanz auch uns gen Himmel weist!

Das letzte Stündlein.

Offenb. 14, 13.

Selig sind die Toten, die in dem Herrn sterben.

In einer seltnen Kirche war ich heut',
Da sah ich bebend Gottes Herrlichkeit.

Von einer Andachtsstunde komm' ich her,
Mein Leben lang vergess' ich sie nicht mehr.

Die Kirche war kein hoher Säulendom,
Durchwogt vom farbenreichen Menschenstrom.

Zur Andacht rief kein voller Glockenklang,
Nicht Orgelton erscholl, noch Chorgesang.

Die Kirche war ein schmucklos Kämmerlein,
Durch trübe Scheiben fiel der Abendschein.

Als betende Gemeinde standen wir
Geschart im Kreis zu dreien oder vier.

Ein schlechtgezimmert Bettgestelle war
Im engen Kirchlein Kanzel und Altar.

Ein sterbend Mütterlein war Priesterin,
Die feierte ihr letztes Stündlein drin.

Seit siebzig Jahren trug sie ihre Last,
Nun kam der Tag der längst ersehnten Rast.

Durch manches Weltgedränge schlug sie sich;
Den letzten Kampf nun stritt sie ritterlich.

Sie sprach: mein Gott, im Frieden fahr' ich hin,
Christ ist mein Leben, Sterben mein Gewinn.

Dann lag sie da in seligmatter Ruh'
Und nickte leis noch unsrem Beten zu.

Wir lauschten still dem schweren Atemzug,
Dem seltnen Pulse, der schon stockend schlug.

Jetzt kam des Todes ernste Majestät;
Wir schauderten, von seinem Hauch umweht.

Sein Schatten traf entstellend ihr Gesicht,
Ihr Mund ward fremd und groß der Augen Licht.

Ein Seufzer noch, ein letzter Herzensstoß:
Nun war's vollbracht, der bange Geist war los.

Durchs offene Fenster säuselte gelind
Gleich Engelsfittigen ein Abendwind.

Ins Stüblein floß der Sonne letzter Glanz,
Da ward ihr Anblick wieder Friede ganz.

Wie Wachs die Stirn, das volle Haar ergraut:
Doch lag sie schön wie eine Himmelsbraut.

Ihr Herz gebrochen, ihre Kraft dahin:
Doch lag sie stolz wie eine Siegerin.

Wir standen da, vom Preise Gottes voll,
Und sprachen leis: wer so stirbt, der stirbt wohl.

Dann deckten wir ihr Haupt mit Linnen zu,
Und wünschten ihr die ew'ge Himmelsruh'.

Ins Gäßlein stieg ich nieder, heimzugehn,
Da trieb's die Welt, als wäre nichts geschehn.

Der Nachbar spaltete sein Restlein Holz,
Der Sperling lärmt' im Glanz des Abendgolds;

Die Kinder warfen lustig ihren Ball,
Von ferne rasselte der Räder Schall;

Hier unten floß der laute Strom der Zeit,
Und oben ging die stille Ewigkeit.

Die apokalyptischen Reiter.

Offenb. 6, 2 – 8.
Offenb. 19, 11 – 16.

Über dieser Erde Breiten
Sah ein Seher alter Zeiten
Vier gewalt'ge Reiter reiten.

Ein Gekrönter mit dem Bogen
Kam auf *weißem* Roß gezogen,
Das die Mähnen stolz umflogen.

Völker lagen ihm zu Füßen,
Ihn als Herrscher zu begrüßen,
Seines Mantels Saum zu küssen.

Einer mit gezücktem Schwerte
Folgte dann auf *rotem* Pferde,
Nahm den Frieden von der Erde.

Unter seines Schwertes Streichen
Türmte sich ein Berg von Leichen
Bis an seines Rosses Weichen.

Einen Dritten sah er traben,
Auf der Mähre *schwarz* wie Raben,
Der die Waage hielt erhaben.

Hinter ihm ein bleich Gelichter,
Hungergelbe Angesichter,
Halberloschne Augenlichter.

Doch zuletzt auf *fahlem* Rosse
Kam der schrecklichste Genosse,
Kam der Tod mit seinem Trosse.

Um ihn her in Moderdüften
Geister aus den Totengrüften,
Schatten aus des Hades Klüften.

Und ein Vierteil so da leben,
Sah des Sehers Aug' mit Beben
In der Reiter Hand gegeben:

Die Tyrannenmacht verschlungen,
Die der Krieg in Staub gerungen,
Hungertod und Pest bezwungen.

Blumenreiche, grüne Erde,
Zuckst du nicht mit Angstgebärde
Unterm Hufschlag solcher Pferde?

Mähten nicht schon oft die Viere
Tummelnd ihre starken Tiere,
Deine blühenden Reviere?

O wer will die Opfer zählen,
Wer die Millionen Seelen,
Hingeschlachtet unter Quälen,

Die Tyrannenmacht verschlungen,
Die der Krieg in Staub gerungen,
Hungertod und Pest bezwungen?

Aber immer, immer wieder, –
Lagst du hundertmal darnieder, –
Hobst du die verjüngten Glieder.

Rosen blühten aus den Grüften,
Lämmer spielten auf den Triften,
Lerchen sangen in den Lüften.

Und der Jammer war vergessen,
Und die Weltlust ist vermessen
Wieder an den Tisch gesessen.

Holde Erde, grünst so heiter!
Lust'ge Welt, gedenkst nicht weiter,
Kennst nicht mehr die argen Reiter!

Jüngst im Traum hab' ich vernommen,
Daß die Reiter wieder kommen,
Und mein Herze schlug beklommen.

Sah sie reiten mitternächtig,
Geisterhaft und riesenmächtig,
Schrecklichschön und furchtbarprächtig.

Sah auf *weißem* Roß im roten
Kaisermantel den Despoten,
Welchem Sklaven Kronen boten.

Hinter ihm auf *rotem* Pferde
Kam der Krieg mit bloßem Schwerte,
Ströme Blutes trank die Erde.

Dann vom *schwarzen* Roß getragen,
Hunger mit erhobner Waagen,
Grinsend ob der armen Klagen.

Dann der Tod auf seinem *Falben,*
Leichen türmend allenthalben
Bergehoch trotz Kraut und Salben.

Blumenreiche, grüne Erde,
Zuckst du nicht mit Angstgebärde
Vor dem Hufschlag solcher Pferde?

Traute, stille Heimatauen,
Jetzt im Lenzschmuck noch zu schauen,
Überschattet euch kein Grauen?

Blindes Volk in deinen Lüsten,
Hast du Waffen, dich zu rüsten,
Eh' die Reiter dich verwüsten?

Hast den Helden, der dich führe
Unter seinem Siegspaniere
Wider jene argen Viere?

Ach! im Lande schau' ich Keinen,
Doch in Wolken seh' ich Einen
Seinem Volk zum Trost erscheinen.

Der vordem in Erdentagen
Arme Knechtsgestalt getragen,
Bis man ihn ans Kreuz geschlagen;

Der in seiner Jünger Mitten
Sanften Mutes, frommer Sitten,
Auf der Eselin geritten;

Dieser kommt von Himmelsthronen,
Auf dem Haupte sieben Kronen,
Mit des Vaters Legionen.

Rot sein Mantel, blutgetränket,
Weiß das Schlachtroß, das er schwenket,
Sanft mit goldnem Zaume lenket.

Hinter ihm auf lichten Rossen
Reiten seine Heergenossen,
Ganz von Seide weiß umflossen;

Aller Engel helle Scharen,
Die mit ihm herniederfahren,
Seine Macht zu offenbaren;

Patriarchen und Propheten,
Märtyrer, Anachoreten,
Heil'ge Sänger und Poeten.

Sei willkommen, Friedenskönig!
Hosianna tausendtönig!
Dir ist alles untertänig!

Denn vor deines Schwertes Streichen
Müssen alle Feinde weichen
Und die Helden all erbleichen.

Unter deinen reinen Fahnen
Zeig den Völkern ihre Bahnen
Zu dem Heil, das alle ahnen!

Laß den Tag des Friedens kommen,
Daß dir jauchzen deine Frommen,
Weil das Reich du eingenommen!

Daß es schallt von Heer zu Heere,
Daß es hallt von Meer zu Meere;
Christus herrscht, gebt ihm die Ehre!

Heilige Zeiten.

Psalm. 19, 3.

Ein Tag sagt es dem andern und eine Nacht
tut es kund der andern.

Die ,,heil'gen Zeiten" wollt' ich gern
Mit Saitenspiel besingen,
Flocht Blum' an Blume, Stern an Stern,
Und konnt' es nicht vollbringen.

Ich sang die Patriarchenzeit,
Die Zeit der frommen Alten,
Da sprach der Geist: will nicht auch heut'
Der alte Gott noch walten?

Ich habe Sonn- und Feiertag,
Der Feste Kreis besungen
Doch auch des Werktags Stundenschlag
Hat heilig mir geklungen.

Ich sang des holden Frühlings Preis,
Die buntgeblümten Fluren,
Doch fand ich auch in Schnee und Eis
Der ew'gen Liebe Spuren.

Ich pries der Lerche Frühgesang,
Des Abendrots Gefunkel,
Doch hört' ich auch Jehovahs Gang
In Sturm und Wetterdunkel.

Ich sang: dies ist der Tag des Herrn!
Der Braut am Traualtare,
Doch sah ich auch: Gott ist nicht fern
An deiner Totenbahre.

Sah Tag und Nacht und Lust und Leid,
Lenz, Winter, Tod und Leben
In buntem Reigen durch die Zeit
Als Engel Gottes schweben.

Da sprach ich: Seele, heil'ge Zeit
Ist jede Erdenstunde,
Es schläft ein Keim der Ewigkeit
In jeglicher Sekunde.

Drum, armer Mensch, laß immerdar
Dein Saitenspiel verklingen,
Weil Tag um Tag und Jahr für Jahr
Dem Ewigen lobsingen!

Heilige Berge

Die Berge Gottes.

Psalm 121, 1.

Ich hebe meine Augen auf zu den Bergen,
von welchen mir Hilfe kommt.

Ihr Berge der Erde,
Altäre des Höchsten,
Dampfend am Morgen
Von des Nebels silbernem Opferrauch,
Glimmend am Abend
Von des Spätrots purpurner Aschenglut,
Seid mir fröhlich gegrüßt
Und dankbar gesegnet
Jetzt und immer!

Wie oft, wie oft am schwülen Tag
Aus des Tales Dampf,
Aus des Marktes Gewühl
Schwang sehnend im Flug mein Blick sich empor

Zu euren sonnigen Gipfeln!
Wie oft, wie oft am stilleren Abend
Nach des Tages Last und Hitze
Geflügelten Schrittes noch eilt' ich hinauf
Euren luftigen Warten zu,
Die Stirne zu kühlen,
Im reineren Äther,
Die Brust zu baden
Im Abendrote,
Die Seele zu tauchen
Ins Himmelslicht!

Heilige Stille
Wohnet auf Bergen:
Fernab verklingt des Tales Lärm;
Des Erdenjubels wilder Schrei
Und der kreischende Jammer der Welt
– Beides klingt nur gedämpft herauf;
Was aber des Wanderers Ohr vernimmt,
Das ist ein frommer Glockenton
Oder der Winde leiser Geistersang
Und wehender Tannen
Melodisches Rauschen.

Heilige Stille,
Wie hab ich dich oft gesucht,

Friede des Himmels,
Wie oft dich gefunden
Auf einsamen Pfaden der Berge!
Da legte sich der Leidenschaften Flut,
Da stillte sich der Sorgen trübes Meer,
Da fand ich wieder,
Was ich drunten verloren,
Meinen Gott und mich,
Und wenn der goldene Vollmond
Friedlich emporglänzt' am schwarzen Tannenwald,
Dann stieg ich hernieder zur dunklen Hütte,
Frömmer als ich hinaufgegangen,
Still in der Seele,
Versöhnt mit Gott.

Himmlische Lüfte
Wehen auf Bergen;
Der Sümpfe Dunst und der Städte Qualm,
Brütend liegt er über dem Tal;
Aber da droben im kristallenen Äther
Wird weiter die Brust und heller der Blick.
Durstig trink' ich reineren Lüfte
Stärkenden Balsam,
Und der Erdenkloß des müden Leibes
Spürt frisch des Schöpfers
Belebenden Hauch.

Herrliche Weiten
Tun von Bergen sich auf
Dem staunenden Blick:
Ruhig überschau ich des Tals
Verschlungene Pfade,
Winzig erscheint, was drunten so groß,
Garten und Feld, Haus und Hof,
Und der Menschlein wimmelndes
Ameisengeschlecht;
In blaue Fernen,
Wie auf breiten Flügeln der Kranich schwebt,
Schwingt sich entfesselt der sehnende Blick,
Und schwindelnd verliert sich
In des Himmels azurne Tiefen
Dem Adler nach, der zur Sonne fleugt,
Sinn und Gedanke.

Würzige Kräuter
Wachsen auf Bergen
Und Bäume,
Die Menschenhand nicht pflanzt noch pflegt,
Vom Tau des Himmels nur getränkt,
Gewärmt von Gottes Sonne nur
Und großgewiegt von seinem Sturm.
Da glüht aus grauem Gestein
Der Felsennelke purpurner Stern,

Da duftet im goldbraunen Moos
Des Heidekrautes lieblich Gewürz,
Da schlägt in die Felsenspalte tief
Die knorrige Eiche das Wurzelgeflecht,
Und schlank und hoch
Wiegst du im himmlischen Blau,
O Ceder des Nordens,
Edle Tanne, dein dunkles Haupt!

Oft auch auf Bergen sproßte mir im Geist
Ein edleres Gefühl
Und ein Entschluß, der nicht von der Erde,
Und reich und froh trug ich heim
In der Hand den duftenden Blumenstrauß,
Aber im Busen den köstlichen Fund
Himmlischer Gedanken.

Seid froh mir gegrüßt
Und dankbar gesegnet jetzt und immer,
Ihr Berge der Erde! –
Aber höher empor, o Pilgrim,
Höher schwinge den sehnenden Blick,
Höher wage den pilgernden Schritt!

Kennst du sie, die heiligen Berge,
Die Berge Gottes,

Von dannen Hilfe kommt
Ins irdische Jammertal?
Kennst du sie, die leuchtenden Zinnen der Erde,
Die nachbarlich oft
Himmlische Gäste betraten,
Denen der Ewige selber,
Wandelnd unter den Menschen,
Heilige Fußstapfen eingedrückt?
Kennst du sie, der Weltgeschichte
Riesige Marksteine,
Daran sich scheiden
Die Grenzen der Zeiten,
Die Berge der Erlösung:
Sinai und Golgatha,
Horeb und Tabor
Und der andern Höhen heilige Kette,
Die herniederleuchtet in die Nacht der Welt,
Fortglühend im Nachglanz heiliger Vorzeit,
Wie spät noch durch graue Dämmerstunden
In rosigem Feuer die Alpen glühn?

Dorthin, mein Pilger, die sehnenden Blicke,
Dorthin aus dem Tale die wallenden Schritte;
Dort umsäuselt dich heilige Stille,
Dort umwehen dich himmlische Lüfte,
Dort eröffnen sich Ewigkeitsweiten,

Und die Cedern Gottes duften dort,
Der ewigen Wahrheit
Immergrüne Gedanken.

Dorthin laß uns zusammenwallen im Geist,
Und wie Moses am Horeb, zeuch aus die Schuhe,
Denn der Ort, da du stehest, ist heiliges Land,
Und wie Elias betend verhülle dein Antlitz,
Denn der Herr wandelt vorüber
Im Abendhauch.

Ararat.

1. Mose 8.

Die Gewässer sind verlaufen,
Die Gerichte sind erfüllt,
Durch der Wolken sanftres Traufen
Blaut der Himmel halb enthüllt,
Aus der weiten Wasserwüste
Hebst du dich als Rettungsküste,
Steigst du auf als Friedensstatt,
Felsenstirn des Ararat!

Und mit zagendem Gefieder
Fliegen Noah's Boten aus;
Zwar der Rabe kommt nicht wieder,
Labt sich schon am Leichenschmaus,
Doch das Täublein bringt im Munde
Hoffnungsreiche Friedenskunde,
Bringt des Ölbaums grünes Blatt
Flatternd heim zum Ararat.

Und in fröhlichem Gewimmel
Teilt sich neu die Kreatur
Unterm neugeschenkten Himmel
In die neugeschaffne Flur,
Ob der frischgewasch'nen Erde
Tönt zum zweitenmal das „Werde",
Das der Herr gesprochen hat
Gnadenreich vom Ararat.

Aber darf der Wurm genießen,
Soll der Mensch gen Himmel schaun:
Noah betet, ihn umschließen
Ernste Männer, fromme Fraun;
Der in Wogen und in Wetter
Seinen Kindern ein Erretter:
Dankaltar und Opferstatt
Baut man ihm auf Ararat.

Und die Opferflamme steiget
Himmelan in frohem Sturm,
Und der ew'ge Vater neiget
Gnädig sich auf Mensch und Wurm;
Auf den Wolkengrund gezogen
Wölbet sich der bunte Bogen
Wie ein Tor zur Gottesstadt,
Leuchtend ob dem Ararat.

„Menschenkinder, nehmt zum Erbe
Neu das schöne Erdenrund;
Daß ich's nimmer euch verderbe,
Ewig steht mein Gnadenbund,
Und mein Bogen in der Wolke
Sei ein Zeichen allem Volke;
Daß der Herr des Zornes satt,
Zeug' er euch auf Ararat." –

Leuchtend wie der Friedensbogen,
Dauernd wie der Berge Grund,
Stehet nun in Sturm und Wogen
Meines Gottes Gnadenbund;
Mögen mir die Trübsalswellen
Brausend bis zum Herzen schwellen:
Tränenmüd' und sorgenmatt
Schau' ich hin zum Ararat.

Mutter Erde, manch Jahrtausend
Flog ob deinem Scheitel hin,
Unglückswetter sahst du brausend
Über deine Fluren ziehn,
Doch auf Regen schien die Sonne
Und auf Jammer folgte Wonne,
Wie der Herr verheißen hat
Gnädiglich vom Ararat.

Oft auf öder Wasserwüste
Schwamm ich hin in morschem Boot,
Sah in Fluten keine Küste,
In der Nacht kein Morgenrot;
Aber endlich kam es besser,
Endlich sanken die Gewässer,
Endlich aus den Wogen trat
Rettend mir mein Ararat.

Nach den Bergen, zu den Hügeln
Sandt' ich oft die Seufzer aus,
Aber leer, mit lahmen Flügeln,
Kehrte mein Gebet nach Haus;
Endlich siegte doch der Glaube,
Endlich flog die Friedenstaube
Mit des Ölzweigs grünen Blatt
Fröhlich heim zum Ararat.

Oft von Wolken schwer umzogen
Schwand mir, Herr, Dein Himmelblau,
Doch zuletzt erschien dein Bogen
Leuchtend auf dem Wolkengrau;
Gnädig sah ich mich geborgen,
Und der steile Berg der Sorgen –
Dankaltar und Opferstatt
Ward er gleich dem Ararat.

Berge fallen, Hügel weichen,
Deine Gnade weichet nicht:
Nach dem hellen Bundeszeichen
Heb' ich hoffend mein Gesicht;
Noch aus finstern Todeswogen
Schau' ich nach dem Friedensbogen,
Steur' ich hin zur Gottesstadt
Auf dem ew'gen Ararat.

Morija.

1. Mose 22.

Zwei Pilger gehn im Dämmergrau
Geheimnisvoll durch Feld und Au.

Am Himmel glänzt der Morgenstern,
Noch schweigt die Erde nah' und fern.

Und schweigend gehn die Wandrer fort,
Und keiner spricht ein lautes Wort.

Der eine wie der Morgen klar,
Mit rosigen Wangen und goldenem Haar.

Der andre würdig von Gestalt,
Von silberweißem Bart umwallt.

So fromm und fröhlich blickt das Kind,
Es spielt sein Haar im Morgenwind.

Der Alte geht so tief gebückt,
Als ob ihn schwere Bürde drückt.

Der Knabe auf den Schultern trägt
Das Holz zum Opferbrand zerlegt.

Der Alte trägt den Opferstahl,
Der funkelt rot im Frühlichtstrahl.

Der Knabe zu dem Vater spricht,
Und hebt empor sein hold Gesicht:

„Das Holz zum Opfer hab' ich hier;
Sag, Vater, wo das Opfertier?"

Der Vater zu dem Knaben spricht,
Und wendet ab sein trüb Gesicht:

„Das Lämmlein wird ihm Gott ersehn,
Mein Sohn, laß du uns fürbaß gehn."

Und schweigend gehn die Pilger fort,
Und keiner spricht ein lautes Wort.

Das ist der Vater Abraham
Mit Isaak, seinem Opferlamm.

Mit Isaak, seinem einz'gen Sohn,
Mit seines Alters Luft und Kron'.

Manch schweren Gang hat er getan,
Doch keiner kam so schwer ihn an.

Doch will er auch noch diesen gehn,
Was Gott gebeut, das muß geschehn.

Zum Berg Morija steigt er auf,
Das ist des Glaubens Pilgerlauf.

*

Wohl wallen noch zum gleichen Ziel,
Zum Opferberg der Pilger viel.

Sie gehn alleine, Paar und Paar,
In braunen Locken, grauem Haar.

Dort geht mit seines Herzens Kron'
Ein Vater mit dem einz'gen Sohn.

Da trägt die Mutter, bleich von Harm,
Ihr weißes Lämmlein in dem Arm.

Und jener trägt ein Kreuz mit Schmerz,
Und dieser trägt ein schweres Herz.

Sie wandern still des Weges fort,
Und keiner spricht ein frohes Wort.

Und fraget eins: wie und warum?
So bleibet Erd' und Himmel stumm.

Was Gott gebeut, das muß geschehn,
Das andre wird der Herr versehn.

Drum bringe du dein Opfer still,
Und füge dich, wie Gott es will.

Drum trage nur und frage nicht,
Drum wage nur und zage nicht.

Und wär's auch dunkel nah' und fern:
Am Himmel glänzt ein Morgenstern,

Der führt zum Opferberg hinauf;
Das ist des Glaubens Pilgerlauf.

Wer steigt vom Opferberg herab?
Ein heitrer Greis, ein froher Knab'.

Das ist der Vater Abraham
Mit Isaak, seinem Opferlamm.

Mit Isaak, seinem einz'gen Sohn,
Mit seines Alters Lust und Kron'.

Er führt den Knaben an der Hand,
Gen Himmel ist sein Blick gewandt.

Der Ausgang war so trüb und schwer,
So fröhlich ist die Wiederkehr.

Der Morgen graut' in Sorg und Not,
So selig glüht das Abendrot.

Der ew'ge Gott ist fromm und gut,
Er dürstet nicht nach Menschenblut.

Er hat sein Opfer schon ersehn,
Du Menschenkind sollst frei ausgehn.

Und wer sein Liebstes nicht verschont,
Sieht himmlisch seine Treu' belohnt.

So viel am Himmel Sterne stehn
So viel soll Abram Kinder sehn. –

Drum trage du und frage nicht,
Drum wage du und zage nicht.

Der ew'ge Gott ist fromm und gut,
Er will dein Herz und nicht dein Blut.

Das Gotteslamm ist schon ersehn
Und du sollst frei und ledig gehn.

Sein Todesgang und Opferblut
Macht all dein Kreuz und Schaden gut.

Und wenn dein Herz vor Jammer brach,
Der Herr vergilt dir's tausendfach.

Da droben glänzet Stern an Stern,
Das sind die Tröstungen vom Herrn.

Hier ist des Glaubens Pilgerlauf
Und droben geht das Schauen auf.

Sinai.

2. Mose 19, 20.

Kennst du dies Felsgerüste
Voll finstrer Majestät,
In unermeßner Wüste
Zum Predigtstuhl erhöht?
Zeuch aus, zeuch aus die Schuhe
Und sinke still ins Knie,
Hier ist Jehovahs Ruhe,
Das ist der Sinai!

Hier sprach er in der Wolke
Mit Mose, seinem Knecht,
Hier gab er seinem Volke
Sein heilig Licht und Recht,
Hier spürt noch still ergrausend,
Versteinert und erstarrt,
Das späteste Jahrtausend
Jehovahs Gegenwart.

Durch diese Felsenöde
Klingt keines Vogels Ruf,
Schallt keines Wandrers Rede,
Hallt keines Rosses Huf;
Nur Gottes Winde tönen
Die alte Melodie,
Nur Gottes Donner dröhnen
Wie einst am Sinai.

Kein buntes Blümlein sprießet
An dieser Felsenwand,
Kein silbern Bächlein fließet
Von diesen Höhn ins Land,
Hier welkt das ird'sche Leben,
Hier stirbt die Kreatur,
Nur Gottes Adler schweben
Im einsamen Azur.

Verstehest du dies Schweigen
Am Berge Sinai,
Wo noch die Steine zeugen:
Jehovah war allhie?
Und siehst du, wie vom Weiten
In riesiger Gestalt
Durch diese Einsamkeiten
Der alte Mose wallt?

Sieh da in Riesenlettern
Das *göttliche Gebot,*
Das wie ein Fels aus Wettern
Die Sünderwelt bedroht,
Das auf die Schuld der Erde
Gelassen, unverrückt,
Mit steinerner Gebärde
Zermalmend niederblickt!

Kein Freudenblümlein sprießet
An *seinem* Felsgestein,
Kein Born des Lebens fließet
Von *seinen* Höhn feldein:
hier fühlt mit tiefem Beben
Das Menschenkind sein Nichts,
Und ihm zu Häupten schweben
Die Adler des Gerichts.

Drum weg die goldnen Götzen,
Drum weg die eitle Lust!
In heiligem Entsetzen
Schlag hier an deine Brust:
Herr, geh nicht ins Gerichte
Mit deinem armen Knecht,
Wer ist in deinem Lichte,
Allwissender, gerecht?

Und hast du deine Kniee
Am Sinai gebeugt,
Dann nimm den Stab und ziehe,
Wohin der Engel zeigt,
Zeuch auf der Sehnsucht Flügel
Weit über Tal und Höhn,
Bis du den Gnadenhügel
Von Golgatha gesehn.

Nebo.

5. Mose 34, 1 – 7.

Auf des Nebo Felsenrücken
Steht ein Greis gestützt am Stab,
Schaut mit tiefen Feuerblicken
Auf das weite Land hinab.
Rückwärts im Schatten, von Wolken bedecket,
Sieht er die steinige Wüste gestrecket,
Vorwärts im abendlich sonnigen Brand
Strahlt das gelobte, das heilige Land.

Mose ist's, der alte Streiter,
Gottes vielgeprüfter Knecht,
Seine Wange glüht noch heiter,
Seine Kraft grünt ungeschwächt,
Hundertundzwanzig durchrungene Jahre
Furchten die Stirn und bleichten die Haare,
Aber sie schwächten das Adlergesicht,
Beugten die eisernen Schultern ihm nicht.

Müder Wandrer, bist am Ende,
Leg ihn hin, den schweren Stab,
Falte fromm die hagern Hände,
Hier auf Nebo harrt dein Grab;
Aber am Ziele zum Lobe der Gnade
Mustre noch einmal der Wanderschaft Pfade,
Reich an Beschwerde, noch reicher an Schuld,
Aber am reichsten an göttlicher Huld.

Preise deines Gottes Hilfe,
Der dich wundervoll regiert,
Der dich von des Niles Schilfe
Bis zum Jordan treu geführt,
Der durch des Meeres verderbliche Wogen
Trockene Pfade dem Volke gezogen,
Der euch mit Manna vom Himmel genährt,
Und aus dem Felsen euch Wasser beschert.

Doch nun vorwärts, vorwärts schaue,
Siehe da dein Kanaan:
Eine Paradieses-Aue
Glänzt von Bersaba bis Dan;
O wie durchblitzen die fruchtbare Fläche
Funkelnde Burgen und schimmernde Bäche,
O wie durchwindet das grünende Land
Silbern des Jordans geschlängeltes Band!

Hier von Jerichos Palmenwäldern,
Schattenreich und früchteschwer,
Bis zu Sarons Blumenfeldern,
Bis zum blauen Mittelmeer,
Dort von des Schwefelsees finsterem Becken,
Bis wo Tiberias Hügel sich strecken,
Bis zu des Libanon dämmernden Blau,
Selige Fluren, entzückende Schau!

Ahnst du schon in diesen Räumen
Deines Gottes großes Tun?
Siehst du unter Feigenbäumen
Schon dein Volk im Frieden ruhn?
Schaust auf Morijas geheiligten Hügeln
Salomos Tempel im Geist sich spiegeln,
Hörest von Zions gefürchteten Höhn
Harfengesäusel und Psalmengetön?

Ahnst du den, der diese Gaue
Segnend einst betreten wird,
Und sein Volk auf grünen Aue
Weiden als ein guter Hirt?
Dämmert vom neuen, von schöneren Bunde
Dir noch im scheidenden Geiste die Kunde?
Der du die eherne Schlange erhöht,
Siehst du das Kreuz, das auf Golgatha steht?

Alter Streiter, schließ im Frieden
Deine grauen Wimpern zu,
Was dir nimmer ward beschieden,
Führt ein Größrer aus, als du;
Bitter, am Ziele darniederzusinken,
Während so nahe die Kränze schon winken,
Aber auch süß, noch im Sterben von fern
Schauen der Zukunft verheißenden Stern! –

Soll ich einst im Tod erblassen,
Eh' mein Tagewerk vollbracht,
Muß ich Stückwerk hinterlassen,
Überrascht von früher Nacht:
Dann wie von Nebos weitragenden Höhen
Will ich voll Dankes noch hinter mich sehen,
Will ich voll Hoffnung nach vorne noch schau
In des verheißenen Kanaan Au'n!

Gern vererb' ich meine Waffen
Sterbend einem bessern Sohn,
Auch für Enkel gibt's zu schaffen,
Auch der Zukunft grünt ihr Lohn:
Ob mich die Schatten des Todes umdunkeln,
Seh' ich doch drüben mein Kanaan funkeln,
Höre von Zions geheiligten Höhn
Harfengesäusel und Psalmengetön.

Auf des Nebo Felsenrücken
Neigt sich Moses Haupt im Tod,
Königlich mit Purpurstücken
Deckt ihn zu das Abendrot;
Einsam im Volk ist er lebend gestanden,
Sterbend auch ist ihm kein Helfer vorhanden,
Aber der Herr drückt die Augen ihm zu,
Gräbt ihm die Grube und trägt ihn zur Ruh.

Jephtas Tochter im Gebirge.

Richter 11, 37. 38.

Mädchen, schlingt um mich den Reigen,
Schmücket mich zum letzten Mal,
Auf die Berge laßt uns steigen
In des Abends goldnem Strahl,
Meine Jugend helft mir klagen,
Die so früh der Gruft verfällt,
Meinen Abschied laßt mich sagen
Dieser schönen Erdenwelt.

Schaut von diesen Felsenwarten
Nieder ins gelobte Land!
Blühend wie ein Rosengarten
Leuchtet's in des Abends Brand;
Ach so lieblich lockt das Leben,
Und die Erde lacht so schön,
Und von Wonne rund umgeben
Soll ich schon von hinnen gehn!

Lebet wohl, geliebte Fluren,
Euch begrüß' ich feuchten Blicks,
Zeigt ihr nicht mir tausend Spuren
Ungetrübten Jugendglücks?
Meine Lämmer auf den Matten,
Meine Blumen an dem Bach,
Und, umgrünt von Ulmenschatten,
Meines Vaters trautes Dach!

Lebe wohl, du schöner Himmel,
Draus ich Luft und Leben sog,
Wenn mein Herz vom Weltgetümmel
Aufwärts mit der Lerche flog;
Deine Rosenwolken lächeln
Scheidend mir aus blasser Höh',
Deine Abendwinde fächeln
Mir ins Ohr ein leis Ade.

Lebet wohl, Gespielen alle,
Macht mir nicht das Herze bang,
Nimmer, ach! mit Saitenschalle
Wandeln wir das Tal entlang;
Doch wenn ihr geliebte Gatten,
Wenn ihr blüh'nde Kinder herzt:
Segnend schwebt um euch mein Schatten
Und der Abschied ist verschmerzt.

Laßt, wohin mich Gott gerufen,
Laßt mich ziehn, des Todes Braut,
An des Brandaltares Stufen
Schrecklich werd' ich ihm getraut,
Aus des Lenzes Blumenfülle
Reißt mich mein Verhängnis fort:
Eines Gottes dunkler Wille,
Eines Vaters heilig Wort.

Zürne nicht, o Gott, der Trauer,
Die vom Aug' mir herbe tropft,
Schilt, o Vater, nicht den Schauer,
Dem das Herze bebend klopft,
Auch dem Wurm ist Sterben bitter,
Den des Wandrers Fuß zertrat,
Auch die Blume bebt dem Schnitter
Wenn die scharfe Sense naht! –

Aber nun empor die Blicke,
Mehr als Wurm und Blume du!
Deinem göttlichen Geschicke
Wandle fest, gelassen zu!
Jephtas Tochter soll sich zeigen
Als ein Kind vom Heldenstamm,
Gottes Braut soll fromm sich neigen,
Schweigend wie ein Opferlamm.

Wo ein gläubig Herz im stillen
Seines Gottes Führung ehrt,
Wird zum heil'gen Vaterwillen
Ihm das herbste Los verklärt;
Wo ein Heldenkind dem Volke
Freudig sich zum Opfer schmückt,
Ohne Schmerz, in goldner Wolke
Wird es himmelan entrückt.

Schlingt des Waldes blasse Rose
Schwestern, mir ins dunkle Haar,
Führt die Braut, die makellose,
Ernsten Zugs zum Traualtar;
Laß das Opfer dir gefallen,
Unbefleckt ist Herz und Kleid,
Hilf den letzten Weg mir wallen,
Großer Gott, ich bin bereit!

Und aus lichter Abendwolke
Neigt der Herr sein Angesicht:
„König will ich sein im Volke,
Doch nach Blute dürst' ich nicht;
Der den Opferstahl entwunden
Einst dem Vater Abraham,
Hat den rechten Weg gefunden
Auch für dich, sein Opferlamm.

„Weil du willig dich ergeben
Leib und Seele Gott zu weihn:
Nicht im Tode, nein im Leben
Sollst du mir eigen sein;
Weil du deines Magdtums Blume,
Mir zum Opfer zugesagt:
Wohn' in meinem Heiligtume,
Diene mir als Gottesmagd!"

Berge Gilboa.

2\. Sam. 1.

Israels Edle
Liegen erschlagen,
Laßt euch beklagen,
Helden im Streit;
Hoch auf den Bergen
Seid ihr gefallen,
Fernhin erschallen
Jammer und Leid."

„Macht es zu Gad nicht,
Wo sie uns hassen,
Nicht in den Gassen
Askalon kund,
Daß nicht frohlocken
Töchter der Heiden,
Und uns mit Freuden
Höhnet ihr Mund."

„Berge Gilboa,
Nimmer im Regen
Soll euch der Segen
Gottes betaun,
Herrliche Helden
Saht ihr erstochen,
Schilde zerbrochen,
Helme zerhaun."
„Jonathans Bogen
Hat nicht geirret,
Wo er geschwirret,
Sandt' er den Tod!
Mähte das Schlachtschwert
Sauls durch die Glieder,
Kehrt' es nur wieder
Triefend und rot."
„Herrlich durchs Leben
Stürmten sie beide,
Löwen der Heide,
Adler der Luft,
Sind auch im Tode
Nimmer geschieden,
Teilen im Frieden
Jetzo die Gruft."
„Weint um den König,
Israels Bräute,
Der euch die Beute
Heim aus der Schlacht,

Purpurgewänder,
Goldene Spangen,
Festlich zu prangen.
Oftmals gebracht."
,,Aber mein Bruder,
Dich will ich klagen,
Leid um dich tragen,
Jonathan traut;
Siehe, dein Lieben
Däuchte mir süße,
Süßer denn süße
Liebe der Braut."
,,Israels Edle
Liegen erschlagen,
Laßt euch beklagen,
Helden im Streit;
Hoch auf den Bergen
Seid ihr gefallen,
Fernhin erschallen
Jammer und Leid."
Also, verjährten
Haß zu versöhnen,
Hörte man tönen
Davids Gesang;
Lieder des Leides
Weiht' er den Toten,
Schaffte dem Boten
Schlimmen Empfang.

Denn auch dem Feinde
Ziemen die Ehren,
Edele Zähren
Jeglicher Not;
Friede den Gräbern!
Einer will rächen;
Schwere Gebrechen
Sühnet der Tod.

Wo der Allmächt'ge
Selber gerichtet,
Stehet vernichtet
Menschlicher Rat;
Freunde wie Feinde
Schauen mit Beugen,
Ehren mit Schweigen
Göttliche Tat.

Was ist der Menschen
Stärke und Schöne,
Tapferer Söhne
Blühende Kraft?
Gleichwie ein Blümlein
Welket geschwinde,
Wird sie vom Winde
Niedergerafft.

Karmel.

1. Kön. 18.

Komm her, mein Volk, auf Karmels Zinne,
Heut' gilt es eine Königswahl,
Heut' wirst du noch vor Abend inne,
Wer Gott: Jehovah oder Baal;
Du hinkst so lang auf beiden Seiten,
Und buhlst mit Baal und Astaroth,
Komm, laß dich heut' vom Herrn bedeuten
Und kehre um zu deinem Gott.

Siehst du auf Karmels Felsenlager
Die majestätische Gestalt?
Kennst du den Mann, so streng und hager,
Von härenem Gewand umwallt?
Die Lippe zuckte voll heil'gen Spottes,
Das Auge blitzt, ein zorn'ger Stern:
Elias ist's, der Kämpe Gottes,
Die Feuerflamme von dem Herrn.

Da steht er ohne Wehr und Waffen,
Der Knecht Jehovahs, ganz allein,
Und dort vierhundertfünfzig Pfaffen
Aus Baals verbuhltem Opferhain:
„Nun laßt uns schlachten unsre Farren
Und flehen um des Himmels Glut,
Nun laßt uns rufen, laßt uns harren,
Und schaun, wes Gott ein Wunder tut."

Sie schleppen Steine, schichten Reiser,
Und beten um den Himmelsstrahl,
Sie rufen laut und schrein sich heiser:
„Erhör, erhör, erhör uns Baal!"
Sie bitten bald mir Schmeicheltönen
Und fordern bald mit Wutgebrüll,
Des Karmels Felsenklüfte dröhnen,
Doch bleibt der Himmel taub und still.

„Ei, gnädig scheint er heut' mit nichten,
Der große Baal, der Herr der Welt,
Vielleicht er schläft, er hat zu dichten,
Er ist gegangen über Feld:
Nehmt euch zusammen, rufet besser,
Zwingt ihn, daß er euch Gnüge tut,
Ritzt euch die Adern mit dem Messer,
Vielleicht es rührt ihn, sieht er Blut."

Sie öffnen heulend sich die Adern,
Bis schwarz ihr Blut herniederquoll;
Es tanzt um des Altares Quadern
Der wilde Chor verzweiflungsvoll;
doch wie sie winseln, wie sie schäumen,
Sie rühren keines Gottes Herz,
Es zuckt aus wolkenslosen Räumen
Kein Feuerfunke niederwärts.

O Welt, erträgst du diese Schande,
Die deinen Göttern zugedacht? –
Schick doch hinaus in alle Lande
Und sammle deine beste Macht;
Nicht Baals verruchte Priesterchöre,
Nicht Ahab oder Isebel,
Den Weltgeist gilt's und seine Ehre,
Gilt Babel oder Israel.

Es gilt dem sterblichen Geschlechte
Vom Himmel einen Feuerstrahl,
Zum Licht für seine Erdennächte,
Zum Leitstern für dies Jammertal;
Ein Feuer, das vom Himmel stamme,
Zu reinigen die Sünderwelt,
Und das als heil'ge Opferflamme
Auflodere zum Sternenzelt. –

Die Götter ruhn, die Priester schweigen,
Die Menschheit harrt erwartungsvoll
Des Strahls, der ihr den Himmel zeigen,
Der sie gen Himmel führen soll;
Der goldne Morgen ist vorüber,
Der Mittag stellt sich brennend ein,
Der Abend dämmert immer trüber,
Und keiner will der Retter sein.

Doch einer – sieh! wer unerschrocken,
Gelassen zum Altare tritt,
Er blickt so ernst aus dunkeln Locken,
Elias ist es, der Thisbit;
Gen Himmel hebt er fromm die Arme
Und seines Auges hellen Stern,
Und betet, daß er sich erbarme,
Mit lauter Stimme zu dem Herrn.

„O mach dich heute kund auf Erden,
Gott Abrahams und Israels,
Laß alle Welt es inne werden,
Du seiest der lebend'ge Fels;
Herr, rette deine Königsehre,
Herr, schaue deines Volkes Not;
Herr, sprich, daß sich die Welt bekehre,
Erhöre mich, Herr Zebaoth!"

Und aus des Himmels blauen Höhen
Blitzt nieder der gezackte Strahl,
In lichter Lohe sieht man's wehen
Auf vom Altar zum Sternensaal,
Er frißt das Opfer, frißt die Scheiter,
Frißt am Altare Stein um Stein,
Und frißt am Boden Gras und Kräuter,
Und frißt sich in die Herzen ein.

Und aus Elias Auge strahlet
Des Glaubens heiliger Triumph,
Und in der Priester Antlitz malet
Sich das Entsetzen bleich und dumpf,
Und nieder auf sein Angesichte
Fällt alles Vok im Kreis umher,
Und jubelt in der Flammen Lichte:
„Der Herr ist Gott und keiner mehr!"

Er schenkt dem sterblichen Geschlechte
Vom Himmel seiner Gnade Strahl,
Zum Licht für seine Erdennächte,
Zum Leitstern für dies Jammertal;
Ein Feuer, das vom Himmel stamme,
Zu heiligen die Sünderwelt,
Und das als reine Opferflamme
Auflodere zum Sternenzelt. –

– Der Abend kommt, ein milder Regen
Rauscht nieder auf das dürre Land;
In Strömen fließt des Höchsten Segen,
Dieweil die Welt ihn neu erkannt;
Elias wallt mit hehrem Schritte
Zur Wüste nieder, still in Gott,
Und du, mein Volk, such deine Hütte
Und diene dem Herrn Zebaoth!

Horeb.

1. Kön. 1 – 13.

Heraus aus des Horeb felsiger Kluft,
Heraus, vor den Herren zu treten!
Erheb dich, Elia, der Meister beruft
Den grollend verborgnen Propheten!
Was ziehst du verzweifelt die Hand von dem Pflug?
Was rufst du verzagend: genug, Herr, genug?
Noch lebet dein Gott und noch will er zum Flug
Dem Adler die alternden Schwingen
Verjüngen! –

Und Elias tritt in der Höhle Tor:
Da naht es in finstern Gewittern,
Die Winde, sie heulen in grausigem Chor,
Und des Horeb Eichen zersplittern;
Doch nicht in dem Winde, der Eichen zerreißt,
Und nicht in dem Sturme, der Felsen zerschmeißt,
Erscheint der lebendige, schaffende Geist,
Sie müssen sein Nahen nur künden
Und schwinden. –

Und horch! da beginnt's in der Erde Schlund
Unheimlich zu leben und weben,
Es taumeln die Felsen, es wanket der Grund,
Des Erdballs Achsen erheben;
Doch ob ihn zu Füßen der Abgrund klafft,
Und ob ihn im Sturze der Berg mitrafft:
Elias beharret in ruhiger Kraft,
Ihn können die Felsen bedecken,
Nicht schrecken. –

Da rötet unheimlicher Wetterschein
Das finstere Felsengemäuer
In purpurnem Glanze strahlet der Hain,
Der Himmel in loderndem Feuer;
Doch von Blitzen umzuckt und von Donnern umhallt,
Mit flatternden Locken, vom Mantel umwallt,
Steht aufrecht und hoch des Propheten Gestalt,
Und sterbend sinken die Flammen
Zusammen. –

Und Gottes Sterne, so mild und klar,
Erscheinen am himmlischen Bogen,
Und über die Berge kommt's wunderbar
Wie Harfengelispel geflogen;
Im sanften Säuseln, im Abendwind
Erscheinet der Herr barmherzig und lind,

Da neigt sich Elias, ein seliges Kind,
Und verhüllt sich, dem himmlischen Rauschen
Zu lauschen. –

Und hast du's verstanden, o finstrer Thisbit,
Was der Herr dich auf Horeb gelehret?
Sieh, ob er auch Länder im Sturme zertritt
Und Städte mit Feuer verheeret:
Doch bleibt er die Liebe, die schonende Huld,
Und heilet das Weh und vergibet die Schuld,
Und bist du sein Jünger, so trage Geduld
Und geh, dich im Dienen und Lieben
Zu üben! –

Daniels Fenster.

Daniel 6, 10.

> Er hatte aber an seinem Söller offene
> Fenster gegen Jerusalem.

In dem heitern Sommerhause
An den Wassern Babylons,
Wo der Weltstadt wüst Gebrause
Leiser klingt, gedämpften Tons
In des Söllers luft'gen Hallen,
Die gen Zion offen stehn,
Sieht man auf die Kniee fallen
Daniel, zum Herrn zu stehn.

Tag für Tag zu dreien Malen
Kniet er da vor Gott dem Herrn:
Früh, wenn in des Ostens Strahlen
Kaum verblich der Morgenstern;
Mittags, wenn der Sonne Gluten
Heiß auf Babels Dächern glühn;
Abends, wenn des Euphrat Fluten
Goldbeglänzt vorüberziehn.

Über Babels Prachtpaläste
Schaut er mit entzücktem Sinn
Nach der fernen Davidsfeste,
Nach den Bergen Zions hin;
Über Babels Palmenwipfel,
Seiner Gärten Rosenflor,
Schwebt Morijas heil'ger Gipfel
Des Propheten Auge vor.

Und der Winde leise Flügel
Tragen durch der Wüste Meer,
Über Ströme, Tal und Hügel
Ihm die Grüße Zions her,
Laben ihn in fremdem Lande
Mit der Heimat Wonneduft,
Stärken ihn im Knechtesstande
Mit der Freiheit Himmelsluft.

Selig, wer im Weltgebrause
Nach der obern Gottesstadt,
Nach dem rechten Vaterhause
Stets ein Fenster offen hat,
Wo er knieend im Gebete
Seine Seufzer heimwärts schickt,
Und in Früh- und Abendröte
Nach den Bergen Zions blickt.

Fänd' ich heute mich umfangen
Von der Weltlust Paradies,
Säh' ich rings in Lüften hangen
Gärten der Semiramis:
Hinter Babels Riesenmauern
Fühlt' ich doch der Knechtschaft Stand
Und mein Sehnen und mein Trauern
Flöge heim ins Vaterland.

Läg' ich tief im Schoß der Erden,
In des Kerkers Nacht und Graus:
Auch mein Kerker müßte werden
Mir zum heitern Sommerhaus,
Hätt' ich nur ein Fenster offen
Heimwärts gen Jerusalem,
Daß mein Beten und mein Hoffen
Himmelan die Zuflucht nähm'.

Liegt mir meines Hauses Enge,
Meines Tagwerks heiß Gewühl,
Meiner Sorgen bang Gedränge
Auf der Seele schwer und schwül:
Morgens tu' ich, tu' am Abend
Zion zu mein Fenster auf,
Heimatlüfte himmlischlabend
Nehmen dorther ihren Lauf.

Dorther säuselt Luft von Osten
Und erquickt die matte Brust,
Läßt mich in der Knechtschaft kosten
Künft'ger Freiheit Himmelslust;
Dorther schimmern Hoffnungssterne
Durch der Zeiten Nebelflor,
Harfenklänge wehn von ferne
Sel'ge Botschaft mir ins Ohr.

Wo ich mag mein Haus mir bauen,
In den Tälern, auf den Höhn:
Immer soll nach Salems Auen
Mir ein Fenster offen stehn;
Schließt mit seinen stolzen Gassen
Babel rings mein Hüttchen ein:
Unverbaut soll's doch mir lassen
Zion zu mein Fensterlein.

Zion.

Klagelieder Jeremias 1.

Führt mich ein zu Zions Toren,
In des großen Königs Stadt,
Die Jehovah sich erkoren
Und zur Braut gekrönet hat;
Pilgernd komm' ich aus der Ferne
Über Meer, Gebirg' und Au'n,
Babels Gärten ließ ich gerne,
Zions Herrlichkeit zu schaun.
Doch wehe, wo sind sie, die heiligen Hallen?
O Fürstin der Städte, wie bist du gefallen,
Wie liegst du zerschmettert in Moder und Graun!

Sprich, wo ist die Marmortreppe
Zu dem alten Königshaus,
Da in Kron' und Purpurschleppe
Fürsten gingen ein und aus?

Wo das Dach, dahin vor alters
David seine Harfe trug
Und die Saiten seines Psalters
Unterm Sternenhimmel schlug?
Durch öde Gemächer lustwandeln die Nattern,
Die Säulen zerbröckeln, die Raben umflattern
Geborstene Türme mit krächzendem Flug.

Sprich, wo auf Morijas Hügeln
Salomo das Haus geweiht,
Drin ob goldnen Cherubsflügeln
Thronte Gottes Herrlichkeit,
Wo das Hallelujah schallte
Bei der Festposaunen Klang,
Wo der Dampf der Opfer wallte
Himmelan jahrtausendlang?
Wohl sah man vom Dampfe den Himmel umnachtet,
Wohl bluteten Opfer, entsetzlich geschlachtet,
Als Feuer und Schwert in das Heiligtum drang!

Zion, sprich, wo deine Söhne,
Kühn wie Leuen im Gefecht?
Wo in ihrer Jugendschöne
Deiner Töchter stolz Geschlecht?
Weckt der Klang der Kriegsdrommeten
Keine Makkabäerschar?

Zieht mit Pauken und mit Flöten
Keine Braut mehr zum Altar?
Die Bräute gefangen, die Helden erschlagen!
Auf Judas Gebirge vernimmt man ein Klagen,
Die Mutter Jerusalem raufet ihr Haar.

Zion, sprich, wo sind die Gäste,
Die von Dan bis Bersaba
Man zum Glanze deiner Feste
Einst in Scharen pilgern sah?
Tönen nimmer ihre Psalmen
Durch das grüne Jordantal?
Ziehn sie nimmer ein mit Palmen
Durch dein Tor im Abendstrahl?
Wohl hat es gewimmelt aus Osten und Westen
Von grimmen Besuchern, von hungrigen Gästen,
Wohl flogen die Adler zum gräßlichen Mahl.

Zion, sprich, von welchen Hügel
Schau ich dein gelobtes Land,
Bis zum blauen Meeresspiegel,
Bis zu Moabs Felsenwand?
Girrt nicht mehr die Turteltaube
In den Gärten Salomos?
Glüht nicht Rose mehr noch Traube
Auf den Fluren Jerichos?

Es schweifet mein Auge von Klippe zu Klippe,
Es bleichet das Land, ein entfleischtes Gerippe,
Verflucht und verdorrt sein gesegneter Schoß!

Zion, Zion, Gottes Wetter
Trafen deine stolze Stirn,
Weil um fremde, falsche Götter
Du gebuhlt als lose Dirn';
Einst ein Träger sel'gen Lichtes
Strahlest du der Welt als Stern;
Nun ein Denkmal des Gerichtes
Ragst du schrecklich in die Fern'; –
Und nimmer erstehn die verschütteten Mauern,
Und nimmer verkehrt sich in Freude dein Trauern,
Bis daß du dich legst zu den Füßen des Herrn.

Libanon.

Jes. 10, 18.

Und die Herrlichkeit seines Waldes und
seines Baumgartens soll zu nichte werden.

Heilige Zedern in Libanons Hain,
Nehmt in die duftenden Schatten mich ein,
Öffnet mir eure gründämmernde Nacht,
Zeignet mir eure gepriesene Pracht!

Oft wo die Eichen der Heimat gerauscht,
Hab' ich mit heiligem Schauer gelauscht,
Oft bei der Tanne melodischem Wehn
Klang mir's wie flüsterndes Harfengetön.

Auch in des Orients sengender Glut
Hab' ich im Schatten der Palmen geruht,
Hoch in den Lüften, so prächtig umlaubt,
Wiegten sie leise das fürstliche Haupt.

Aber nun such ich dich, heiligstes Holz,
König des Waldes, des Libanon Stolz,
Möchte die Bäume Jehovahs beschaun,
Draus man die Säulen des Tempels gehaun.

Brausende Kronen, vom Sturme durchtost,
Säuselnde Wipfel, vom Winde gekost,
Rauscht ihr noch immer und grünt ihr noch heut',
Gleichwie zu Hirams und Salomos Zeit? –

Aber wo glänzt der smaragdene Saal?
Libanons Felsen, wie steht ihr so kahl!
Libanon Zedern, wie seid ihr dahin;
Welkte auch euer nie winterndes Grün?

Spärliche Stämme noch stehen zur Wacht,
Trauernde Zeugen verschwundener Pracht,
Alternd, im Marke vom Wurme durchhöhlt,
Wenige, daß sie ein Knabe wohl zählt.*)

König der Bäume, unsterbliches Holz,
Sage, wie fiel dein unbeugsamer Stolz?
Haben dich Äxte der Syrer gefällt?
Haben dich Blitze des Himmels zerspellt?

*) Jes. 10, 19.

Ja ich erkenne des Irdischen Los:
Alles verfällt ihm, was herrlich und groß,
Ja ich verehre Jehovahs Gericht,
Welcher auch Zedern wie Halme zerbricht.

Mußte der Tempel in Flammen vergehn
Dort auf Morijas geheiligten Höhn:
Trauert auch Libanons königlich Haupt,
Seiner lebendigen Krone beraubt.

Nimmer aus Marmor, vom Meißel behaun,
Will sich Jehovah sein Heiligtum baun,
Nimmer aus Zedern, vom Beile gefällt,
Zimmert er sich sein lebendiges Zelt.

Aber wie Libanons Zedern so grün
Sollen ihm Seelen der Heiligen blühn,*)
Leise verhauchen sie himmlischen Duft,
Wiegen ihr Haupt in kristallener Luft;

Trotzen dem Sturme, gesund bis ins Mark,
Grünen im Alter noch grade und stark,
Schmücken als Pfeiler im himmlischen Haus
Einstens den Tempel der Ewigkeit aus.

*) Psalm 92, 13.

Jesus in der Wüste.

Mark. 1, 13.

Und er war allda in der Wüste vierzig
Tage – und war bei den Tieren.

O seht in düstrer Wildnis
Die göttliche Gestalt:
Der Glanz von diesem Bildnis
Vergoldet Fels und Wald;
Wie säuselt's in den Palmen,
Wie flüstert's in den Halmen,
Wie rauscht's im Laub von Psalmen
Wo er vorüberwallt!

Das ist der Himmelskönig,
Des Vaters lieber Sohn;
Dem Welten untertänig,
In Wüsten ist sein Thron;
Den in der Engel Kreisen
Des Seraphs Harfen preisen,
Lauscht nun des Waldes Weisen,
Des Raben rauhem Ton.

Hier holt er heil'ge Stärke
In Fasten und Gebet,
Eh' er zum Heldenwerke
Der Welterlösung geht;
Und alles Volk der Fluren,
Das Heer der Kreaturen,
Bezaubert folgt's den Spuren
Der sanften Majestät.

Die wilde Turteltaube
Schwingt sich vertraut herbei,
Das Rehlein lauscht im Laube,
Vergisset Furcht und Scheu,
Ja, käm' er ihm entgegen
Auf wilden Wüstenwegen:
Zu Fuß muß ihm sich legen
Des Waldes Fürst, der Leu.

Er wittert ja im Bilde
Den Hirten aller Welt,
Der dort im Sterngefilde
Und hier im Blumenfeld
Was lebet und was webet,
Was kreucht und schwimmt und schwebet,
Mit seinem Hauch belebet,
Mit seiner Hand erhält.

Im Paradiesesgarten
Da lag einst wundersam
Das Reh beim Leoparden,
Der Tiger bei dem Lamm;
Und siehe, neu begrüßen
Sie sich zu dessen Füßen,
Der, Adams Schuld zu büßen,
Vom Himmel niederkam.

Und ob die alte Schlange
Die alte List versucht:
Kein Satan macht ihm bange,
Er schlägt ihn in die Flucht,
Und lichte Seraphinen
Umlagern ihn im Grünen,
Den Sieger zu bedienen
Mit Paradiesesfrucht.

So weilt er vierzig Tage,
Der Wüste hoher Gast,
Und stärkt sich, daß er trage
Des Kreuzes heil'ge Last,
Dann lenkt er seine Schritte
In seines Volkes Mitte,
Ein Tröster in der Hütte,
Ein Richter im Palast.

Und was er in der Wildnis
Vor Augen sah gestellt,
Das predigt er im Bildnis
Zu Lehr' und Nutz der Welt:
Den Fuchs in seinen Klüften,
Das Schäflein auf den Triften,
Den Vogel in den Lüften,
Die Lilien auf dem Feld.

Doch blieb sein Hauch zurücke
Im Wald und auf der Flur;
Wohin ich immer blicke,
Im Tempel der Natur,
Wo grüne Wipfel rauschen,
Wo Vögel Grüße tauschen,
Kann ich sein Wort belauschen
Und seines Fußtritts Spur.

Vom Lärm der Welt geschieden
Und von der Städte Rauch,
Umsäuselt mich sein Frieden
Im Feld bei Baum und Strauch;
Auf öden Bergespfaden,
An stillen Seegestaden
Umwehn mich seine Gnaden
Und seines Geistes Hauch:

Der Hauch der ew'gen Liebe,
Die als ein Lebensstrom
Pulsiert im Weltgetriebe
Vom Stern bis zum Atom,
Die aus der Engel Reigen
Zum Wurm will niedersteigen
Und uns im Sandkorn zeigen
Den Plan zum Himmelsdom.

Der Predigtberg.

Matth. 5, 1. 2.

Da er aber das Volk sah, ging er auf einen Berg und setzte sich, und seine Jünger traten zu ihm. Und er tat seinen Mund auf und lehrete sie.

Menschenkinder, kommt und schaut
Die Kanzel, welche Gott gebaut,
O Menschenkinder, kommt und hört
Den Lehrer, welchen Gott gelehrt:
Der Heiland lehrt vom Berge.

Ihr Priester von Jerusalem,
Ihr Hirten kommt von Bethlehem,
Du Wandersmann von Jericho,
Geh nicht vorbei, was eilst du so?
Der Heiland lehrt vom Berge.

Du Ackersmann von deinem Pflug,
Du Mägdlein mit dem Wasserkrug,
Ihr Mütter kommt mit schnellem Schritt
Und bringet auch die Kleinen mit:
Der Heiland lehrt vom Berge.

Heran, du müder Greis am Stab,
Und du mein braungelockter Knab',

Euch allen schenkt er Weisheit ein,
Den Jungen Milch, den Alten Wein:
Der Heiland lehrt vom Berge.

Ihr Könige vom Morgenland,
Ihr Heiden fern vom Inselstrand,
Heran, heran ihr Völker all,
Sein Wort umläuft der Erde Ball:
Der Heiland lehrt vom Berge.

Ihr Vögelein in Lüften blau,
Ihr Lilien auf grüner Au,
Ihr Winde auf der weiten Flur,
Horcht auf, der Herr der Kreatur,
Der Heiland lehrt vom Berge.

Als Mose auf dem Berge stand,
Erbebt' im Wetter rings das Land;
Da Jesus auf dem Berge spricht,
Erglänzt die Welt im Sonnenlicht:
Der Heiland lehrt vom Berge.

Beladnes Herz voll Angst und Weh,
Komm, steig auf diese Bergeshöh',
Wie Nebel schwindet hier dein Leid,
Das Aug' wird hell, das Herz wird weit:
Der Heiland lehrt vom Berge.

Weg Bruderhaß, weg Sektengeist,
Der stolz die Tür dem Zöllner weist;
Wer dürstet nach Gerechtigkeit,
Ist eingeladen weit und breit:
Der Heiland lehrt vom Berge.

Weg toten Werkdiensts eitle Pracht;
Weg aufgeblasne Priestermacht;
Wo fromm ein Aug' zum Himmel schaut,
Da ist der Tempel schon gebaut:
Der Heiland lehrt vom Berge.

Weg Heuchlerbrut, weg Otternzucht,
Fleuch abwärts in die tiefste Schlucht;
Des Heilands Wort ist scharf und rein,
Wie Alpluft geht's durch Mark und Bein;
Der Heiland lehrt vom Berge.

Und wenn ihr ihm die Türe wies't
Und wenn ihr ihm die Kirchen schließt;
Sein ewig Evangelium,
Das macht ihr doch nicht still und stumm:
Der Heiland lehrt vom Berge.

Die Vögel singen's in der Luft,
Die Blumen hauchen's aus im Duft,
Die Welle trägt's zum Meere fort,

Im Winde fliegt's von Ort zu Ort:
Der Heiland lehrt vom Berge.

Und wo ich geh' und wo ich steh',
Im tiefen Tal, auf steiler Höh',
Im Mittagsblau, im Sternenlicht
Vernehm' ich, was mein Heiland spricht:
Der Heiland lehrt vom Berge.

O edler Berg, zwar namenlos,
Doch über alle Berge groß!
Du Zion und du Garizim,
Du Sinai, verneigt euch ihm,
Der Heiland lehrt vom Berge.

O schöne Erde weit und breit,
Vom Herrn zum Tempel eingeweiht,
O Kirche, die sich Gott erbaut,
Du reichst, soweit der Himmel blaut:
Der Heiland lehrt vom Berge.

Wann kommt, wann kommt der große Tag,
Wo alle Welt ihn hören mag,
Wo jedes Knie vor ihm sich beugt
Und alles Fleisch anbetend schweigt,
Und Jesus lehrt vom Berge! –

Der Berg des Gebets.

Luk. 6, 12.

Es begab sich aber zu der Zeit, daß er ging auf einen Berg zu beten und er blieb über Nacht in dem Gebet zu Gott.

Weil das Tagwerk nun getan,
Steigt mein Heiland still bergan,
Hat gewirkt vom frühen Morgen,
Sich verzehrt in Hirtensorgen;
Schläft er nun in stiller Nacht?
Nein, er betet noch und wacht;

Schwingt im Geist sich himmelzu,
Sucht im Schoß des Vaters Ruh',
Will den Staub vom Herzen spülen,
Betend seine Seele kühlen;
Winde säuselt süß und sacht,
Jesus betet, Jesus wacht!

Erdennot und Sündenschmerz
Schnitten durch sein heilig Herz;
Schweige nun, o Weltgetümmel,
Tröst' ihn du, o sel'ger Himmel;
Sterne, glänzt in stiller Pracht:
Jesus betet, Jesus wacht!

Taglang hat er treu gelehrt,
Wenige haben's recht gehört;
Vieles hätt' er noch zu sagen,
Doch sie können's nicht ertragen,
Hör es du, verschwiegne Nacht,
Jesus betet, Jesus wacht!

O wer dem Gespräch gelauscht,
Das da Sohn und Vater tauscht!
Engel, sammelt euch in Chören,
Fern anbetend zuzuhören;
Halt den Odem an, o Nacht,
Jesus betet, Jesus wacht!

Tief im Schlummer ausgestreckt
Ruht die Welt, von Nacht bedeckt,
Und verträumt in dunkler Kammer
Ihres Tages Lust und Jammer;
Schlaf, o Welt, in finstrer Nacht;
Jesus betet, Jesus wacht!

Aus der Nacht verborgnem Schoß
Macht der böse Feind sich los,
Schleicht mit leisen Mörderschritten
um der Menschenkinder Hütten;
Böser Feind, hast keine Macht:
Jesus betet, Jesus wacht!

Wacht noch wo im Kämmerlein
Einsam eins beim Lampenschein,
Scheucht noch wo den süßen Schlummer
Vom verweinten Aug' der Kummer:
Schlaf, o Herz, ein Hirt hat acht,
Jesus betet, Jesus wacht!

Zwar vollbracht ist nun sein Lauf,
Doch sein Lieben hört nicht auf,
Droben in den ew'gen Hütten
Wacht er noch, für uns zu bitten,
Hat auch dein und mein gedacht!
Jesus betet, Jesus wacht.

Tabor.

Matth. 17, 1 – 9.

Auf Tabors Höhn, welch überird'scher Glanz
Umleuchtet mich zumal!
In Purpur flammt des Berges Felsenkranz
Und Schatten deckt das Tal;
Ist das nur Abendröte,
Davon die Wolken glühn?
Seh' ich die Rosenbeete
Des Paradieses blühn?

Und du, mein Herr, – wie strahlest du von Licht:
So sah ich dich noch nie!
Wie Schnee dein Kleid, wie Sonne dein Gesicht,
Laß sinken mich ins Knie!
Durch alle Himmel dröhnet's
In sanftem Donnerton,
Und tief im Herzen tönet's:
„Das ist mein lieber Sohn!"

Und rechts und links – welch edles Zeugenpaar
Von göttlichem Geschlecht!
Elias hier im leuchtenden Talar,
Dort Mose, Gottes Knecht!
Ein himmlisches Geflüster
Vernimmt mein träumend Ohr,
Unsterbliche Geschwister
Schau' ich im höhern Chor.

Und du, mein Herz, von Sünd' und Sorgen schwer,
Wie atmest du so leicht,
Dem Adler gleich, der durch das Äthermeer
Auf breitem Fittig streicht!
Hast du schon ausgezogen
Das irdische Gewand?
Ist schon der Geist entflogen
Zum Heimatland?

Wie tief, wie tief liegt unter mir das Tal,
Von Ferne dämmert's kaum:
Das Weltgwühl, der Erde Freud' und Qual,
Es dünkt mich nur ein Traum!
Fahr hin mit deinen Sorgen,
Fahr hin mit deiner Lust,
O Welt, ich bin geborgen
An meines Gottes Brust.

Hier ist gut sein, hier laß uns Hütten baun,
Und nie zur Welt zurück!
Hier ewig ruhn in seligem Beschaun –
Das wär' ein himmlisch Glück.
Dem Weltgewühl enthoben,
Zu Zweien oder Drein
Den Herren schaun und loben –
Das heißt im Himmel sein! –

Doch wehe mir, vom lichten Traum erwacht
Lieg' ich im Erdenstaub;
Der Abend graut, es rauscht der Wind der Nacht
Im dürren Eichenlaub;
Verschwunden sind die Geister,
Verblichen ist der Schein,
Nur Einer blieb, der Meister,
Nur Jesus blieb allein.

Und bleibst mir du, und schau' ich dein Gesicht,
Mein Herr, so ist's genug!
Der Erde noch gehöret meine Pflicht,
Drum frisch die Hand zum Pflug!
Im stillen Herzengrunde
Trag' ich ja doch mein Glück,
Und denk' in trüber Stunde
An Tabors Glanz zurück.

Indeß bergab der Menschheit Jammer schreit,
Noch gilt es Arbeit tun,
Erst laufen durch Geduld im heil'gen Streit,
Und dann im Frieden ruhn;
Von der Verklärung Hügel
Erst nach Gethsemane,
Dann, Seele, schwing die Flügel
Zur ew'gen Taborhöh'!

Der Berg der Tränen.

Luk. 19, 41.

Und als er nahe hinzukam, sah er
die Stadt an und weinte über sie.

Dein Heiland weint, merk auf, Jersusalem,
Er weint um dich von deines Ölbergs Höhe!
O daß mein Volk sein Heil zu Herzen nähm',
Denn diese Tränen deuten schweres Wehe;
Vor deinen Toren sieht er schon den Feind:
Dein Heiland weint!

Dein Heiland weint, o Tropfen voller Schmerz!
So tief, mein Volk, so tief bist du gefallen,
Daß auch des Friedefürsten selig Herz
Vor Leid muß brechen und in Wehmut wallen;
O blinde Welt, die sich so sicher meint:
Dein Heiland weint!

Dein Heiland weint, blick ich von Bergeshöh',
Du meine Stadt, herab zu deinen Dächern,
Und denk' an all die Schuld und all das Weh
In deinen Kammern, deinen Prunkgemächern,
Dann fühl' ich's wohl, auch du bist mitgemeint:
Dein Heiland weint!

Dein Heiland weint; wenn sich aus Wolken senkt
Ein süßer Tau, ein gnadenreicher Regen,
Dann sproßt, von Himmelstränen satt getränkt,
Die weite Flur in frischem grünem Segen;
Und du, o Welt, du bleibst verstockt, versteint?
Der Heiland weint!

Dein Heiland weint; hör es, verblendet Herz;
Wo Engel trauern, willst du töricht lachen?
In eitlem Putz und frevelhaftem Scherz
Fährst du dahin, fährst in des Todes Rachen?
O sieh, wie treu die ew'ge Lieb' es meint:
Dein Heiland weint!

Dein Heiland weint; hör es, betrübte Seel',
Erheb dein Aug' in deiner Tränenkammer;
Getrost, getrost, der Hüter Israel
Sieht deinen Schmerz und fühlet deinen Jammer;
O weine, nicht, dir blieb ja noch ein Freund;
Dein Heiland weint!

Dein Heiland weint, o Tropfen voller Trost,
So treu wollt' uns der Menschensohn umfassen,
Daß er sich auch die herbste Erdenkost,
Das bittre Tränenbrot gefallen lassen;
Nun Menschheit, ist er ganz mit dir vereint:
        Dein Heiland weint!

Dein Heiland weint, – o edle Perlenflut;
Leg, Menschheit, sie zu deinen Reichsjuwelen;
Des Heilands Tränen und des Heilands Blut
Sind Perlen und Rubinen armer Seelen;
O schön, wer so geschmückt vor Gott erscheint:
        – Dein Heiland weint!

Bethania.

Luk. 10, 38. Joh. 11, 1. Matth. 26, 6.

O stilles Dörflein, wo gern als Gast
Mein müder Heiland fand süße Rast,
Mit Granatengärten und grünen Matten,
Versteckt vom Ölberg in heil'gen Schatten,
Bethania!

Ach dürft' ich fliehen die laute Welt,
Nach Lust mir zimmern mein stilles Zelt,
Unter deiner Palmen geweihten Kronen
Baut' ich mein Hüttlein, darin zu wohnen,
Bethania!

Doch liegst du, sagt man, in Schutt und Staub,
Dein Feld verwüstet und welk dein Laub,
Und so wohnt die Ruhe nicht mehr hienieden?
Bist ganz verschollen mit deinem Frieden,
Bethania?

Und doch – im Hause wo Jesus weilt,
Die Freuden segnet, die Schmerzen heilt,
Da versteckt sich allzeit, sei's unter Palmen,
Sei's hinter Linden und Weizenhalmen,
Bethania.

Wo Martha rüstig mit heitrem Trieb
Ihr Tagwerk fördert dem Herrn zu lieb,

Da erblüht ihr mitten in Müh' und Sorgen
Am späten Abend, am frühen Morgen
Bethania.

Und wo Maria am stillen Ort
Horcht heilsbegierig auf Jesu Wort,
Da umglänzt sie ferne vom Weltgetümmel
Dein Sabbathfriede, dein Gnadenhimmel,
Bethania.

Und wo ein Herze von Gram gedrückt
Des Glaubens Bitten gen Himmel schickt:
„Den du liebst, ist krank, Herr", da weicht der Jammer
Da wird die düstere Sorgenkammer
Bethania.

Und wo die Seele von Lust beschwingt
Ihr Liebesopfer dem Heiland bringt,
Und des Dankes Narde läßt reichlich fließen,
Da wird der Staub ihr zu Jesu Füßen
Bethania.

Drum, Herr, so segne auch dies mein Haus;
In Leid und Freude geh ein und aus,
Sei mit Gnad' und Frieden in unsrer Mitte,
Dann wird des Pilgers bescheidne Hütte
Bethania.

Gethsemane.

Matth. 26, 36 – 46.

Sag an, wie heißt die Richtstatt heil'ger Schrecken,
Wo ganz allein in sternenloser Nacht,
Den Kelch des Zorns bis auf den Grund zu
schmecken,
Der treuste Held gerungen und gewacht?
Wo, gleich dem Mond in finstern Nachtgewittern;
Das reinste Herz verging in Furcht und Zittern,
Belastet mit der Menschheit ganzem Weh? –
Gethsemane!

Sag an, wie heißt die Wahlstatt hoher Liebe,
Wo Gottes Sohn, gehorsam bis zum Tod,
Dem Henkerstrick die Hände gleich dem Diebe,
Dem Judaskuß die reine Wange bot?
Wo man mit Schwert und Fackeln ausgegangen,
Ein wehrlos Kind, ein frommes Lamm zu fangen,
So fleckenlos wie frischgefallner Schnee? –
Gethsemane!

Sag an, wie heißt die Freistatt aller Müden,
Die angstvoll, vor sich selber auf der Flucht?
Die Seelenruh', den süßen Gottesfrieden
Umsonst, umsonst in weiter Welt gesucht,
Wo endlich sich auf immergrünen Matten,
Umsäuselt von des Ölbaums Friedensschatten,
Die Seele birgt wie ein gehetztes Reh? –
Gethsemane!

Sag an, wie heißt des Beters hohe Schule,
Wo, wenn mein Herz im Staub des Todes liegt,
Ans Vaterherz, zum ew'gen Gnadenstuhle
Mein kindlich Flehn, mein gläubig Abba fliegt?
Ein Engel bringt mit säuselndem Gefieder
Vom Himmel mir den Gnadenkelch hernieder,
Daß ich gewappnet jedem Feinde steh'? –
Gethsemane!

Sag an, wie heißt der Vorhof zu dem Eden,
Das einst die Welt durch Adams Schuld verlor,
Und das aufs neu' nach heißgekämpften Fehden
Uns aufgetan sein weites Friedenstor?
Kein grimmer Cherub mit gezücktem Schwerte,
Ein Heiland steht davor mit Huldgebärde,
Und winkt, daß keiner doch vorübergeh' –
Gethsemane!

Gethsemane, in deine stillen Räume
Laß oft mich pilgern aus dem Lärm der Zeit;
Gethsemane, im Schatten deiner Bäume
Gib mir den Frieden, den die Welt nicht beut;
Und kommt dereinst auch mir die bängste Stunde,
Dann bett' ich mir auf deinem heil'gen Grunde,
Daß ich dem Tod getrost ins Auge seh', –
Gethsemane!

Golgatha.

„Ich bin durch viele Zeiten,
Wohl gar durch viele Ewigkeiten,
In meinem Sinn gereist:
Doch wo ich hingekommen,
Nichts hat mir's Herz genommen,
Als Golgatha, Gott sei gespreist!"
Zinzendorf

Durch manche Länderstrecke
Trug ich den Wanderstab,
Von mancher Felsenecke
Schaut' ich ins Tal hinab;
Doch über alle Berge,
Die ich auf Erden sah,
Geht mir ein stiller Hügel,
Der Hügel Golgatha.

Er ragt nicht in die Wolken
Mit eisgekrönter Stirn,
Er hebt nicht in die Lüfte
Die sonnige Alpenfirn,
Doch so der Erd' entnommen
Und so dem Himmel nah
Bin ich noch nie gekommen,
Wie dort auf Golgatha.

Es trägt sein kahler Gipfel
Nicht Wälderkronen stolz,
Nicht hohe Eichenwipfel,
Nicht köstlich Zedernholz;
Doch alle Königszedern,
Die einst der Hermon sah,
Sie neigen ihre Kronen
Dem Kreuz auf Golgatha.

Nicht gibt es dort zu schauen
Der Erde Herrlichkeit,
Nicht grüngestreckte Auen,
Nicht Silberströme breit;
Dch alle Pracht der Erde
Verging mir, als ich sah
Das edle Angesichte
Am Kreuz auf Golgatha.

Kein Bächlein quillt kristallen
Dort aus bemoostem Stein,
Nicht stolze Ströme wallen
Von jenen Höhn landein;
Doch rinnt vom Stamm des Kreuzes
In alle Lande da
Ein Born des ew'gen Lebens,
Das Blut von Golgatha.

Des Hügels Stirn umfunkelt
Kein goldner Sonnenschein,
Ein schwarz Gewitter dunkelt
Ob ihm jahraus, jahrein;
Doch unterm blau'sten Himmel
Von Rom und Attika
Sucht' ich die heil'gen Schatten
Am Hügel Golgatha.

Dort schlägt der stolze Heide
Stillbüßend an die Brust,
Des Schächers Todesleide
Entblühet Himmelslust;
Dort klingen Engelsharfen
Ein selig Gloria,
Die Ewigkeiten singen
Ein Lied von Golgatha.

Dorthin, mein Erdenpilger,
Dort halte süße Rast;
Dort wirf dem Sündentilger
Zu Füßen deine Last!
Dann geh und rühme selig,
Wie wohl dir dort geschah;
Der Weg zum Paradiese
Geht über Golgatha.

Josephs Garten.

Joh. 19, 41. 42.

Es war aber an der Stätte da er gekreuziget ward, ein Garten, und im Garten ein neues Grab, in welches Niemand je geleget war. Dahin legten sie Jesum um des Rüsttags willen der Juden, dieweil das Grab nahe war.

Nun schläft in Josephs Garten,
Im kühlen Felsenhaus,
Der treue Held vom harten,
Vom blut'gen Kampfe aus;
Sie legten ihn so müde
Im stillen Bett zur Ruh',
Da deckt ihn Gottes Friede
Mit Engelsflügeln zu.

Von ferne ragt verlassen
Der hohe Kreuzesstamm,
Daran man sah erblassen
Das teure Gotteslamm;
Im Garten wird es düster,
Die Bäume rauschen sacht,
Des Abendwinds Geflüster
Haucht leis: es ist vollbracht!

Noch glimmt an fernen Hügeln
Ein müdes Abendrot,
Der Menschheit abzuspiegeln
Des Mittlers blut'gen Tod,
Bis auch der letzte Schimmer
Im Dämmergrau verblaßt,
Als ginge heut' für immer
Das Licht der Welt zur Rast.

So mancher dunkle Abend
Schon auf die Erde kam,
In milder Ruh' begrabend
Des Tages Schuld und Gram:
Noch ist kein Tag verglommen
So schwül und sündenschwer,
Noch ist kein Abend kommen,
So trüb und freudenleer.

Wer ist im Leidgewande
Die einsame Gestalt,
Die noch im Gartenlande
Gesenkten Hauptes wallt,
Die vor der Grabeskammer
In Tränen niedersitzt
Und in die Hand voll Jammer
Die schwere Stirne stützt?

Maria, treue Seele,
Bleibst du allein zurück,
Und weinst an dieser Höhle
Um dein begrabnes Glück?
So weine aus dein Sehnen
Und laß dem Schmerz den Lauf:
Aus bittern Friedhofstränen
Blühn Himmelsrosen auf.

An Gräbern bringt der Glaube
Betränte Opfer dar,
Da wäscht vom Erdenstaube
Die Lieb ihr Antlitz klar,
Da schwingt vom Totenhügel
Auf sternenheller Bahn
Die Hoffnung ihre Flügel
Stillselig himmelan.

O heb auch du den feuchten,
Verweinten Blick empor;
Siehst du nicht tröstlich leuchten
Der Sterne goldnen Chor?
Erzittern Harfenklänge
Nicht leise durch die Nacht,
Als ob ein Engel sänge:
Getrost, dein Freund erwacht!

So geh mit deinen Schmerzen
Zum stillen Sabbat heim,
Und heg im tiefen Herzen
Der heil'gen Sehnsucht Keim;
Sei's noch ein Tag voll Sorgen,
Noch eine Nacht voll Ruh',
Dann glänzt ein Ostermorgen,
Dann heißt's: was weinest du?

Der Berg der Himmelfahrt.

Luk. 24, 50 – 53.

Wie festlich steigt ins helle Himmelblau
Mein Ölberg heut' in goldnen Lichtes Fülle!
Noch streift kein Fuß vom Gras den frühen Tau,
Noch stört kein Ton die heil'ge Morgenstille;
Jerusalem liegt noch im Dämmergrau,
Mein Ölberg nur durchbricht die Nebelhülle:
Mein Ölberg strahlt; er wird dem Menschensohn
Die Staffel heut' zu seinem Königsthron.

Ist das der Berg, wo jüngst sobange Klagen
Der Nachtwind seufzend himmelan geweht?
Ist das der Mann voll Zittern und voll Zagen,
Der dort herniederblickt voll Majestät?
Ist das die Herde, jüngst vom Sturm verschlagen.
Die festlich hier im Kreis versammelt steht?
Ja hier, wo er im Todesstaub gerungen,
Hier wird ihm nun der Siegeskranz geschlungen.

Noch einen Blick! – da liegt Jerusalem,
Hier Golgatha, wo er am Kreuz gehangen,
Dort im Gebirg sein trautes Bethlehem,
Wo seine Erdenwallfahrt angefangen,
Und dort mit seiner Berge Diadem
Der See, an dem er segnend oft gegangen:
Noch einmal grüßet himmelisch ernst und mild
Sein göttlich Aug' das heimische Gefild.

O selig Land, – der weite Weltkreis neidet,
Was du auf deinen Fluren durftest schaun!
Beglücktes Volk, das solch ein Hirt geweidet
Mit sanftem Stab auf immergrünen Au'n!
Wo solch ein Freund mir lebt unb liebt und leidet,
Da ist gut sein, da möcht' ich Hütten baun!
Ihr hattet ihn, was gabt ihr ihm zum Lohne?
Ein Kreuzesholz und eine Dornenkrone!

Und schwingt er nicht sich zürnend himmelan,
Wo Engel schon die Harfen für ihn stimmen?
Und stößt er nicht der Erde leichten Kahn
Weit hinter sich in heiligem Ergrimmen,
Daß er im öden Weltenozean
Ein morsches Wrack, in Ewigkeit mag schwimmen?
Nein, Fürst der Liebe, segnend war dein Lauf
Und segnend noch fährst du zum Vater auf!

Du kleine Schar, sink in die Knie zur Erde,
Sein Auge grüßt noch einmal Mann um Mann;
Simon Johanna, weide meine Herde,
Du bleibe, bis ich komme, mein Johann!
Jakobus du, zeug unterm Henkerschwerte,
Wie meinen Kelch mein Jünger trinken kann!
Ich sende euch, geht hin für mich zu streiten,
Beim Vater will ich euch das Haus bereiten.

Geht hin und predigt aller Kreatur,
Geht hin in alle Welt von diesem Hügel,
Durchwandert jede grüne Erdenflur,
Durchschiffet jeden blauen Meeresspiegel,
Durch Wüsten wallt, wo keines Fußtritts Spur,
Durch Felsen brecht und sprengt granitne Riegel,
Und rastet nicht, bis preisend alle Welt
Mein Zepter küßt und mir zu Füßen fällt. –

Die Wolke sinkt, in ehrfurchtsvollem Grauen
Verhüllen sie geblendet ihren Blick,
Sie beten an und wie sie aufwärts schauen, –
Der Herr ist hin und kehret nicht zurück;
Wie jene Silberwolke dort im Blauen,
Zieht himmelwärts, o Welt, dein Trost und Glück;
Er ist daheim, die Engelharfen tönen,
Sie aber sehn ihm nach in heißen Tränen.

Was schaut ihr nach? ihr sollt ihn wiedersehn,
Wie er gen Himmel heute ward entnommen;
Was weinet ihr? ihr sollt nicht Waisen gehn,
Er hat's gesagt, ein Tröster soll euch kommen;
Was weilet ihr auf den verlassnen Höhn?
Nach Salem geht, da harren sein die Frommen,
Und blicken himmelan in Lust und Pein;
Denn wo der Herr, soll auch der Diener sein.

Paulus auf dem Areopag.

Hp.-Gesch. 17.

Schau, was läuft und rennt die Menge?
Was gibts Neues in Athen,
Daß die Hörer im Gedränge
Um den fremden Redner stehn?
Lehret dort mit mildem Witze
Tiefe Weisheit Sokrates?
Schleudert seine Redeblitze
Zürnend ein Demosthenes?

Nein, der schlichte Fremdling dorten
Buhlet nicht um Pöbelgunst,
Haschet nicht nach hohen Worten
Falschberühmter Menschenkunst;
Volkesjubel, Fürstendrohen
Wandelt nicht sein ernst Gesicht,
Und die Götter selbst, die hohen,
Zieht er heute vor Gericht.

,,Allzu fromm muß ich euch nennen,
O ihr Männer von Athen;
Eure Opfer hab' ich brennen,
Eure Tempel prangen sehn;
Doch von den Altären allen,
Das bezeug' ich ohne Spott,
Hat mir einer nur gefallen:
,Für den unbekannten Gott.'

,,Nun den großen Unbekannten,
Dem vergebens Jahr um Jahr
Eurer Sehnsucht Opfer brannten,
Heut mach' ich ihn offenbar;
Tempel nicht von Menschenhänden
Schließen seine Gottheit ein,
Denn die Welt mit ihren Enden
Ist für seinen Thron zu klein."

,,Fühlt ihr seines Odems Weben
Nicht im Sturm und Frühlingswind?
Ahnt ihr nicht sein göttlich Leben,
Drin wir leben, weben, sind?
Ist in eurer Brust vergangen
Jede Spur des Kindesrechts,
Da doch eure Dichter sangen:
,Wir sind göttlichen Geschlechts?'

„Könnt ihr eure Kniee beugen
Einem Bild von Erz und Stein?
Kann sein prächtig Haupt euch neigen
Euer Zeus von Elfenbein?
All die heitern Fabelgötter,
Eurer Dichter schöner Traum,
Sind sie Helfer, sind sie Retter,
Sind sie mehr als bunter Schaum?"

„Doch die Träume sind zerronnen
Und vergangen ist die Nacht.
In dem Glanze neuer Sonnen
Ist die Welt vom Schlaf erwacht;
Gnädig hat der große Vater
Alte Torheit übersehn,
Aber bald im Wetter naht er
Furchtbar ins Gericht zu gehn."

„Einer ist's, in dem er Allen
Gnade noch und Frieden beut,
Einer führt, was tief gefallen,
Noch zurück zur Herrlichkeit,
Einer, der in bittern Wehen
Blutend an dem Kreuze starb
Und durch Tod und Auferstehen
Heil und Frieden euch erwarb."

„Lernt von ihm, was eurer Meister
Weiseste nur halb gesehn,
Lernt das tiefste Weh der Geister,
Lernt der *Sünde* Macht verstehn!
Lernt was auf dem kecksten Gange
Euren Helden nicht geglückt:
Buße, welche kühn die Schlange
In der eignen Brust zerdrückt."

„Zittert vor dem Weltenrichter,
Fühlt des *Todes* Bitterkeit,
Den betrüglich eure Dichter
Euch mit Blumen überstreut;
Sucht, was ihr gesucht vergebens
In der Feste heitrem Glanz:
Jaget nach des *ew'gen Lebens*
Unverwelklich grünen Kranz!"

Spricht's und schweigt, – und mit Geplauder
Schwärmt die leichte Menge heim,
Aber manches Herz mit Schauder
Fühlet neuen Lebens Keim;
Epikurer, losen Spottes,
Lachen den Barbaren aus,
Doch entzückt als Engel Gottes
Führt ihn Dionys ins Haus. –

Öde steht im Abendlichte
Der geweihte Hügel da,
Wo man heute vor Gerichte
Selbst die hohen Götter sah;
Herbstlich rauschen die Platanen
In des Westes leisem Wehn,
Drunter starr, in Todesahnen,
Weiße Marmorbilder stehn.

Und aus roter Abendwolke
Blickt die luft'ge Götterschar
Scheu nach dem geliebten Volke,
Wo so gut zu wohnen war!
Bald, o Zeus, wird sich bemoosen
Deines Tempels Prachtgebälk,
Schöne Cypris, deine Rosen
Hängen schon zu Boden welk!

Lenke still zum Meere nieder
Deine Rosse, Helios,
Nie in deinem Golde wieder
Glänzt Athenes Marmorschloß!
Deine Fackel muß verglosten,
Und beschlossen ist dein Lauf,
Siegreich geht im heil'gen Osten
Eine neue Sonne auf.

Das Himmlische Jerusalem.

Offenb. Joh. 21.

Wer weist mir den Weg in die obere Stadt,
Das Treiben hier unten, ich hab' es so satt,
Die Gassen beflecket nur blutiger Streit,
In Mauern verstecket sich giftiger Neid.

Des Morgens erweckt mich die Sorge so früh,
Am Mittag begleitet mich Sorge und Müh',
Am Abende wird das Getümmel nicht stumm,
Um Mitternacht gehet der Frevel noch um.

O hätt' ich doch Flügel: ich flöge davon,
Wär über die Hügel schon lange geflohn,
Weit hinter den Bergen im himmlischsten Tal
Die Seele zu bergen vor aller der Qual.

Wer kennet hienieden die obere Stadt,
Die Freude und Frieden in Ewigkeit hat?
Wo wehn deine Fahnen, wo wallt dein Panier,
Wer zeigt mir die Bahnen, o Zion, zu dir?

Dort gehet nicht Lügen und Trügen im Schwang,
Die Straßen durchtönt Hallelujagesang,
Dort hört man nicht Hader noch Jammergeschrei,
Das Weinen ist aus und der Schmerz ist vorbei.

Da bettelt kein Bettler, denn alle sind reich,
Da herrschet kein König, denn alle sind gleich,
Da schleichet kein Frevel sich ein in das Tor,
Der Engel des Höchsten hält Wache davor.

Da tafelt kein Prasser, kein Armer hat Not
Beim Kruge mit Wasser, beim trockenen Brot,
In goldenen Schalen geht himmlischer Wein
Bei heiligen Mahlen durch selige Reihn.

Da würgt keine Seuche von Hause zu Haus,
Da zieht keine Leiche zum Tore hinaus,
Denn Brunnen des Heiles durchrauschen den
Grund,
Und Lüfte des Lebens trinkt jeglicher Mund.

Da türmt sich kein Tempel, nicht nahe noch fern,
Denn jegliches Haus ist die Hütte des Herrn,
Da brennt nicht die Sonne, da schneit nicht der
Mond,
Denn Gott ist die Leuchte, die selber da thront.

Da wandelt kein Priester im schwarzen Talar,
Denn Priester sind all eine herrliche Schar,

Sie tragen ein wallendes weißes Gewand
Und grünende Palmen in heiliger Hand.

Begegnen sich zwei auf der Straße zum Gruß:
Sie grüßen sich leise mit heiligem Kuß,
Sie sprechen nicht weiter als: Friede mit dir!
Ihr Auge sagt heiter: wie selig sind wir!

Sie wandeln im Schatten zu Zweien und Zwei'n
Auf grünenden Matten, im säuselnden Hain,
Sie reden und lauschen und sitzen im Rund
Um Brunnen, die rauschen durch blumigen Grund.

Sie hören die Harfen der Sänger mit an
Und preisen was jedem der Herr hat getan,
Propheten, Apostel, der Märtyrer Heer:
Ach wer nur der Kleinste im Himmelreich wär!

Da gehn Magdalenen, versunken in Glück,
Mit seligen Tränen im dankenden Blick,
Und Schächer, entronnen dem Tod und Gericht,
Erheben in Wonnen ihr strahlend Gesicht.

Die Schweres verschuldet, nun sind sie versöhnt,
Die Bittres erduldet, nun sind sie gekrönt,
Von Erden und Aschen, von Staub und von Schlamm
Die Kleider gewaschen im Blute vom Lamm. –

Jüngst blickt ich vom Berge, so selig allein,
Ins Purpurgewölke des Abends hinein,
Da sah ich die Zinnen von Zion erglühn,
Die Gassen von Gold und die Mauern Rubin!

Doch bleichte der Schimmer, der Himmel ward fahl,
Still stieg ich hernieder in's düstere Tal,
Da brauste die Stadt noch vom alten Geräusch,
Vom Jammergeschrei und vom Freudengekreisch, –

Jüngst sah ich am Himmel in schweigender Nacht
Das Sternengewimmel voll goldener Pracht,
Da glaubt ich in fernen ätherischen Höhn
Jerusalems brennende Lichter zu sehn.

Doch leise ach! schlichen die Stunden vorbei,
Die Sterne verblichen beim Hahnengeschrei,
Bald wälzte der Morgen sich düster herauf
Und mit ihm der Sorgen verworrener Lauf. –

So will ich denn wallen im Pilgergewand
Nach Gottes Gefallen zum besseren Land,
Von hier zwar gebürtig, doch droben zu Haus,
Und bin ich einst würdig, so wandre ich aus.

Heiliges Wasser

Gottes Brünnlein.

Psalm 65, 10.

> Du suchest das Land heim und wässerst es
> und machst es sehr reich, Gottes Brünnlein
> hat Wassers die Fülle.

Das Edelste aber ist Wasser,
Tiefsinnig hast du's gesprochen,
Du alter, hoher
Sänger und Seher von Hellas*).

Was wäre, o Mutter Erde,
Ohne deiner Gewässer
Diamantenes Geschmeide
All dein königlich Prachtgewand?

Was bötest du deiner Geschöpfe
Lebendigen Geschlechtern
Ohne deiner Quellen
Nieversiegende schäumende Milch?

Wie oft in deinen Wassern, o Mutter Erde,
Hab ich das Aug gelabt,

*) Pindar.

Die Glieder erfrischt,
Die Seele gekühlt!

Wie drang mirs kühl bis ans Herz hinan,
Wenn murmelnd in grüner Waldesnacht
Aus bemoostem Fels
Die kristallene Quelle sprudelt
Und im duftigen Sonnenstrahl,
Der sich durch's Laubgewölbe stiehlt,
Silbern aufblitzt,
Oder stäubend im Wasserfall,
Drüber der Regenbogen schwankt,
Über verwaschene Blöcke stürzt!

Wie wandelt' ich friedlich oft als Kind
Längs dem leise murmelnden Bach,
Wo er, das stille Wiestal wässernd,
Durch Binsen und Vergißmeinnicht quillt!

Wie hast du des Knaben Glieder erfrischt,
Sanftwallender Fluß,
Mit kühlendem Bad
Am goldenen Sommerabend!

Wie hast du dem Jüngling das Herz geschwellt,
Herrlicher Rheinstrom,

Wenn zwischen rebumkränzten Burgen
Das buntbewimpelte Boot
Auf deinen grünen Wogen
Hinabschwamm mit Gesang!

Und des Mannes Seele, wie wurde sie groß,
Als von Rügens Kreideklippen
Zuerst ich dich begrüßte
In deinen azurnen Festgewand,
Sanftgekräuselt vom Frühlingswind,
Unermeßliches,
Heiliges Meer!

Drum sei mir gepriesen,
Du immer lebendiges,
Wellenatmendes,
Klares Element!

Und doch, und doch –
Ob tausend Quellen der Erde entsprudeln,
Ob tausend Ströme die Fluren durchrauschen,
Ob tausend Wogen das unermeßliche Meer
Neu von Stunde zu Stunde gebiert,
Und doch, und doch – ich fühl' einen Durst,
Den kein Quell der Erde stillt,
Auch nicht, aus dem Pindar Begeisterung trank,

Kastalias Silberquell.
Und doch, und doch – mich brennt eine Wunde,
Die heilt kein irdischer Heilquell aus,
Ob er gleich im sonnigsten Tal
Aus der mildesten Najade Krug
Warm rinnet über den weichen Sand.
Und doch, und doch – einen Schaden kenn' ich,
Den wäscht kein Strom der Welt dir ab,
Nicht der grüne Rhein, noch der heilige Ganges,
Und eine Zentnerlast weiß ich,
Du wälzest sie nimmer vom Herzen,
Wolltest du sie gleich versenken
Im Meere, da es am tiefsten ist.

Wie der Hirsch nach frischem Wasser,
Schreit meine Seele, Gott, nach dir:
Meine Seele dürstet nach Gott,
Nach dem lebendigen Gott. –

Selig sind, die da dürsten,
Denn sie sollen satt werden;
Freue dich, schmachtende Seele,
Gottes Brünnlein hat Wassers die Fülle!

Kennst du, o lechzende Seele,
Das Brünnlein Gottes,

Das ein Engel dir zeigt,
Wie im Wüstensande der schmachtenden Hagar:
Das Brünnlein der himmlischen Gnade?
Kennst du, o schuldbeladenes Herz,
Das tiefe Meer,
Drin bedeckt soll sein
All deiner Schulden Zentnerlast:
Das Meer der ewigen Erbarmung?
Kennst du sie, die heiligen Wasser,
Die segnend einst Kanaans Fluren durchrauscht,
Drin tausend Kranke sich Genesung tranken,
Dran tausend Freudenblumen lieblich sproßten,
Draus Labung ewig quillt für alle, alle,
Die nach der Gerechtigkeit hungern und dürsten:
Jordan und Kidron,
Jakobsbrunn und Siloah?

Freue dich, schmachtende Seele,
Gottes Brünnlein hat Wassers die Fülle,
Auch für dich und mich!
Selig, wer dort dürstend schöpft,
Selig, wer dort rein sich badet,
Selig, wer dort Wurzel schlägt,
Der ist wie ein Baum, gepflanzt an Wasserbächen,
Immergrün und früchtereich.

Die Paradiesesströme.

1. Mos. 2, 10 – 14.

V*ier* Ströme trugen einst von Edens Schwellen
Die süße Flut hinaus ins weite Land:
Der *Pison* führte Gold in seinen Wellen,
Der *Gihon* wars, der Mohrenland umwand,
Durch Assurs Flur sah man *Hidekel* quellen,
Der stolze *Phrat* bespülte Babels Strand,
Frisch brausten sie, die Paradiesessöhne,
Die Welt entlang in heller Jugendschöne.

Nun aber ist das Paradies verschollen,
Des Lebens Baum durch Menschenschuld entlaubt;
Ob tausend Ströme rings die Welt durchrollen,
Sie fließen trüb, des alten Schmucks beraubt:
Von Tränen sind sie und von Blut geschwollen,
Von Sündenschmutz und Erdenweh bestaubt;
Die Menschheit sitzt im Sack und in der Asche,
Wo ist der Strom, darin sie rein sich wasche?

Da senkte Gott in seiner Wundergüte
Ein himmlisch Reis in diesen Erdenraum,
Das Wort ward Fleisch, auf Judas Flur erblühte
In neuer Pracht des Lebens goldner Baum;
Sein Duft ergeht in alle Weltgebiete,
Sein Schatten reicht zum fernsten Meeressaum,
Und daß die Welt sich Gnad um Gnade nehme,
Entquellen ihm *vier Paradiesesströme.*

Der erste Strom ergießet sich kristallen
In vollen Wogen übers Erdenrund,
Drin spiegeln sich des Himmels blaue Hallen,
Auch führt er Gold und Perlen tief im Grund,
Viel tausend Pilger sieht man zu ihm wallen,
Sie schöpfen all und trinken sich gesund;
Kennst du ihn nicht, den Strom voll
Himmelsklarheit?
O schöpf auch du – es ist das *Wort der Wahrheit!*

Der zweite quillt an blumigen Gestaden
Durch grüne Au'n in silberhellem Schein,
Drin dürfen sich die zarten Kindlein baden,
Man taucht sie sanft in seine Fluten ein;
Auch Mohrenland ist zu ihm eingeladen,
Sei schwarz von Schmutz, er wäscht dich weiß und
rein;
Nur daß er dir nicht bloß die Stirn betraufe,
Nein, auch das Herz – der Gnadenstrom der *Taufe!*

Der dritte Strom kommt rot einhergeflossen,
Wie dunkler Wein, wie purpurfarbnes Blut,
Als hätt' in ihn ein göttlich Herz ergossen
Zum Heil der Welt all seine Liebesglut;
Der Priester schöpft den gläubigen Genossen
In goldnem Kelch die edle Purpurflut;
Nimm hin und trink, begnadigte Gemeine,
Das Blut des Herrn im heil'gen *Nachtmahlsweine!*

Der vierte Strom, gleich einer Feuerflamme
Kann Herz und Adern wunderbar durchglühn;
Den grimmen Tiger wandelt er zum Lamme,
Und schwache Männer macht er löwenkühn,
Die vom Propheten- und Apostelstamme,
Man sah sie all von seinem Feuer sprühn;
Auch dir und mir, der Vater selbst verheißt es,
Fließt er zum Heil – der Strom des *heil'gen Geistes!*

Nun freue dich, du fluchbeladene Erde,
Dieweil solch Lebenswasser dich benetzt;
Daß neu die Welt ein Garten Gottes werde,
Hat es der Herr zum Segen dir gesetzt!
Nun schöpf, o Herz, in jeglicher Beschwerde,
Hier quillt ein Labsal, das die Seele letzt,
Und kommst du einst zur Paradiesesschwelle,
Dann, dürstend Herz, dann trinkt du *an der Quelle!*

Das tote Meer.

1. Mose 19, 24.

Da ließ der Herr Schwefel und Feuer
regnen von dem Herrn vom Himmel
herab auf Sodom und Gomorra.

Komm, Pilger. steig auf diese Felsenhöh'
Und schau hinab in jenen düstern See.

Wie traurig hängt, gewitterschwül und schwer,
Ein grauer Himmel ob dem grauen Meer!

Wie schaurig schließt ein ödes Felsgestein
Des trüben Sees verfluchtes Becken ein!

Kein Palmbaum wiegt sein Haupt im Windeshauch,
Kein Blümlein blüht, kein Beerlein reift am Strauch.

Kein Lüftlein kräuselt diese schwere Flut,
Kein Fischlein spielt im Wasser wohlgemut.

Und fliegt ein Vogel oben durch die Luft:
Er stürzt betäubt hinab zur nassen Gruft.

Und glänzt ein Apfel purpurn durch das Laub:
Du rührst ihn an – und er zerstiebt in Staub.

Einst blühte hier ein Paradies voll Pracht,
Hier ward gebuhlt, gesungen und gelacht.

Aus Marmorhallen, aus dem Rosenhain
Erklangen üppig Flöten und Schalmein.

Im wilden Rausch der Lust vergaß man Gott
Und trieb verrucht mit seinen Engeln Spott.

Zehn Fromme nicht im weiten Sündenpfuhl!
Da stieg der Frevel bis vor Gottes Stuhl.

Da fuhr vom Himmel sein gezückter Blitz
Und Feuer fraß den alten Lastersitz.

Da tat sich auf der Hölle heißer Mund
Und schlang den Greul in seinen Flammenschlund.

Und Stadt und Land und Flur und Wald umher
Gerann zum Schwefelpfuhl, zum toten Meer;

Zu zeigen all dem kommenden Geschlecht,
Daß Gott der Herr noch heilig und gerecht;

Und daß die Welt mit ihrer Lust vergeht,
Und Gottes Wort in Ewigkeit besteht.

Hagars Quell.

1. Mose 21, 19.

> Und Gott tat ihr die Augen auf, daß sie
> einen Wasserbrunnen sah. Da ging
> sie hin und füllte den Schlauch mit
> Wasser und tränkte den Knaben.

Das Auge voll Tränen, die Seele voll Harm,
Irrt Hagar im Feld mit dem Knaben im Arm;
Ihr Krüglein ist leer,
Ihr Herze ist schwer,
Rings dehnt sich die Wüste, ein sandiges Meer.

O Mutter, mich dürstet, so wimmert das Kind;
Sie rennet sich wund und sie luget sich blind;
Wohin sie auch schaut,
Die Wolke nur graut,
Die schreckliche Öde belebet kein Laut.

Da nimmt sie den Knaben verzweifelt vom Schoß
Und wirft ihn zur Erde und reißet sich los,
Sein jammervoll Flehn,
Sein langsam Vergehn,
Es bricht ihr das Herze, sie kann es nicht sehn.

Sie setzt sich von ferne mit starrenden Blick,
Da tönet's ins Ohr ihr wie Engelsmusik;

Sie horchet und lauscht:
Es rieselt und rauscht,
Verzweifelung ist mit Entzücken vertauscht.

Sie füllet die Flasche am sprudelnden Quell,
Sie tränket den Knaben, sein Auge wird hell,
Ihr seliger Mund,
Er küßt ihn gesund,
Gen Bersaba wandern sie fröhlich zur Stund'. –

Und wandelt noch wo eine Mutter voll Harm
Und wieget ein wimmerndes Kindlein im Arm:
O wirf's auf den Herrn,
Still harre von fern,
Denn sündig bist du, doch erbarmt er sich gern.

Der gnädig die hungrigen Raben ernährt,
Und Futter den Jungen der Löwin beschert,
Der hörte das Schrei'n,
Der sähe die Pein
Des schmachtenden Würmleins – und bliebe von
Stein.

Und ging dir versiegen das Wasser im Krug:
Das Brünnlein des Höchsten hat Fülle genug;
Aus brennendem Sand,
Aus felsiger Wand
Schlägt Brunnen des Heils, des
Allmächtigen Hand.

Kahels Brunnen.

1. Mose 29.

Purpurn glüht das Abendrot über Harans
grünen Triften,
Und ein Jüngling ruht am Quell, sanft umspielt
von Abendlüften,
Jakob ist's, der Pilger Gottes; aus der Mutter
trautem Haus
Trieb ihn seines Vaters Segen, seines Bruders
Fluch hinaus.

Schweren Herzens denkt er heim an des Jordans
milde Auen,
Vor dem fremden Land und Volk will dem müden
Wandrer grauen,
Und er fragt die braunen Hirten: Brüder, sagt,
weß ist das Land?
Sagt, ist euch der Sohn des Nahor, ist euch Laban
nicht bekannt?

Und die schöne Rahel kommt, hoch in ihrer Herde
Mitten,
In der Hand den Hirtenstab, züchtiglich daher-
geschritten,
Freundlich tränkt er ihre Schafe, küßte die Dirne,
weinet laut:
„Grüß dich Gott im fremden Lande, holde
Schwester, liebe Braut!"

Und in ihrem Angesicht gehn ihm auf zwei
Friedensterne,
Und in ihres Vaters Haus wird zur Heimat ihm
die Ferne,
Freudig trägt er Frost und Hitze in der Liebe
süßem Dienst,
Und die Jahre fliehn wie Tage, zehnfach mehrt
sich sein Gewinnst.

Ja, soweit der Himmel blaut, leuchtet auch noch
Gottes Sonne,
Ja, soweit die Erde grünt, sprudelt noch ein Quell
der Wonne;
Freundlich knüpft von Land zu Lande sich der
Gotteskinder Bund,
Liebe schlingt die goldne Kette um das weite
Erdenrund.

Sieh, o Pilgrim, nicht umsonst schautest du die
Himmelsleiter,
Siehe, wie der Herr verhieß, ist sein Engel dein
Begleiter,
Trau getrost auf allen Wegen deines Hirten
starker Hand,
Und sie bringt dich treulich wieder heim zum
süßen Vaterland.

Zu des Jordans trauten Au'n sollst du fröhlich
heimwärts kehren,
Gingst mit nichts als diesem Stab, und kommst
wieder mit zwei Heeren;
Dankend fall' auf deine Kniee, beuge dich und
bete an:
„Zu gering bin ich der Treue, die du, Herr, an mir
getan!"

Mose im Nil.

2. Mose 2, 2 – 10.

Matt hängt die Sykomore
Ihr Laub herab zum Nil,
Und schläfrig ruht im Rohre
Das träge Krokodil;
Am schattigen Gestade
Schleicht leis die seichte Flut
Und lädt zum linden Bade
Nach heißer Tagesglut.

Was leuchtet durch die Palmen
Wie weißer Schleier Wehn?
Was rauschet in den Halmen
Wie sanfter Tritte Gehn?
Zur Kühlung, lieblich labend,
In lauer Wellen Schoß,
Verlockt der goldne Abend
Die Tochter Pharaos.

Ihr funkelt von der Stirne
Der königliche Reif,
Luft fächelt ihr die Dirne
Mit buntem Pfauenschweif,
Indeß den blanken Spiegel,
Den goldnen Salbenkrug,
Den Schirm vom Straußenflügel
Die Schar der Mägde trug.

Doch sieh, auf halbem Pfade
Was hält die Frau'n zurück?
Was fesselt am Gestade
Den überraschten Blick?
Im hohen Uferschilfe,
Im dichtverwachsnen Rohr,
Da wimmert's wie um Hilfe
Aus tiefer Flut empor.

Girrt in so niedrem Nestchen
Verlassne Vogelbrut?
Nein, schau , ein bastnes Kästchen
Wiegt leis die dunkle Flut;
Ihr Mägde, bringet's näher
Und löst des Deckels Dach:
„Ein Knäblein der Hebräer!"
So tönt ihr zärtlich: Ach!

Ein Knäblein, und ein feines,
Drei Monde kaum ist's alt,
Die Sonne sah noch keines
Gleich herrlich an Gestalt;
Wie königlich die Stirne,
Wie groß das Auge blickt!
Verliebt ist jede Dirne,
Die Fürstin steht entzückt.

Sie hält das Kind umschlungen,
Das nun ihr eignes ist,
Und herrlich ist gelungen
Der Mutter kühne List,
Die hinterm Palmenstamme
Hervortritt frohbewegt,
Und ihren Sohn als Amme
Zum Königsschlosse trägt.

Und kennst du deine Beute,
O Tochter Pharaos?
Den Löwen, den du heute
Heimbringst ins Königsschloß?
Zu seines Volkes Retter
Beruft ihn einst sein Gott
Und macht Ägyptens Götter
Durch seinen Stab zum Spott. –

Ja, das sind deine Pfade,
O Vater alles Lichts,
Die Mutter deiner Gnade,
Die alles macht aus nichts,
Die aus des Niles Schlamme
Den armen Findling hebt,
Der einst als Gottes Flamme
Vor seinem Volke schwebt;

Die von der Schäferhürde
Jsais zarten Sohn
Zur königlichen Würde
Beruft auf Jakobs Thron;
Die uns in Stall und Krippe
Das Kind des Himmels legt,
Das auf der süßen Lippe
Das Heil der Menschheit trägt.

Das rote Meer.

2. Mose 15, 1 – 21.

Was braust so gewaltig das Schilfmeer entlang?
Ists Sturmesgetön, ists der Wogen Klang?

Nicht Sturmesgetön ists, nicht Wogenklang:
Der Kinder Israel Siegesgesang.

Mit mächtiger Stimme singt Mose es vor,
Und die Männer erwiderns in hallendem Chor.

Mit Paukengewirbel fällt Mirjam ein,
Und die Jungsfrau'n tanzen den fröhlichen Reihn:

Der Herr hat gewaltige Taten getan,
Gestürzet ins Meer Roß, Wagen und Mann.

Der Herr, meine Macht und mein Psalm und mein
Heil.
Der Gott meiner Väter, mein Erb und mein Teil.

Der Herr ist der Herzog vor seinem Heer,
Die Wolk' ist sein Schild und der Blitz ist sein Speer.

Seine Knechte die Wogen, sein Herold der Wind,
Sie vernehmen sein Wort und gehorchen geschwind.

Er blies, da taten die Wasser sich auf,
Und die wallenden Wogen, sie standen zuhauf.

Und mitten im brausenden Ozean
Zog ruhig sein Volk die trockene Bahn,

Da dachte der Feind: wir jagen ihm nach,
Wir gewinnen den Raub und wir rächen die Schmach.

Und Pharao kam mit gewaltigem Troß,
Es blitzte der Speer und es brauste das Roß.

Es bebte die Erde vom donnernden Huf,
Es hallte der Himmel vom grausigen Ruf.

Da bliesest du, Herr, und es eilte dein Wind
Und jagte die Wellen zurücke geschwind;

Wie der Hund die säumende Herde treibt,
Daß sie donnernd über das Blachfeld stäubt.

Und es schloß sich der Wogen gähnender Schlund,
Und die Feinde, sie sanken wie Blei auf den Grund.

Herr, Herr, wer ist unter den Göttern dir gleich!
So schrecklich, so löblich, an Wundern so reich?

Du reckest aus den gewaltigen Arm,
Und die Tiefe verschlinget der Feinde Schwarm.

Du reckest aus die barmherzige Hand
Und führest dein Volk ins verheißene Land.

Vernehmet's ihr Feinde und bebet zurück,
O Kanaan hör's, Philistäa erschrick!

Ihr Fürsten von Edom, erzittert und weicht,
Gewaltige Moabs, erstarrt und erbleicht!

Du aber, o Herr, zeuch herrlich voran,
Und brich deinem Volk durch die Feinde die Bahn;

Auf trockener Straße durch's brausende Meer,
Auf blutigem Pfade durch Amaleks Heer;

Durch der Wüste Sand, durch der Sonne Brand,
Hindurch, hindurch ins verheißene Land!

Da soll dir auf Zions erhabenen Höhn,
O König der Ehren, dein Heiligtum stehn.

Du Herr, sollst König sein ewiglich,
Und preisend wohne dein Volk um dich! –

So brauste gewaltig das Schilfmeer entlang
Der Kinder Israel Siegesgesang.

Mit mächtiger Stimme sang Mose es vor,
Und die Männer erwiderten's hallend im Chor.

Mit Paukengewirbel fiel Mirjam darein,
Und die Jungfrau'n tanzten den fröhlichen Reihn.

Und über der Brandung mächtig Gebraus
Tönt's weit in die Ferne der Zeiten hinaus.

Dem Volke Gottes zum Trost im Streit
Hallt's durch Jahrtausende laut bis heut':

,,Der Herr hat gewaltige Taten getan,
Gestürzet ins Meer Roß, Wagen und Mann!

Mara.

2. Mose 15, 23 – 25.

„Mara, Mara", sprach das Volk, „wer kann dieses Wasser trinken?
Sollen wir so hart am Quell noch verschmachtend niedersinken?"
Aber Mose schrie zum Herren, der ein heilend Holz ihm wies,
Und er warf es in den Brunnen und der bittre Quell ward süß.

Mara, Mara rief mein Herz oft an trüben Wasserströmen,
Wollte nicht den bittern Trank, nicht den Kelch der Trübsal nehmen,
Und ich schrie zu meinem Gotte, und er wies auch mir ein Holz,
Unter dessen Wunderkräften alle Bitterkeit zerschmolz.

Kennst, o Seele, du das Holz, jenes Holz, davon ein
Splitter
Sänftigt auch den herbsten Kelch und versüßt, was
noch so bitter,
Wandelt in ein Meer der Gnaden aller Leiden trübe
See,
Lindert alle Lebensnöten, stillet alles Todesweh?

Geh zu Jesu Marterholz, miß an seinem Kreuz das
deine!
Denkst du seiner großen Last, – kannst du murren
um die kleine?
Will der Knecht auf Rosen gehen, wo der Herr die
Dornen trug?
Über Nadelstiche schelten, wo man Ihn mit Fäusten
schlug?

Sieh am blut'gen Kreuzesstamm Gottes Liebling
schuldlos dulden,
Und dann schlag an deine Brust und gedenke deiner
Schulden,
Sprich: Mein Herr hat nichts verbrochen und ist
doch so hart beschwert,
Aber du und ich empfangen nur was unsre Taten
wert.

Seele, geh zu Jesu Kreuz, siehe wie er ohne Klagen
Als ein stilles Gotteslamm alle Schuld der Welt getragen,
Lern' auch du gelassnen Mutes über deinen Kidron gehn,
Sprich: O Vater, nicht mein Wille, nur der deine soll geschehn!

Denk an deines Heilands Kreuz, denk an deines Heilands Krone:
Der gehorsam war zum Tod, sitzet nun auf goldnem Throne;
Sprich: Mein Herz, der Weg zum Himmel gehet nur durch Kreuz und Streit,
Und wer mit dem Herrn gelitten, geht mit ihm zur Herrlichkeit!

Mara, Mara, spricht das Fleisch, will den bittern Kelch nicht schmecken,
Will am Tag des heißen Streits zagend seine Waffen strecken,
Aber du, o Holz des Heiles, Stamm des Kreuzes, sei gegrüßt,
Der die schwerste Last erleichtert, der den herbsten Trank versüßt!

Wasser aus dem Felsen.

4. Mose 20, 1 – 12.

Zwischen bleichem Felsgesteine,
Heiß geglüht vom Sonnenscheine,
Lagerte die Volksgemeine
Murrend in der Wüste ,,Zin".

Lechzend in der Straße Staube
Denken sie das Safts der Traube,
Und der Feig' im fetten Laube,
Des Granatsbaums Purpurfrucht.

,,Lieber in der Knechtschaft sterben,
Als im fremden Land verderben,
Wo die Erd' ein dürrer Scherben,
Wo kein Brünnlein Wassers quillt!"

Und der Dulder vieler Plagen,
Und der Mittler aller Klagen,
Mose hebt den Stab, zu schlagen
An des Felsen starre Brust.

Sieh, da springt die Wasserader
Funkelnd aus granitnem Quader,

Und des Volkes bittrer Hader
Wandelt sich in Lobgesang.

Tier und Mensch in tiefen Zügen
Trinken bis zum Vollgenügen,
Wandeln mit gefüllten Krügen
Fürbaß ins gelobte Land. –

Kannst du mir den Stab entdecken,
Mächtiger als Moses Stecken,
Der noch heut' vermag zu wecken
Wasser in der Wüste Sand?

Quellen schlägt er aus den Klüften,
Leben ruft er aus den Grüften,
Hilfe holt er aus den Lüften:
Des Gebetes Wunderstab.

Weißt du diesen Stab zu führen,
Gehst du frei durch Eisentüren,
Kannst Gott selbst im Himmel rühren,
Daß er dir sein Zepter neigt.

David, wie die Psalmen singen,
Paulus wußt' ihn auch zu schwingen,
Einer Heidin half er zwingen
Selbst des Heilands göttlich Herz.*)

*) Matth. 15, 28.

Und die Jungen wie die Alten,
Und ein Kindlein kann ihn halten,
Felsen kann er heut' noch spalten,
Wo man ihn im Glauben führt.

Selig, wer an diesem Stabe
Durch die Wüste wallt zum Grabe:
Ihm gebricht's an keiner Gabe
Auf des Lebens Pilgerbahn.

Kühlen Trunkt im Sonnenbrande,
Frischen Quell im Wüstensande,
Himmelstrost im fremden Lande
Schlägst du mit dem Stab heraus.

Nimm ihn fest in beide Hände,
Halt ihn wacker bis zum Ende,
Führt dein Pfad an Felsenwände:
Schlag den Felsen mit dem Stab.

Schlugest du zuerst mit Zagen,
Darfst es kühnlich nochmals wagen,
Darfst den Fels auch dreimal schlagen,
Sollst ja du kein Mose sein!

Am Bache Krith.

1. Kön. 17, 5. 6.

Elias haust als stiller Eremit
Am Bache Krith,
Hier birgt er sich am frischen Waldesborn
Vor Ahabs Zorn,
Hier spottet er am kühlen Wüstenquell
Des heißen Grimms der stolzen Jsebel,

Die Sonne glüht, es dorrt im Sonnenbrand
Ringsum das Land;
Kein Regen fällt, es labt kein Tropfen Tau
Die dürre Au,
Kein Brünnlein fließt, kein Blümlein kann mehr
blühn,
Am Krith allein da rauscht's noch kühl und grün.

Kristallen quillt aus feuchtem Felsgemach
Der wilde Bach,
Waldbäume wölben ob des Pilgers Haupt
Sich dichtbelaubt,
Ein Felslock ist des Siedlers Ruhebank,
Das Moos sein Bette und der Bach sein Trank.

Ringsum im Lande schreien sie nach Brot,
Er hat nicht Not;
Die Raben bringen täglich mit Gekreisch
Ihm Brot und Fleisch;
Ein lichter Engel, wie ein schwarzer Rab'
Steht Gott dem Herrn zu Dienst als Edelknab'.

Am Bache Krith, da ist es still genug: –
Ein Vogelflug,
Ein Rabenschrei, des Löwen fern Gebrüll, –
Sonst alles still;
O heil'ge Stille, hehre Einsamkeit,
Dem Manne Gottes ist's um dich nicht leid.

Hier fühlt er sich im unerforschten Hain
Mit Gott allein;
Hier weht in jedem Baum, in jedem Strauch
Des Schöpfers Hauch;
Das Felsental, der hohe Wald ringsum
Verklärt sich ihm zum hehren Heiligtum.

Uralte Bäume streben schlank empor
Als Säulenchor,
Drob wölbt sich zum erhabnen Kuppelbau
Das Himmelsblau,
Drin aufgehängt am hohen Firmament
Als ew'ge Lampe Gottes Sonne brennt.

Die Morgenwinde rauschen ihren Psalm
Im Laub und Halm,
Die Abendröte flammt als Opferbrand
Am Felsenrand,
Als Fackelträger halten in der Nacht
Die Sterne Gottes stille Tempelwacht.

O hohe Lust, allein mit Gott dem Herrn,
Von Menschen fern,
Belauschen seines Odems heil'ge Spur
In Wald und Flur,
Behorchen was der Menge unbewußt,
Sein Geist mir sagt im Heiligtum der Brust.

Des Tages Lärm, der Menschen Lust und Pein
Wird hier so klein;
Vergessen ist, was sonst das Herz bedrückt,
Den Geist umstrickt;
Ich steige nieder in der Wesen Grund
Und bad' im Quell der Wahrheit mich gesund.

Drum wenn auch dich dein Gott in Wüsten weist
Und ruhen heißt,
Wenn dir die Welt oft kalt und liebelos
Die Tür verschloß,
Dann baue du als stiller Eremit
Dein Hüttlein dir, o Freund, am Bache Krith.

Dir fließt ein Krith im grünen Waldesschoß
Bei Fels und Moos,
Dir fließt ein Krith im stillen Kämmerlein
Bei Lampenschein;
Wo sich ein Herze still in Gott versenkt,
Da wird es aus dem Bache Krith getränkt.

Und wenn das Bächlein, das dich still vergnügt,
Zuletzt versiegt,
Und wenn der Herr aus deinem Friedenszelt
Dich ruft ins Feld,
Dann steh als Gottes Knecht mit Freuden auf
Und richte stracks gen Zarpat deinen Lauf.

Ezechiels Strom.

Ezech. 47.

Ezechiel sah Gottes Haus
Und maß die Tempelschwellen,
Da floß ein heil'ger Strom heraus
Mit immer tiefern Wellen;
Erst an die Knöchel, dann ans Knie,
Dann an die Lenden gingen sie,
Dann übers Haupt dem Seher.

Kennst du den Quell, aus Gottes Dom
Geheimnisvoll entsprungen;
Erst ist's ein Bach, dann wird's ein Strom
Und hält die Welt umschlungen?
Mich nahm ein Engel an der Hand
Und führte mich an seinen Rand,
Die Tiefe zu ergründen.

Als ich ein frohes Kindlein war
Und drein die Füße setzte,
Da war's ein Brünnlein silberklar,
Das mir die Sohle netzte;
Durchs Wasser schien der goldne Grund
Mit Muscheln bunt und Kieseln rund:
Mir ging's bis an die Knöchel.

Und als ich mit dem Brünnlein lief
An seinen grünen Borden:
Das Bächlein war zum Bache tief,
Das Kind zum Knaben worden;
Ich schritt hinein, wohl angestemmt,
Doch hat mich's schier hinweggeschwemmt:
Schon ging' bis an die Kniee.

Als Jünglein trat ich wieder her,
Da kam's, ein Fluß, gezogen;
In klaren Wellen spiegelt' er
Den blauen Himmelsbogen;
Ich stieg hinab mit Schauerlust,
Fast schwand der Odem in der Brust,
Es ging bis an die Lenden.

Da ich als Mann die Flut geprüft
Nach aber tausend Ellen,

Hat sich der Fluß zum Strom vertieft,
Mit majestät'schen Wellen;
Die Woge hob und trug mich hin,
Ich stand nicht mehr, ich schwamm darin,
Kein Grund war mehr zu finden.

Wem ist der heil'ge Strom bekannt,
Wer kann mir ihn erraten,
Drin schwimmen muß der Elefant,
Darin das Lamm kann waten?
Ein Kindlein wandelt spielend drin,
Ein Mann versinkt mit Geist und Sinn
In seinen Wundertiefen?

An den Wassern Babylon.

Psalm 137.

„An den Wassern Babylon
Sitzen wir und müssen weinen,
Unsrer Seufzer Klageton
Mit der Wellen Lied vereinen,
Gramvoll muß sich unser Blick,
Unser Haupt in Tränen senken,
Wenn wir an der Heimat Glück,
Zion, wenn wir dein gedenken."

„An den Wassern Babylon
Sind die Harfen aufgehangen,
Drin mit leisem Geisterton
Seufend sich die Winde fangen;
Unser Finger wagt nicht mehr
In die Saiten sich des Psalters,
Der so freudig und so hehr
Auf Morija klang vor Alters."

„An den Wassern Babylon
Heißen uns die Feinde singen,
Rufen uns mit schnödem Hohn:
Laßt ein Lied von Zion klingen!
– Sängen wir das Lied des Herrn
In den fremden Heidenlanden,
Von der süßen Heimat fern,
Ach, wir würden nicht verstanden!"

„An den Wassern Babylon,
Wenn ich Zions nicht gedächte,
So vergesse Gott zum Lohn
Ewig mich und meine Rechte;
Meine Zunge soll am Gaum
Wie ein dürres Blatt mir kleben,
Wo nicht Zion bleibt mein Traum
Und Jerusalem mein Leben."

„An den Wassern Babylon
Harren wir des Tags der Rache.
Denn der Herr im Himmelsthron
Führet seines Volkes Sache;
Falsches Edom, Judas Blut
Wird der Herr aufs Haupt dir wettern!
Stolze Babel, deine Brut
Soll man dir am Stein zerschmettern!"

An den Wassern Babylon,
An des Euphrat Uferweiden
Sang das Volk in harter Fron
Seinen Zorn und seine Leiden;
Aber heute, heute noch
Singet Zion Klagepsalmen,
Denkt es unter Babels Joch
An der Heimat Friedenspalmen.

An den Wassern Babylon
Faßt mich oft ein finstres Trauern,
Denk' ich an der Feinde Hohn
Und an Salems öde Mauern;
Zion, ach, wo ist dein Glanz,
Wo sind deine stolzen Hallen?
Gottes Volk, dein Ehrenkranz,
Weh' er ist vom Haupt gefallen!

An den Wassern Babylon
Fühl' ich oft ein still Entzücken,
Darf ich, ein verlorner Sohn,
Nach der Heimat Berge blicken,
Darf ich durch den Tränenflor
Nach dem obern Zion schauen,
Dem der Herr sein Perlentor
Will auf Saphirgründen bauen.

An den Wassern Babylon
Sitz' ich still und zähl' die Wellen,
Zähl' die Wellen, die entflohn,
Zähl' die Wellen, die noch schwellen,
Zähle jeden Stundenschlag
Meiner siebzig Knechtschaftsjahre,
Bis auf den Erlösungstag,
Da ich heim gen Zion fahre.

An den Wassern Babylon
Hör' ich wohl der Welt Getümmel,
Doch ich bleibe gern davon,
Trag' im Herzen meinen Himmel;
Fahr, o Welt, im bunten Lauf
Hin auf Babels breiten Straßen,
Meine Flügel heb' ich auf
Nur nach Salems goldnen Gassen!

An den Wassern Babylon
Heißt mich nicht zur Harfe greifen,
Tanzen nicht nach eurem Ton,
Nicht zu eurem Spiele pfeifen;
Eines gönnet mir, daß ich
Einsam wandle, stille weine;
Euer Lied ist nicht für mich,
Und für euch ist nicht das meine.

An den Wassern Babylon
Hör' ich schon des Herrn Gerichte,
Seh' die Wetterwolken drohn,
Drunter Babel wird zunichte;
Eh' in mir ein Tropfen Blut
Fröhnet Edoms falschen Göttern,
Eh' will ich die Schlangenbrut
In der eignen Brust zerschmettern.

An den Wassern Babylon
Eins, Herr, gönne mir indessen:
Laß mich in der fremden Fron
Meiner Heimat nicht vergessen!
Auf nach Zion, mein Gebet,
Meine Seufzer, meine Psalmen,
Bis die freie Seele geht
Unter Salems Friedenspalmen!

Jordan.

Marc. 1, 9.

Durch der Erde weit Gefilde
Rauschet manch erlauchter Strom;
Herrlich spiegelt sich im *Rheine*
Rebenhügel, Burg und Dom;
An des *Tiber* gelben Fluten
Türmt sich stolz das alte Rom;
Hoch von Bergen bringt der *Ganges*
Himmelsluft und Waldarom.

Doch wie heißt das stille Wasser,
Dem das laut'ste weichen muß,
Das der Pilger knieend grüßet
Mit entzückter Andacht Gruß,
Drin er leise schauernd netzet
Stirn und Wange, Hand und Fuß?
Das bist du, o Sohn des Hermon,
Benedeiter Jordanfluß!

Zwar du wiegst auf deinen Wellen
Keinen stolz beflaggten Mast,
Schaust in deiner grünen Wildnis
Keines Fürsten Prachtpalast,
Trägst auf dem geweihten Nacken
Keiner Brücke Marmorlast:
Doch wo sah ein Strom auf Erden
Je, was du gesehn hast?

Seit in grauen Vorweltstagen
Jakob deine Furt durcheilt,*)
Vor Jehovahs heil'ger Lade
Fromm sich deine Flut geteilt,**)
Gnadenvoll des Syrerfürsten
Bösen Aussatz du geheilt,***)
Immer hat auf deinen Wassern
Segnend Gottes Geist geweilt!

Aber deine größte Stunde
Gönnte dir dein Gott zuletzt,
Als mein Herr in deine Fluten
Seinen heil'gen Fuß gesetzt,
Als die frommgesenkte Stirne
Ihm des Täufers Hand benetzt,
Und aus Himmelshöhen segnend
Klang des Vaters Stimme jetzt!

*) 1 Mos. 32, 10. – **) Jos. 3, 15. – ***) Kön. 5, 10. 13. 14.

Glänzte nicht in goldnem Schimmer
Damals deiner Wellen Schaum?
Bebte nicht ein leises Rauschen
Feierlich durch Busch und Baum?
Wurde nicht die stille Wüste
Rings zum Paradiesesraum?
Singst du nicht von jener Stunde
Heute noch entzückt im Traum?

Heil'ger Strom, dem in der Stille
Gott solch himmlisch Heil beschied,
Weil er fromm den Staub der Straßen,
Das Gewühl der Städte mied,
Einsam rinnen deine Wellen
Unter Weiden, Schilf und Ried,
Aber dem geweihten Ohre
Flüstern sie ein selig Lied:

Singen von dem Strom der Gnade,
Der nicht lärmend wogt und wühlt,
Aber tief im stillen Grunde
Frommer Herzen wird gefühlt,
Leis die sündenkranke Seele
Rein von ihren Flecken spült
Und des Pilgers heiße Stirne
Mit dem Tau des Himmels kühlt.

Der Jakobsbrunnen.

Joh. 4, 6 ff.

Brennend flammt die Sonnenglut über Sichems goldnen Matten,
Müde ruht ein Wandersmann in der Terebinthen Schatten,
Einsam in der Mittagsstille sitzt er an des Brunnens Ranft,
Über die besonnten Fluren schweift sein Auge hehr und sanft.

Nicht ein Hauch bewegt die Saat, nicht ein Lüftlein rührt die Äste,
Jedes Blümlein senkt sein Haupt, jedes Vöglein schweigt im Neste,
Wie verzaubert glimmt die Erde rings im heißen Mittagslicht,
Alles ruht und alles schlummert, nur des Heilands Liebe nicht.

Und den Krug zu füllen kommt von der Stadt her
eine Dirne
Und er blickt und spricht sie an, und sie senkt die
kecke Stirne:
„Herr, wer kann vor dir bestehen, du bist wahrlich
ein Prophet,
Dessen Blick die Nieren prüfet, dessen Wort zu
Herzen geht!"

Und er führt sie in ihr Herz, daß vor Scham die
Wangen brennen,
Und er weist sie himmelan, lehret sie den Vater
kennen:
„Nicht in Zions Zedernhallen, nicht vom Berge
Garizim,
Nur im Geist und in der Wahrheit dient sein Volk
der Zukunft ihm."

Und die Jünger kommen nach, bringen Speise ihm
zu essen,
Doch in seines Vaters Dienst hat er Speis und
Trank vergessen,
Selber tränket er die Seelen, aber nicht aus ird'schem
Krug,
Wer von seinem Wasser trinket, der hat ewiglich
genug,

Ei, so kommt und schöpft bei ihm, kommt und füllt
umsonst die Krüge,
Dort ist Labsal für den Durst, Seligkeit und volle
G'nüge;

Trifft dich nicht sein helles Auge in der Seele tiefstem
Grund?
Löst nicht seine holde Rede, jedes Siegel dir vom
Mund?
Brennend flammt die Mittagsglut über Sichems
goldnen Matten,
Manche Seele sehnet sich aus der Hitze in den
Schatten;
Dürstend schaut die ew'ge Liebe dort hinaus in
alle Welt,
Auf, ihr Schnitter, bringt die Garben, weiß zur
Ernte ist das Feld.

Bethesda.

Joh. 5, 2 – 14.

Um Bethesdas wunderbaren,
Gnadenvollen Teich
Lagern in gedrängten Scharen
Kranke, matt und bleich,
Harren, bis des Engels Flügel,
Leis die Flut erregt,
Und der stille Wasserspiegel
Zitternd sich bewegt.

Wer im selben Augenblicke
Tauchet auf den Grund,
Nimmer braucht er Stab und Krücke,
Denn er ist gesund;
Jubelnd steigt er aus dem Bade,
Seine Not ist aus,
Preisend seines Gottes Gnade
Wandelt er nach Haus.

Aber achtunddreißig Jahre
Liegt ein Kranker dort,
Schon erbleichen seine Haare,
Seine Kraft verdorrt;
Suchst denn du allein vergebens,
Armer, Hilf und Heil?
Ward so hart am Brunn des Lebens
Dir kein Trost zu Teil?

„Ach wie soll denn ich gesunden?
Bin ein armer Mann
Keinen hab' ich noch gefunden
Der mir wohlgetan,
Der mich, wenn des Engels Flügel
Leis die Wellen schlug,
Zum bewegten Wasserspiegel
Hilfreich niedertrug."

„Bis ich meine kranken Glieder
Mühsam aufgerafft,
Steigt ein andrer stets hernieder
Rüstiger an Kraft,
Und derweil ich nach ihm blicke,
Schmerzlich überrascht,
Hat mir Armen er das Glücke
Kühn vorweggehascht."

„Hundert Gäste sah ich kommen
Elend und gebückt,
Abschied haben sie genommen
Aufrecht und beglückt;
Hundertmal bis an die Schwelle
Kam mir selbst mein Glück,
Aber tückisch wie die Welle
Rauscht es stets zurück."

„Wandert ich am goldnen Morgen
Voller Hoffnung aus:
Abends trug ich meine Sorgen
Ungeheilt nach Haus;
Schlich ich mich am trüben Abend
Ungetröstet heim:
Morgens sproßte trüglich labend
Neuer Hoffnung Keim."

„Und so fliehen meine Jahre,
Meine Kraft verdorrt,
Und so schlepp ich bis zur Bahre
Meine Plage fort;
Allen steht der Heilquell offen,
Mir nur bleibt er zu,
Für mein Sehnen, für mein Hoffen
Ist im Grab nur Ruh."

Sieh, da trifft ihn voll Erbarmen
Jesu Gnadenblick,
Und vom Himmel fällt dem Armen
Unverhofft sein Glück;
,,Nimm dein Bett und wandle wieder",
Spricht der heil'ge Mund,
Gottes Kraft durchzückt die Glieder,
Und er ist gesund.

Hoffe, Herz, es kommt die Stunde
Wo du ausgeweint,
Wo aus des Erbarmers Munde
Dir auch Trost erscheint;
Wenn kein Mensch und wenn kein Engel
Deiner Not gedenkt,
Hat er schon den Palmenstengel
Mild auf dich gesenkt.

Luft und Wasser kann er segnen,
Wann es ihm gefällt,
Kann vom Himmel Gnade regnen,
Ihm gehört die Welt;
Ohne Kraut und ohne Salben
Heilt sein kräftig Wort,
Den Verlassnen allenthalben
Ist er Arzt und Hort.

Tauche gläubig deine Wunden
In sein Gnadenmeer,
Aber hast du Gnade funden,
Sündige nicht mehr,
Wandle auf dem Friedenspfade,
Bet' ihn ewig an,
Dessen Macht und dessen Gnade
Viel an dir getan.

Siloah.

Joh. 9, 7.

Geh zum Siloah, blinde Seele,
Da bade dich im lautern Quell,
Da wirst du rein von deinem Fehle,
Da wird dein blödes Auge hell;
Ob Nächte deinen Blick umfloren,
Dort wasche klar dein trüb Gesicht,
Komm, Freund, und wärst du blindgeboren,
Geh zum Siloah, werde Licht!

Geh zum Siloah, – tausend Bronnen
Durchrauschen rings die Erdenflur
Versprechen Heil, verheißen Wonnen
Und täuschen doch die Seele nur,
Zu allen trug ich meine Krüge,
An allen sog mein heißer Mund,
Doch keiner gab mir volle G'nüge,
An keinem ward mein Herz gesund.

Den Strom der Weltlust sah ich blinken,
Ich kostet' ihn, mein Herz blieb matt;
Am Born des Wissens wollt' ich trinken,
Ich schöpfte lang und ward nicht satt;
Der holde Silberquell der Musen,
Er gab mir Labung, doch kein Heil;
Am Liebesbronn aus Freundesbusen
Ward mir – nur Menschentrost zu Teil.

Am Wege stand ich als ein Blinder,
Den Geist umhüllt von tiefer Nacht,
Einsam im Strom der Menschenkinder,
Trostlos in all der Erdenpracht,
Und wie ich seufzte, wie ich klagte,
Mein dürstend Herze fand kein Licht,
Und wo ich suchte, wenn ich fragte,
Kein Menschenmund gab mir Bericht.

„Geh zum Siloah, blinde Seele!"
Klang's plötzlich wie aus Himmelshöhn,
Und um die dunkle Augenhöhle
Fühlt ich ein warmes Liebeswehn,
Wie Balsam spürt' ich das Berühren
Von einer sanften Heilandshand,
Ich sah nicht, doch ich ließ mich führen,
Bis ich den Quell Siloah fand.

Siloah ist ein stiller Bronnen,*)
Leis fließt er hin wie Mondesstrahl,
Von Zion kommt er hergeronnen
Und senkt sich tief ins finstre Tal;
Siloah ist, „vom Herrn gesendet",
Der lautre Strom, das Gotteswort,
Der Wunderquell, der Leben spendet
Und himmlisch Licht am dunklen Ort.

Dort netzt' ich meine Augenlider.
Und sah empor und jauchzte leis,
Und kniete hin und wusch mich wieder,
Und jauchzte laut zu Gottes Preis;
Ich sah! ich sahe Gottes Himmel,
Ich sahe Gottes schöne Welt,
Sah durch der Erde bunt Gewimmel
Den sichern Pfad zum Sternenzelt.

Geh zum Siloah, blinde Seele,
Da bade dich im lautern Quell,
Da wirst du rein von deinem Fehle,
Da wird dein blödes Auge hell;
Ob Nächte deinen Blick umfloren,
Dort wasche klar dein trüb Gesicht,
Komm, Freund, und wärst du blindgeboren,
Geh zum Siloah, werde Licht!

*) Jes. 8, 6.

Der Sturm im Meere.

Matth. 8, 23 – 27.

Es braust der See Tiberias,
Es schwankt das leichte Boot,
Die Jünger kämpfen schreckensblaß
Mit schwerer Sturmesnot,
Er aber schläft mit Frieden
Als wie im sichern Haus
In seligem Ermüden
Vom heißen Tagwerk aus.

Er schläft, umrollt vom Donnerhall,
Vom Wetterschein umblitzt,
Er schläft, gewiegt vom Wogenschwall,
Vom Gischt und Schaum umspritzt,
Er schläft, die Wellen decken
Das schwache Schifflein schier,
Da kreischts in jähem Schrecken:
Herr, hilf, sonst sinken wir!

,,Kleingläubige, was zagt ihr doch?"
Sieh da, vom Sturm umwallt,
Er steht im Schifflein still und hoch
Die herrliche Gestalt,
Reckt in die Wetternächte,
Reckt in das Sturmgebrüll
Die königliche Rechte –
Und Wind und Meer wird still.

Und ob der See noch leise schäumt
Und tief im Grunde kocht,
Die Elemente sind gezäumt,
Der Abgrund unterjocht;
Der Donner kennt die Stimme,
Davor die Welt erbleicht,
Daß er in dumpfem Grimme.
Sich ins Gebirge schleicht.

Mit blankem Segel schwebt das Boot
Gelassen wie ein Schwan
Dahin im milden Abendrot
Auf spiegelheller Bahn;
Die Menschen aber fragen:
Was ist das für ein Mann,
Vor dem die Stürme zagen? –
Und beten Jesum an.

Ja, bet ihn an, und wenn dein Schiff
Auf wilden Wogen schwebt,
Und wenn vor Klipp und Felsenriff
Dein schwaches Herze bebt,
Und wenn in Sturm und Wetter
Auf Menschen kein Verlaß,
Dann, Seele, ruf dem Retter
Vom See Tiberias!

Und schweigt er dir und schläft er noch:
Halt an und ruf mit Macht,
Zur rechten Stunde hört er doch,
Ist nie zu spät erwacht,
Reckt in die Wetternächte,
Reckt in das Sturmgebrüll
Die königliche Rechte –
Und Wind und Meer wird still.

Und wenn durchs Herz das wilde Heer
Der Leidenschaften stürmt,
Die Seele wie ein zornig Meer
Sich hoch in Wogen türmt,
Dann weck vom Schlummerkissen
Im Herzensgrunde tief,
Im innersten Gewissen
Den Meister, der da schlief.

Ersteht im Herzen still und mild
Die himmlische Gestalt,
Dann legt vor seinem Friedensbild
Sich Sturm und Unruh' bald;
Dann schwebt auf ebnem Pfade
Dein gottgelassner Sinn
Im Friedenshauch der Gnade
Sanft ob dem Abgrund hin.

Herr Jesu, bleibst nur du an Bord
Mein göttlicher Pilot,
Dann schwimmt mein Schifflein fröhlich fort,
Dann fürcht ich keine Not,
In deinem Gottesschirme
Land' ich auf ebner Bahn
Durch Sonnenschein und Stürme
Im Port des Friedens an.

Der Bach Kidron.

Joh. 18, 1.

Da Jesus solches geredelt hatte, ging er hinaus mit seinen Jüngern über den Bach Kidron, da war ein Garten, darein ging Jesu und seine Jünger.

Aus des Ölbergs nächt'gen Schatten,
Horch, was rauscht so leis hervor?
Durch die mondbeglänzten Matten,
Schau, was blinkt wie Silberflor?
Bald im Düstern
Hör ich' flüstern,
Schluchzend wie ein Weh und Ach,
Bald im Hellen
Seh ich's schwellen:
Kidron ist's der Königsbach.

Kidron, denkst du alter Zeiten?
Murmelst von verjährtem Weh?
Siehst du David wieder schreiten
Flüchtig her von Zions Höh,
Wie er schweigend,
Still sich beugend,
Mit gelaßnem Duldertritt
Ohne Krone
Unter Hohne
Durch dein hartes Kiesbett schritt?*)

„Nein, ich denk' nicht alter Zeiten,
Nein, ich klag' um neues Weh!
Einen König sah ich schreiten
Heute nach Gethsemane,
Einen reinen,
Wie noch keinen
Die befleckte Erde trug,
Einen bleichen
Ohnegleichen
Den die ganze Hölle schlug."

„Ach ich sah ihn einsam wallen,
Nur drei Männer zum Geleit,

*) 2. Sam. 15, 23.

Sah ihn auf sein Antlitz fallen
In den Staub vor Herzeleid,
Sah ihn zagen,
Hört' ihn klagen,
Hört' ihn angstvoll dreimal flehn:
„Abba, lieber,
Hilf hinüber,
Laß den Kelch vorübergehn!"

„Und sein Marterbild nun trag' ich
In den Wellen tausendfach,
Und mit leisem Schluchzen klag' ich
Um sein rührend Weh und Ach,
Darum tönet,
Darum stöhnet
Also kläglich meine Flut,
Darum schwellen
Meine Wellen
Angstvoll wie in Fieberglut."

„Ewig, ewig möcht' ich weilen
An dem heil'gen Schmerzensort,
Und doch muß ich fürbaß eilen,
Und doch treibt die Angst mich fort,
Aufzuwecken,
Aufzuschrecken

Alle Welt in dieser Nacht:
Aus dem Bette!
Hilf und rette!
Denn die Hölle ist erwacht!"

Kidron, Kidron, Bach der Schmerzen,
Ja du sahst ein großes Leid,
Trag es still in deinem Herzen,
Trag es bis ans Ziel der Zeit;
Ihn, dem dienen
Seraphinen,
Sahst du in des Todes Staub,
Ihn, des Schelten
Schreckt die Welten, –
Zittern wie ein Espenlaub!

Herrlich stand er als ein König,
Dessen stiller Majestät
Wind und Wellen untertänig,
Einst am See Genezareth,
Leise rauschte,
Selig lauschte
Jordan bei dem Himmelston:
Diesen höret,
Diesen ehret,
Denn er ist mein lieber Sohn!

Aber der durch Jordans Auen
Schritt als göttlicher Prophet,
Den als König durfte schauen
Dort sein See Genezareth, –
Nun als Priester
Erst beschließt er
S' heilig Werk am Kreuzesstamm,
Trägt die Strafe
Für die Schafe:
Siehe, das ist Gottes Lamm!

Drum auf ewig sei gesegnet,
Kidron, königlicher Bach,
Weil du meinem Herrn begegnet
Auf dem Gang zur Kreuzesschmach,
Und so lange
Du vom Hange
Deines Ölbergs rinnst zu Tal,
Sollst du zeugen
Und nicht schweigen
Von des treusten Hirten Qual.

Ob du unter Frühlingsrosen
Silberhell vorüberquillst,
Oder in des Winters Tosen
Schäumend aus den Ufern schwillst,

Sollst du klagen,
Sollst du sagen
Von des Menschenfreundes Weh,
Der gelitten
Und gestritten
Blutig in Gethsemane.

Kidron, bittrer Bach der Tränen,
Kidron, süße Gnadenflut,
Sänftige des Pilgers Sehnen,
Der an deinen Ufern ruht,
Spül die Schmerzen
Mir vom Herzen,
Erdenstaub und Sündenweh,
Bring zur Sühne
Mir das grüne
Ölblatt von Gethsemane!

Philippus und der Kämmerer.

Ap.-Gesch. 8, 26 ff.

Philippus schritt am Wanderstab
Dem alten Gaza zu,
Rings schwieg die Wüste wie ein Grab,
Er zog den öden Weg hinab
In stiller Geistesruh.

Da braust ein lauter Reisetroß
Von hinten an sein Ohr:
Sieh da! ein fremder Weggenoß!
Bunt schimmern Wagen, Mann und Roß,
Die Pferde lenkt ein Mohr.

Ein Negerfürst im Wagen sitzt.
Gehüllt in Scharlachtuch,
Sein güldenes Geschmeide blitzt,
Das krause Haupt, zur Hand gestützt,
Blickt sinnend in ein Buch.

Er hat in seines Tempels Pracht
Jersusalem gesehn,
Das heil'ge Buch sich mitgebracht,

Doch seinen Geist umflort noch Nacht:
Wie soll er es verstehn?

Da beut in heil'gem Geistestrieb
Philippus ihm den Gruß:
„Du liesest, was der Seher schrieb,
Doch eine Frage, Herr, vergib:
Sag an, verstehest du's?"

Ihn blickt der Fremde bittend an:
„Wie kann ich es verstehn?
Ich bin ein armer schwarzer Mann,
Bist du es, der mir's deuten kann:
Steig auf und laß mich sehn!"

Er schwingt sich auf den Wagentritt
Als hochwillkommner Gast;
Die Rosse gehen fromm im Schritt,
Das stille Feld, als horcht es mit,
Noch stiller wird es fast.

„Es geht ein Lamm zur Marterbank
Mit schweigender Geduld,
Ihr Sünder, sagt ihm ewig Dank,
Es ward um unsre Sünden krank
Und starb für unsre Schuld."

„Und weil der Knecht gehorsam war
Bis in des Todes Staub,
Erhöhte Gott ihn wunderbar,
Gab ihm zur Beute große Schar.
Die Starken ihm zum Raub."

Das ist Philippus Element,
Er übt sein Predigtamt,
Lebendig wird das Pergament,
Des Mohrenfürsten Herze brennt,
Sein dunkles Auge flammt.

Denn was er im Juwelenschrein
Kandaces nimmer sah,
Die *eine* Perle, himmlisch rein,
Die köstlicher als Edelstein,
Er fand am Weg sie da.

Der Pilger, welcher kurze Rast
An seiner Seite fand,
Die Zügel hat er selbst gefaßt,
Zum Führer wird ihm nun sein Gast
Ins rechte Vaterland.

Indes im Sand mit trägem Zug
Der Reisewagen zieht,

So fleugt ihr Geist mit Adlerflug
Im Wagen, der Eliam trug,
Durch himmlisches Gebiet.

Da glänzt abseits vom Wüstenpfad
Ein Teich im Silberlicht;
„Ist's nicht, als ob er freundlich lad:
Herbei, herbei zum heil'gen Bad!
O Herr, versag mir's nicht!"

„Und glaubst du denn von Herzensgrund?"
– „Ich glaub' an Gottes Sohn!"
„Wohlan, das ist die Gnadenstund',
Geschlossen sei der Segensbund!"
Die Rosse halten schon.

Das Reis'gefolge staunt und schweigt,
Indes zur klaren Flut
Der hohe Fürst entkleidet steigt,
Und fromm sich vor dem Täufer neigt,
Der seines Amtes tut.

Der Himmel glänzt so festlich klar,
Es weht ein sanfter Wind,
Aus Lüften säuselts wunderbar
Dem Erstling aus der schwarzen Schar:
„Auch du bist Gottes Kind!"

Und wie der Täufling hochbeglückt
zum Dankeswort sich faßt,
Da ist Philippus schon entrückt,
Er, der als Engel ihn geschickt,
Nahm auch hinweg den Gast.

Der andre zieht in Christi Kraft
Zur Heimat froh zurück; –
Gott geb' auch uns zur Pilgerschaft
Solch edle Reis'genosenschaft,
Solch himmlisch Wanderglück! –

Paulus im Sturm.

Ap.-Gesch. 27.

Es stürmt die wilde Adria,
Das Schifflein wird nicht flügg,
Nur einer steht am Borde da
Mit hellem Adlerblick,
schaut fest in die empörte Flut,
Und spricht zum Fährmann: ,,Steure gut,
Du führst – so fahre wohlgemut –
Den Cäsar und sein Glück!"

Und ihn beschützt des Sternes Macht,
An den er kühn geglaubt,
Er kommt und schlägt in heißer Schlacht
Den großen Feind aufs Haupt,
Und kehrt nach Rom im Siegesglanz,
Nennt Vater sich des Vaterlands,
Mit immergrünem Lorbeerkranz
Die kahle Stirn umlaubt. –

Und aber stürmt die Adria
In angestammter Wut,
Und aber kämpft im Sturme da
Ein Römerschifflein gut:
Sie ringen mit dem wilden Meer
Schon vierzehn Tag' und Nächte schwer,
Und sehn nicht Mond noch Sonne mehr,
Das bricht auch Römermut.

Nur einer stehet königlich
In Sturm und Wetterschein
Und spricht bei sich: ist Gott für mich,
Wer mag zuwider sein?
Nicht Schwert noch Purpur trägt er zwar,
Auch keinen Lorbeerkranz im Haar,
Doch tritt er in die bleiche Schar
Als wie ein König ein.

„Ihr lieben Männer, unverzagt;
Lobt Gott und brecht das Brot,
Ein Engel hat mir angesagt
Heut' Nacht des Herrn Gebot:
Du sollst für mich vorm Kaiser stehn,
Und diesen soll kein Leid geschehn,
Ob Mast und Kiel in Trümmer gehn,
Mit euch hat's keine Not." –

Ja, großer Knecht des größten Herrn,
Dich wirft kein Sturm zurück!
Fahr wohl, du hast dem rechten Stern
Vertrauet dein Geschick;
Ja, Schifflein, steure mutig fort,
Und rast der Sturm aus Süd und Nord,
Laß rasen, du hast mehr an Bord
Als Cäsarn und sein Glück.

Den Heiland führst du und sein Heil,
Du trägst den Herrn der Welt,
Der um sein fürstlich Erb' und Teil
Gen Roma zieht ins Feld;
Und wer zu seiner Fahne schwört
Und unter seiner Flagge fährt,
Steigt aus den Fluten unversehrt,
Ob auch sein Schiff zerschellt.

Und du auf deinem Kaiserthron,
Wirst, Nero, du nicht bleich?
Ahnst du von diesem Judensohn
Den nahen Todesstreich?
In Ketten wird er dir gesandt,
Schiffbrüchig schwimmt er an das Land,
Verblutet unter Henkershand,
Und nimmt dir doch das Reich!

Das Missionsschiff.

Einer Missionsbraut zum Abschied
im Frühling 1860.

Seht das Schiff! – auf blauen Wogen
Schneeweiß kommt's einhergezogen,
Majestätisch wie ein Schwan,
Die besonnten Segel spreitend,
Lautlos gleitend
Furcht's den stillen Ozean.

Engel, führt's am Rosenbande
Sichern Laufs zum Palmenstrande,
Schützet es vor Sturm und Riff;
Winde, weht mit weichem Flügel,
Wellenhügel,
Wieget sanft dies heil'ge Schiff!

Denn es ist die Noahstaube
Mit des Ölzweigs grünem Laube,
Ist das Schiff der Mission,
Trägt fünf reine, gottgeweihte
Pred'gerbräute
Nach der Negerstation.

Seht, vom Morgenrot beschienen,
Sitzen sie mit heitern Mienen
Hand in Hand am Borde da,
Südwärts ihre Blicke wendend,
Seufzer sendend
Nach dem fernen Afrika.

Saget, bangt euch nicht, ihr Lieben?
Will sich euer Blick nicht trüben,
Klopft nicht plötzlich euch das Herz? –
,,Ja, uns tränt' ob heil'ger Führung
Oft in Rührung
Still das Aug', doch nicht vor Schmerz."

Sprecht, ihr lieben Christusbräute,
Sprecht, was zieht euch in die Weite?
Welcher Sehnsucht süße Glut? –
,,Nicht die Lust nach Weltgewinne,
Gottesminne
Führt uns durch die Meeresflut."

Welcher Werber kam gegangen,
Euer Jawort zu empfangen
Für den niegesehnen Mann?
,,Christus klopfte an die Pforte,
Sprach die Worte:
Denk, was ich für dich getan!"

Wer wird euch mit Myrthen zieren,
Zum Altar euch segnend führen
An der fernen Eltern Statt? –
,,Jesus wird die Hand auflegen,
Jesu Segen
Macht beim ärmsten Brautmahl satt."*)

Wer wird euer Schifflein schirmen,
Wenn die wilden Winde stürmen
Und die See in Wogen geht? –
,,Er, der Wind und Meer gescholten,
Als sie grollten
Dort im See Genezareth!"

Bangt euch nicht um eure Lieben,
Die daheim in Tränen blieben,
Wohl viel tausend Meilen fern? –
,,Nein, es schlingt um Meer und Lande
Heil'ge Bande
Die Gemeinschaft in dem Herrn."

Ist euch nicht vor Löw' und Schlange
Vor des Fiebers Gifthauch bange,
Vor des Negers Nachtgesicht? –
,,Nein, ich sperre zu den Rachen
Leu'n und Drachen,
Spricht der Herr – uns banget nicht."**)

*) Joh. 2, 1 – 11. **) Psalm 91, 13.

Lechzt ihr nicht nach Heimatlüften,
Nach des Neckars grünen Triften,
In der Wüste heißem Sand?
„Jesus führt auf grünen Auen
Die da trauen
Seiner treuen Hirtenhand."*)

Sagt, was wollt ihr drüben schaffen?
Zarte Jungfraun, welche Waffen
Nehmt ihr mit zum heil'gen Streit? –
„Wollen beten, glauben, lieben,
Demut üben,
Sterben, wenn's der Herr gebeut."

Nun so zieht dem Bräutigame,
In den Lampen Öl und Flamme,
Als fünf kluge Jungfraun zu;
Geb' euch Gott zum heißen Werke
Mut und Stärke,
Und am Sabbat süße Ruh'!

Engel, führt am Rosenbande
Diesen Kiel zum Palmenstrande,
Schützet ihn vor Sturm und Riff;
Winde, weht mit weichem Flügel,
Wellenhügel,
Wieget sanft dies heil'ge Schiff!

*) Psalm 23.

Das Meer gibt seine Toten wieder.

Offenb. 20, 13.

Auch das Meer gibt seine Toten wieder,
Wenn der Fürst des Lebens ruft,
Sie, die ohne Glockenklang und Lieder
Sanken in die nasse Gruft,
Die verzweifelnd mit dem Tod gerungen,
Eh' der grause Abgrund sie verschlungen,
Alle, die seit Noahs Flut
Bergetief im Meer geruht.

Weiter Freidhof mit viel tausend Hügeln,
– Keine Hand streut Blumen drauf,
Aber Sonne, Mond und Sterne spiegeln
Mild sich in der Wellen Lauf, –
Du auch sollst den Raub ihm wiedergeben.
Der die Auferstehung und das Leben;
Über Meer und über Land
Streckt er seiner Allmacht Hand.

Stille Schläfer in den kühlen Hallen,
Sanft vom Wellenschlag gewiegt,
Die ihr tief in Perlen und Korallen
Statt in Blumenkränzen liegt:
Ob in Meeresgrund, in Grabeshügeln –
Alle ruhn wir unter Gottes Flügeln!
Stille Schläfer, trüb und bleich,
Friede, Friede sei mit euch!

Blasse Bräute, tränenvolle Mütter,
Die ihr einst vom Felsenstrand
Sorgenvoll in Sturm und Ungewitter
Seewärts euern Blick gewandt,
Und auf die ihr harrtet schwerbeklommen,
Eure Lieben sind nicht wiederkommen, –
Weinet nicht: beim Auferstehn
Sollt ihr eure Toten sehn!

Großer König Himmels und der Erden,
Herrscher über Meer und Land,
Keine Seele soll entrissen werden
Deiner treuen Hirtenhand!
Nimm auch sie zu deinem Schutz und Segen,
Die kein Mensch zur Ruhe durfte legen,
Bis du, hoher Lebensfürst,
Sie und uns erwecken wirst!

Lob der Tränen.

Luk. 6, 21.

Selig seid ihr, die hier weinet,
denn ihr werdet lachen.

Kennst du die wunderbare Quelle,
Sie strömt nicht aus der Wolken Schoß,
Doch ist kein Tau so himmelhelle,
Der je aus Lüften niederfloß;
Kennst du den Brunn' aus dunkeln Gründen,
Die Felsenschlucht gebar ihn nicht,
Doch wirst du keinen Bergquell finden,
Der aus so tiefen Kammern bricht.

Seit, aus dem Paradies verstoßen,
Der Mensch im Schweiß das Feld bestellt,
Ist dieses Brünnlein stets geflossen,
Und fließet bis ans Ziel der Welt;
Wenn ringsum alle Bäche trocken,
Kein Tau vom heißen Himmel tropft,
Nie sah man diese Quelle stocken,
Noch diesen Brunnen je verstopft.

Soll ich die edlen Wasser preisen,
Die Gottes Huld der Welt verliehn,
Die Bäche, so die Fluren speisen,
Die Ströme, dran die Länder blühn,
Die Brunen, so die Durst'gen tränken,
Die Quellen, draus Gesundheit quillt:
So muß ich auch des Wassers denken,
Das warm des Menschen Auge füllt.

Den Quell der *Tränen* muß ich loben,
Denn wie aus dunklem Felsengrund
Ein lichter Brunnquell springt nach oben
Und macht der Tiefe Rätsel kund:
So quillt aus stiller Herzenskammer
Der Born der Tränen silberklar,
Und macht der Seele Freud' und Jammer
Im Licht der Sonnen offenbar.

Und wie ein Bach mit Segen letzet
Gebirge, Flur und Wiesenland,
Der Garten grünt, von ihm benetzet,
Und Blumen kränzen seinen Rand:
So steht, von Tränen erst begossen,
Dein Herzensgarten gut in Zucht,
Und wo der Zähren Tau geflossen,
Reift süßer jede Geistesfrucht.

Und wie des Wassers reine Seele
In zarten Dünsten steigt empor,
Daß sie dem Himmel sich vermähle
Als Ätherduft und Wolkenflor,
So fassen leis in goldnen Schalen
Die Engel deine Tränen auf,
Daß sie dir einst als Perlen strahlen
Im Kranze nach vollbrachtem Lauf.

Drum laß der Tränen Lob mich singen,
Obgleich die Welt es nicht versteht;
Dort werden Freudengarben bringen,
Die hier in Tränen ausgesät;
Hat doch der beste Sohn der Erde
Die Weinenden dereinst gelobt,
Und selbst in Kummer und Beschwerde
Der Tränen heil'ge Kraft erprobt.

Die Träne lob' ich, die in *Schmerzen*
Des Erdenpilgers Wange näßt;
Zwar fließt sie herb aus wundem Herzen,
Von Leid und Kummer ausgepreßt,
Doch wenn im Lenz die Rebe tränet,
Regt sich in ihr der edle Saft,
Und wenn ein Mensch vor Jammer stöhnet,
Erwacht in ihm die beste Kraft.

Die Träne lob' ich, die die *Buße*
Im Staub vor Gott zum Opfer bringt,
Wenn sie mit Magdalenens Kusse
Des Heilands Füße fromm umschlingt,
Die gleich dem Frühlingsstrom die Rinde
Verjährten Trotzes milde schmelzt,
Und Felsenlasten alter Sünde
Vom neugebornen Herzen wälzt.

Die Träne lob' ich, die der *Liebe*
Vom Herzensgrund ins Auge steigt,
Wenn sie mit Samaritertriebe
Sich zu dem Weh des Bruders neigt,
Die Träne, die in offne Wunden
Wie sanfter Balsam heilend fließt,
Und weil's die Liebe mitempfunden,
Das herbste Herzeleid versüßt.

Die Träne lob' ich, die die *Wonne*
Im Taumel des Entzückens weint,
Woraus, wie aus dem Tau die Sonne,
Die Güte Gottes widerscheint,
Wenn ohne Worte, ohne Töne
Der stumme Dank im Auge blinkt,
Und sel'ge Tropfen alles Schöne
Aus dem verwandten Herzen zwingt.

So lasset mich die Tränen loben,
Dieweil wir noch im Tränental!
Einst weinen wir im Himmel droben
Vor Freud' und Dank zum letztenmal;
Dann wird sich unser Aug' verklären
Im ungetrübten Freudenlicht,
Und Gott wischt selber alle Zähren
Den Seinigen vom Angesicht.

Das Wasser des ewigen Lebens.

Offenb. 22, 1.

Und er zeigte mir einen lautern Strom des lebendigen Wassers, klar wie ein Kristall, der ging aus von dem Stuhl Gottes und des Lammes.

Wie der Hirsch nach frischen Quellen,
Schreit nach Dir, o Gott, mein Herz,
Meiner Sehnsucht Segel schwellen
Himmelan und heimatwärts,
Nach dem Land der ew'gen Wonnen,
Nach dem lautern Lebensbronnen,
Da der große Seelenhirt
Seine Schafe weiden wird.

Seele, wirst du doch wie träumen,
Darfst du jenes Wasser schaun,
Das umweht von Lebensbäumen,
Rauscht durch immergrüne Au'n,
Den kristallnen Strom der Gnaden,
Drin die sel'gen Geister baden,
Der am Stuhl des Lamms entspringt
Und das Paradies umschlingt.

Was von himmlischem Entzücken
Ahnend je mein Herz durchflog,
Was in sel'gen Augenblicken
Tropfenweis' die Seele sog:
Dort umrauscht mich's überschwenglich,
Ungetrübt und unvergänglich,
Aller Seligkeiten Meer
Wogt und wallet um mich her.

Was in banger Erdenstunde
Je das arme Herz beklemmt,
Wird in jenes Stromes Grunde
Fortgespült und weggeschwemmt:
Dort quillt Labung jedem Sehnen,
Stillung allen Erdentränen,
Allem Kummer, allem Leid
Selige Vergessenheit.

Herz, mein Herz, wie wird dir werden,
Wenn du dort dich himmlisch kühlst
Und den Staub und Schweiß der Erden
Von den müden Gliedern spülst,
Wenn du, wie der Schwan im Bade,
Untertauchst im Strom der Gnade,
Und das Alte ist vorbei,
Und der Herr macht alles neu!

Aug', mein Aug', wie wirst du leuchten,
Göttlich klar und himmlisch hell,
Darfst du deine Wimpern feuchten
In dem lautern Wunderquell,
In Siloahs ew'gem Bronnen,
Der zum Blick in andre Sonnen,
Der zum Schau'n in Gottes Licht
Schärft ein sterbliches Gesicht.

Müde, schwermutsvolle Seele,
Schuldbefleckt und sündenkrank,
Wie, wenn mit dem letzten Fehle
Auch dein letzter Schmerz versank,
Wenn du ledig aller Mängel,
Fleckenlos wie Gottes Engel,
Aus dem Meer der Gnaden steigst
Und dich deinem Priester zeigst!

Tauchen will ich in die Fluten
Wie Naeman siebenmal,
Bis gestillet alle Gluten,
Bis geheilet jede Qual,
Bis die Seele frei von Schlacken,
Hohen Haupts, mit hellem Nacken,
Engelrein und engelschön,
Darf aus ihrem Jordan gehn.

Wie ein Aar, dem Bad entschwebend,
Freudig sein Gefieder sträubt,
Und, empor zur Sonne strebend,
Diamanten um sich stäubt,
So, mein Geist, zu neuen Flügen,
Reinen Wonnen, schönern Siegen
Steigst du dann im höhern Chor
Königlichen Schwungs empor. –

Herr, ich harre, Herr, ich dürste
Schmerzlich nach der Ewigkeit,
Führe mich, o Lebensfürste,
In den Frieden aus dem Streit;
Müde bin ich all der Leiden,
Müde, müde auch der Freuden,
Meine Seele schreit nach dir:
Herr, mein Gott, wann rufst du mir?